王者时刻

继《全职高手》之后，
蝴蝶蓝回归电竞文的重量级作品！

《王者时刻》
第1~6册
全国火热
销售中
第7册即将上市

王者峡谷里险象环生 | 何遇与队友并肩作战
一个关于电竞的梦想 | 一群勇敢逐梦的青年

《王者时刻7》内容简介：浪7战队的四人都顺利通过线上赛，进入了线下赛，何遇因为取得了连胜的战绩，被指定为线下赛的队长。令人惊讶的是，苏格竟然主动向何遇提出组队申请，于是，他们几个来自同一所大学的选手组成了新战队——六队。六队在何遇的指挥下，凭借优秀的团队精神，在线下赛中获得了亮眼的成绩。几个成员也慢慢引起了职业人士的关注。

蝴蝶蓝 著

天醒之路 6

黄河出版传媒集团
阳光出版社

图书在版编目（CIP）数据

天醒之路. 6 / 蝴蝶蓝著. -- 银川：阳光出版社，
2022.9
　　ISBN 978-7-5525-6495-2

　　Ⅰ.①天… Ⅱ.①蝴… Ⅲ.①长篇小说－中国－当代
Ⅳ.①I247.5

中国版本图书馆CIP数据核字(2022)第170814号

TIAN XING ZHI LU 6

天醒之路 6

蝴蝶蓝 著

责任编辑　谢　瑞　陈建琼
装帧设计　曹希予　周艳芳
责任印制　岳建宁

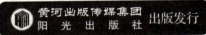 黄河出版传媒集团 阳光出版社 出版发行

出 版 人　薛文斌
地　　址　宁夏银川市北京东路139号出版大厦 （750001）
网　　址　http://www.ygchbs.com
网上书店　http://shop129132959.taobao.com
电子信箱　yangguangchubanshe@163.com
邮购电话　0951-5014139
经　　销　全国新华书店
印刷装订　北京盛通印刷股份有限公司
印刷委托书号　（宁）0024507

开　　本　710 mm×1000 mm　1/16
印　　张　18
字　　数　230千字
版　　次　2022年9月第1版
印　　次　2022年9月第1次印刷
书　　号　ISBN 978-7-5525-6495-2
定　　价　36.80元

目录

CONTENTS

偷袭

"啊？"事情发生得如此迅猛，让子牧措手不及，刚惊讶地"啊"了一声，路平已经从他身边走过。

"哦……"反应过来的子牧连忙应声，转身跟上。

但是一道身影却在此时突然朝二人掠去。

韦凌！

刚刚被拍翻在地的韦凌趴在地上好像还没回过神来，却在两人转身刚要离开之际，立时起身暴走。

他显然早有准备，飞身而起，魄之力全开。

"去死吧！"

他憋着劲偷袭，直到掠至二人身后，这一掌劈下时，才咬牙切齿地吼出，魄之力这才毫无保留地释放出来。

子牧的汗毛在这一瞬间都已经竖起，他完全没有感觉到攻击竟在顷刻间就到了身后。

他没有，路平有。

韦凌趴在地上憋着劲时，路平就已经听到了魄之力流动的声音。

路平没有理会，依然离开了。

谁知道这家伙憋着劲是要干什么呢？路平是如此想的。

直至韦凌飞身而起、扑上，路平当然马上知道了他要干什么。

"去死吧！"

韦凌咬牙切齿怒吼的时候，路平早就动了。

转身，挥手，动作就是这么简单。

啪！

半空的韦凌顿时被这一巴掌抽得凌空打了三个圈，再一次落地，啃了一嘴的土。

上一次，或许可以说他出手草率，没有太把路平当回事，但是这一次，他全力以赴地偷袭。

路平的应对方式一模一样，就是一巴掌。

而韦凌的结果也是一模一样——趴在地上啃土。

汗毛都被吓得竖起的子牧这时才缩着脖子缓缓转身，他一度怀疑自己的脑袋已经不在自己的脖子之上了。

然后他就看到了趴在他和路平脚边的韦凌。

"嗯？"子牧很纳闷，难道刚刚的都是错觉？

他看了看韦凌，又看了看韦凌先前趴过的位置。

"他爬过来干吗？"子牧问路平，他是这样以为的。

"不是爬过来的。"路平认真地告诉他，"他想偷袭我们，结果又被打趴下了。"

"啊！你做的吗？"子牧张大了嘴。原来刚刚的不是错觉，真是有可怕的攻击冲着他们来了，结果这么可怕的攻击顷刻间就被路平化解了？

"是的。"路平说。

"哥！"子牧已经决定了，他现在就要认路平做大哥。

"走吧。"路平再次转身，准备离开。

"他怎么样了？"子牧指了指还在地上趴着的韦凌。

"没事，装晕呢。"路平说。

"有点儿想踩一脚。"子牧说。

"踩呗。"路平不当回事。

韦凌心中怒骂，他是在装晕，不装晕还能怎么办？第一次他当是自己太大意了，但是第二次依然被路平一巴掌拍翻，如果还感觉不到实力的差距，那他也就枉称在学院风云榜上名列第十七的千岁学院的推荐生了。

骑虎难下的他没指望另外三位会来帮他，他们的合作仅限于通过新人试炼，那三位肯定不会在这种事上为他强出头。除了装晕，他实在想不出其他办法化解这个局面。

但是现在，这个感知境的家伙竟然想趁火打劫，踩自己一脚！

士可杀，不可辱啊！

拼了！

韦凌心中波澜起伏，有点儿想跳起来拼命，但是想想路平那两巴掌，自己就算跳起来拼命，恐怕也就是多挨一巴掌然后继续被踩吧？

忍了！韦凌咬牙切齿。

子牧犹豫了一下后，到底还是没踩这一脚。

"算了，"子牧说道，"等我以后比他厉害了再来踩。"他出身的学院是不好，他是实力不强，他是有些自卑，但是这并不代表他会欺弱怕硬。一个已经被路平打倒的对手还去踩一脚，他到底觉得没什么意思。

"随便你。"路平依旧不当回事。

"我们走吧！"子牧说道，心情舒畅。虽然不是他做到的，但是看到这样的家伙受到教训，终归还是大快人心的。

路平和子牧走了，这次当然不会再有人阻拦他们。另外三位正如韦凌所意料的那样，在这件事上并没有任何插手的打算，只是惊讶于路平的实力，连忙又仔细地感知了一番。

大家都是同组的新人，又有着竞争的心态，感知其他人的实力这种事其实每个人早都做过。大家对路平不以为意，并不仅仅是因为路平在北斗山门前貌似激动的模样和小心翼翼收藏起推荐信的做派，更主要的还是因为感知之后都觉得路平的实力确实不怎么样。路平的魄之力平平无奇，在他们这些天之骄子当中，也就比还在感知境的子牧强点儿。

而后果不其然，路平和子牧走到了一起。"物以类聚，人以群分"，说的可不就是这回事吗？

但是现在，他一巴掌拍翻韦凌，这可严重不符合大家对路平实力的判断；第二巴掌又拍翻韦凌，那就更加严重了，那展示出的可是碾压韦凌的实力。

三人面面相觑，都从对方脸上看出了不解。

因为就在之前感知的时候，他们依然觉得路平的魄之力还是那个样子，但是随后韦凌偷袭，路平反击，有那么一瞬，就只一瞬，路平的魄之力好像有了一个疯狂的爆发。还没等他们判断清楚，那股惊人的魄之力就消失了，路平的魄之力又回到了那个说不清的程度。

"怎么样？"一人问道。

"能看出他是什么贯通境吗？"一人说。

所有人都摇头。

感知得到的信息只是大概，不会很精准。一个人的境界达到几魄贯通，这个通常都是在实战中才能看出来的，异能一经施展，魄之力是什么贯通境一目了然。至于单凭感知就判断出准确的结果，多靠的是这方面的异能，否则就只能从感知到的魄之力做个粗略的判断。

很明显，所有人对路平的感知都错了，而且是大错特错。但是路平出手两回，他们依然没看出路平是什么境界，因为路平根本就没用异能。

眼看着路平和子牧离开，三人望向趴地的韦凌。韦凌这时爬了起来，左半边脸肿得老高，但脸上的恨意依旧是那么清晰。

"那家伙有些古怪。"韦凌说道。

"嗯，不要和他纠缠了，赶紧通过试炼再说。"一人说道，顺势给了韦凌一个台阶。

"好吧！"韦凌故作勉强地接下，揉着他那张肿脸，和三人接着进行他们的试炼去了。

尽头，还是有的吧？

　　路平和子牧依旧沿着山路前进。刚刚的事让子牧有些兴奋，他腰不酸了，腿也不痛了，精神抖擞地走了很久，这才突然意识到他们两个折回去找韦凌他们四人的初衷。

　　"欸……"子牧停步。

　　"走不动了？"路平伸手过来要拎起子牧。

　　"不是不是。"子牧忙摆手，一脸懊恼地道，"我们刚才为什么没趁机问一下这试炼到底是怎么回事？大家为什么都不走了呢？"

　　"消失的尽头。"路平说。

　　"什么？"子牧一愣。

　　"玉衡星李遥天的异能。"路平说。

　　"你……你是怎么知道的？"子牧张着的嘴合不上了。

　　"我听到他们说了。"路平指了指自己的耳朵。

　　"什么时候？刚才？"子牧说。

　　"是啊。"路平点头。

　　"我完全没有听到啊……"子牧郁闷地道。鸣之魄六重天，这已经是他最突出的能力了，结果他完全没有听到的声音路平却听得那么清楚。毫无疑问，路平在鸣之魄上是贯通境界，并且掌握着异能，所以才会比他六重天的感知境强这么多。否则的话，仅仅从感知跨越到贯通，听力并不会有什么质的提升。贯通所掌握的是对魄之力的驾驭。

路平笑了笑，没说什么。他所掌握的异能听魄何止是对听力的强化，更是已经将听力变成了一种登峰造极的感知——听到魄之力的声音。如此程度，听到韦凌那四人之前的对话根本不算事。

"消失的尽头？李遥天？"子牧十分郁闷，才去琢磨路平刚刚说出的信息，然后眼睛就又直了，嘴里反复念叨着这两个词。

"怎么？"路平不解。

"消失的尽头！玉衡星李遥天！"子牧用力地强调了一下。

"怎么？"路平还是一脸不解的模样。

"你不知道？"子牧诧异。

"不知道。"路平摇头。

"你到底是什么人啊！"子牧几乎快要吼出来了。对于路平一而再、再而三地带给他的惊奇，他已经完全没有能力消化了。

"你还是先说说那个李遥天是什么人吧。"路平平静地道。

"玉衡星李遥天！"子牧继续加强语气强调。他真的完全无法接受一个来北斗学院进修的人，竟然连李遥天都不知道。

"嗯？"路平真的不知道。在组织的数年就不必说了，在摘风学院的三年，他基本处于孤独自修的状态，与人的交流大多仅限于苏唐，所知道的东西自然很片面。不过更主要的还是他不像一般人对四大学院、六大强者这些特别关注。他或许也听过，只是没留下印象罢了。

"这么说的话，北斗学院的七院士你也不知道？"子牧说。

路平努力想了想，好像……没什么印象。

子牧无语，这些信息，路边随便揪两个人出来都如数家珍，这个跑来北斗学院要进修的学院学生，居然对此一无所知？

"那六大强者你知道吗？"子牧这话已经问得有些没自信了。不知道北斗七院士的人，不知道六大强者那也没什么稀奇。虽然六大强者比北斗七院士要强很多，但两者在名气上都是响彻大陆，无人不晓……呃，大概除了眼前这位吧？

结果这次路平真没成例外。

"我知道。"他点了点头。六大强者这个知识他原本也没记住，但是西凡微妙的身世把这个问题拉到了他的身旁，于是这个知识他就被普及了一下。

"你居然知道。"子牧好欣慰，真的好欣慰。

"六大强者都是五魄贯通的境界，你当然也是知道的。"子牧说道。

有一个并不是，路平在心里说。

"在他们之下呢，就是四魄贯通境界的修者了。"子牧继续说道，"这一境界的修者虽然不能说很多，但是也已经不少了，而且以后还会越来越多。"

路平点头。

"这一程度的修者们虽然境界都在四魄贯通，但是对比之下，总还是有个强弱的。"子牧说。

路平继续点头，他想起他见识过的三位四魄贯通级别的修者：郭有道、秦琪还有卫仲。

他们同是四魄贯通的境界，卫仲的实力明显要逊色很多。郭有道自称用一只手就可以摆平卫仲，这或许有几分夸张的色彩，但是他可以轻松地胜过卫仲是不争的事实。同一境界里的两位修者也有着如此大的实力差距，这和四魄贯通可以容纳更多的组合和更丰富的变化不无关系。有了多样的选择，自然也就有了多样的实力。

"七院士就是站在四魄贯通顶端的修者，也就是说，他们是最接近五魄贯通的人。"子牧接着说道。

路平依然在点头，末了问道："但你还是没有说到李遥天。"

"李遥天，冲、鸣、枢、精，四魄贯通，守北斗七峰之玉衡峰，所以也被称作玉衡星。消失的尽头就是他的拿手异能，一个让人绝望的异能。"子牧沉声道。

"怎么让人绝望？"路平问。

子牧顿时脸红了，他不过是天武学院一个还在感知境的学生，这等最接近五魄贯通强者的异能岂是他领略得了的？只看他身在其中却一无所知，就可知他所讲的这一切也不过是道听途说。七院士这种修者太有名了，他们的境界、异能都不是秘密，但是到底有多强大，却不是人人都可以描述得出的。

"具体是怎么样，我当然也不知道了。"子牧悻悻地说道，"但就看眼下，显然无论我们怎么走都走不完这条路。"

"为什么？"路平问。

"为什么？因为根本没有尽头啊！"子牧说。

"没有尽头？尽头只是消失了吧，所以说原本还是有的。"路平说。

"啊？你什么意思？"子牧又茫然了，路平的话好像有点儿深奥。

"如果没有尽头的话，又何来的消失呢？"路平说。

"啊？"

"所以说，还是有的吧！"路平说。

"啊？"

"走吧。"路平说。

"去哪儿啊，哥？"子牧张着嘴。

"去尽头。"路平说。

"你知道在哪儿吗？"子牧问。

"总会走到的吧？"路平说。

"我想应该没这么简单吧？"子牧说。

"那你觉得呢？"路平问。

子牧欲哭无泪，自己一个贯通都未达成的感知境，能觉得啥啊？

"我觉得你说得对！"子牧当即表示。

"那就走吧。"

"走！"子牧一脸豁出去的神情。

第 279 章
向前，不动摇

对于北斗学院的新人试炼，子牧本就不抱什么指望。他既没有特别的血脉，也没有突出的天赋，他甚至觉得院长选他不过是随意挑了个人——他们天武学院像他一样拥有一门六重天魄之力的学生还是有好几个的，子牧并没有看出自己和他们相比有什么优势。

院长没有对他抱什么期待，只是象征性地随便嘱咐了几句。天武学院其他几位佼佼者甚至都没有因此抱有什么情绪。

大家太有自知之明了。因为天武学院既小，又地处东都。东都这座大陆最为繁华的重镇，是青峰帝国的都城。单这一城就有学院共计十三座，当中天青、天峰两家常驻大陆学院风云榜前几名，其余学院也各有不凡。只有天武，说是东都十三院，却没有被算进去。明明天武也是学院风云榜上有名可称的正式学院，但是东都人不愿意承认它，只盼着它早点儿消失，不要辱没了东都在学院界的名气。

据说天武学院早年也曾辉煌，但是现今已经没落到全大陆倒数。人说瘦死的骆驼比马大，天武学院却好像是个例外。

但是无论如何，天武学院到底还是在东都。

寄身在这种环境，没吃过猪肉，也总见过猪跑甚至猪飞。天武学院的学生大多出身差、资质低、实力弱，但是眼界和东都人一样广阔。来自学院、朝堂甚至街头巷尾的高手奇人，在东都很多人看来都已经见怪不怪了，更别提天武学院的学生们到底还算是一群修者。

天武学院的学生对实力异常向往，但是在残酷的差距面前也更早地死心认命。他们这些人奋斗的目标，就只是在从天武毕业后去东都其他学院进修个几年，多学点儿本事。对于天青、天峰，他们想都不敢想，而那高高在上、超然于帝国统治外的四大学院更是不用提了。

没有人羡慕子牧，包括他自己。

他来这里无非走个过场，有个交代。这个交代甚至都不是对他自己，也不是对天武学院，而是对他们拥有的那个推荐机会。来自北斗学院的机会即使明知把握不到，甚至会成为负累，但是他们依然得尊重。

于是子牧来了，默默地被分到了这二十八人组中。身边的新人来自大陆各地，都是一等一的人才，子牧置身其中，难免自惭形秽。这种自卑是他早在天武学院时就养成的，而广博的见识、较高的眼界只会让这份自卑更深刻。

然后他遇到了路平——一个和他有着同样微不足道的出身，有着同样让他人嫌弃的低微实力的少年。

子牧和路平走到了一起，他没想太多，只是想在这条没有希望的旅途中能有个相互安慰的对象。

他没怎么安慰到路平，路平带给他的也不是安慰，而是冲击，是刺激，是惊讶，是疑惑，但更重要的是——希望。

他从来不敢拥有的希望，被路平一点点地勾起了。

从他看到路平一直坚持不懈地走着。

从他被路平甩到肩上扛着。

从他看到路平一巴掌拍翻韦凌。

而现在，路平要继续向前，走向那个消失的尽头。

管你是什么，我也去！

子牧跟上路平的步伐，一脸的决然之色。他已经决定就沿着这条路走到底了，大不了，走不动了让路平扛着嘛！

人家都做到这个份上了，自己还退缩，那还算是人吗？

子牧毅然地决定了。

两人继续上路，而路平的神情也比之前要专注许多。

从踏上这条山路的第一刻，路平的听魄就捕捉到了声音——魄之力的声音。那声音很飘渺，在这天地间，像一张网在缓缓地蠕动着。

路平能听出它的存在，却听不出它的动向，听不出它的变化。所以他一边走，一边研究着他所听到的这股魄之力。

从峡峰山到这北斗山，数月的时间，路平的实力又有了一些变化。不只他的听魄更加敏锐，在这一路上他还积累了非常多的经验，这对运用好听魄会起到至关重要的作用。

但是在踏上这条山路后，这浩瀚无边的魄之力却给了他一个下马威。

这又是一个他没有见识过的、无从判断下手的异能，而对于施展出这等异能的修者，路平心里还是非常佩服的。

而现在他知道了这个修者的名字，也知道了这个异能的名字。

李遥天，消失的尽头。

这一次，路平再不会忘记，李遥天和他的异能已经给路平留下了足够深刻的印象。

北斗学院的人果然非常强，路平的心里其实早有这样的感慨。

不过这统统都不影响他继续前进，他不会去猜试炼的内容到底是什么，总之这路终归是要走下去的。

消失的尽头？在哪里消失，自己就走到哪里去。

路平一直走。一旁的子牧走不动的时候，路平就扛起他；子牧恢复气力时，他就再把子牧放下。这对路平来说只是小事，远影响不了他研究这消失的尽头。

　　路平施展听魄这么久了，听了一路。可这异能布下的魄之力实在辽阔，路平很辛苦地掌握了一些变化、一些规律，但是没用，还有更多的变化、更多的规律在运转着。这个异能完全不是拳来剑往那么简单。

　　但这部分变化、部分规律听得多了，路平总算也察觉到了一点儿细微的东西。

　　魄之力在完成这些变化，形成某种规律的过程中，声音似乎有一个共同的指向。

　　前方，就在前方，声音就是从那前方飘过来的。

　　这个判断并不清晰，只是一个模糊的指向，但终归是一个方向。路平毅然朝前方走着，子牧跟在他的旁边，只要是能走的时候，他就不会放弃。

　　就这样，又不知过了多久，日头逐渐偏西。路平还在走，没动摇，子牧也一直跟着，没动摇。他们再没有遇到其他新人，察觉到了试炼是什么的修者，可没有谁还会像路平和子牧这样沿着山路拼命向前。

第|280|章

镜无痕

　　瑶光峰峰顶。

　　李遥天和他的门生继续关注着试炼的进行，来到这瑶光峰峰顶的终于不再只有林天表一位新人。

　　不过其他破开消失的尽头的新人刚到这峰顶时都是难掩嘚瑟，对于自己的表现，他们显然都十分满意，被带到峰顶的这一路上都在大声说话，诉说着自己的不凡。

　　但是到了峰顶后不一会儿，他们就立即安静下来。

　　传说中的七院士之一，玉衡星李遥天就这样近在咫尺地站着，他们哪里还敢造次？不过更令他们在意的，还是林天表。

　　远比他们要早上峰顶，却只是安安静静在角落里站着的林天表。

　　北斗学院自有统一的服饰，所以即使林天表如此低调地站在一个不起眼的位置，在这峰顶之上也还是很容易被人一眼扫到。

　　竟然有人比他们还要快！

　　刚刚被带上峰顶的几个新人在看到林天表后，心中的那份得意顿时消失了不少。无论他们再怎么突出，但终归都不是最优秀的。

　　收敛起来的几位默默地站到了一旁。而站在山边的李遥天始终都没有回头，倒是林天表在几人刚上来时，就朝他们友善地笑了笑。

几人站在一旁，始终没有人过来理会他们，他们心中的那点儿骄傲渐渐地也就碎了。他们自以为的了不起，在北斗学院眼中似乎不过如此。

安静的山顶让原本骄傲的几个新人都觉得有些不安了，总算这时候有人说话了。

"嗯？又有人上来了吗？今年还不错嘛！"

传来的竟是几人已经不期待的嘉许，令几人大感意外。他们扭头看去，就见一个女人一副刚睡醒的样子，睡眼惺忪地朝这边走来。

瑶光峰，女人，和李遥天一样的服饰。

这些新人可不是路平，顿时就已经意识到这是谁了。

这才是瑶光峰的正主，也是为整个北斗学院守这山门的七院士之一，瑶光星阮青竹。

几人都有些手足无措，对于阮青竹的夸赞心下乱跳，竟不知道该如何应对。

但是阮青竹也仅仅说了这么一句，对于他们几位，她可没有露出像对林天表那样十分欣赏的神情。

"还有多少人？"阮青竹一边向前走，一边问道。但是李遥天和他的门生们根本顾不上答话，此时所有新人都已经在试炼当中，需要他们更加密切地关注。

没人搭理的阮青竹撇了撇嘴，几个新人一看连阮青竹都没人理，心里居然有些释然——原来他们也不是不被当回事，只是峰顶上的这些人无暇他顾。看到北斗学院对待新人竟如此认真，几人心中的尊敬油然而生。

阮青竹此时回过身来，看着他们几个，正要张口说点儿什么，忽然神色一凝，视线立即转向了另一方。

"什么人?！"阮青竹呵斥。

有人？

几个新人都觉得惊讶，但只是随着阮青竹的视线扭头，而那个不起眼的角落里的身影此时竟然冲了出来。

"不用理。"山边，李天遥终于说了一句话。显然他们这边也都感觉到了异动，但是有阮青竹在这里坐镇，何须他们去处理？

整个瑶光峰峰顶，就只有这几个新人对所发生的茫然无知。至此，他们心中再没有半分自得，哪怕之前他们刚刚被阮青竹夸赞过。

一道身影就在此时出现在了山路口，几个新人也终于在此时感知到了这股攻击性极为强烈的魄之力。

林天表早已经拦到了山路口，双臂一张，一片透明的光亮顿时在他的身前打开。

镜无痕！

几个新人到底是识货的，第一时间就认出了这个异能。

原来是林家的人。

几人面面相觑。镜无痕，青峰林家的血继异能，这种招法就算是四大学院、六大强者也完全没有办法复制。

而冲上峰顶的人大家也都看清了，他一头乱发，赤裸着上身，身上带着些许伤痕。此时他右手挥拳，那极具攻击性的魄之力朝林天表的镜无痕猛冲，而左手上竟然还拖着一个人。

啪！

拳头轰到了林天表撑开的双手间，来人神色立变。

"咦……"来人只来得及疑惑了一声，顿时已被魄之力给吞没，而且是他自己的魄之力。

镜无痕能完全反弹对手攻击的异能，大陆首屈一指的防御技，评定六级。

来的这位如此莽撞地一拳轰上，自然是吃了大亏，被他自己这一拳的魄之力给彻底吞没了。

林天表双手拉开的那片光亮竟也在此时破碎，他向后连退了数步，这才将这一拳的力道彻底化解。

镜无痕说是能完全反弹对手的攻击，但终归还是要看施展的人是谁，以及攻击的人是谁。林天表的镜无痕显然还没有将这个异能的威力发挥到顶峰，可是即便如此，来人竟能破开镜无痕的防御，实力也非同小可。只可惜他终究还是太莽撞，虽然轰碎了镜无痕，却也吃下了全部的反弹，他的双脚在地上硬生生刨出了两道沟。

但他终究还是没有倒下，左手依然还拖着那个人。

"喀喀……"他咳嗽了两声，而后哇的一声，吐出了一大口血。

"果然厉害。"他说道。

废话，那可是林家的镜无痕，你个不识货的莽夫。几个新人都这样想着。

"不愧是我自己的拳头。"那个人接着说。

竟然是在称赞自己，几个新人目瞪口呆。

阮青竹却觉得这个人有点儿意思，竟然笑了出来。

来人挥起右手，擦去嘴角的血迹，然后晃了晃左手拎着的那个人，说道："是这里吧？"

被他拎着的那个人似乎连说话的力气都没有，很轻微地点了点头。

阮青竹皱眉，她发现被拎着的那个人好像有点儿眼熟。

"那我应该算是通过了吧？"来人接着说道。

"你是试炼的新人？"阮青竹说。

"是啊！"来人点着头，"这路怎么走也走不完，我就问这家伙，结果他不说，我只好打他。"

"喂。"阮青竹回头，却是朝李遥天喊道，"来看看你的高徒，被人打得都认不出来了。"

李遥天还是没有回头，但是身后的事他不比任何一个人知道得少，甚至知道得更多。他可是一直在这里认真地观察着新人，发生在试炼过程中的事鲜有他不知道的。

冲上峰顶的是一位新人，而他手里拎着的是李遥天的门生之一。

有的门生跟着李遥天在峰顶观察新人的表现，有的门生则在山路上带着新人走入李遥天的异能。

李遥天要看的只是每个新人的表现，破解消失的尽头并不是通过试炼的必要条件，但他怎么也没想到会有新人用这样的方式走出消失的尽头。

带路的门生被新人击败了，最终屈服……

而对于这个新人，李遥天已经从门生那里得到了他的信息。

营啸，烟荡山武斗大会的第一名，因此得到了来北斗学院进修的机会。而他的实力，在击败带路门生的过程中已有显露。

鸣、枢、力，三魄贯通。

在新人堆里，三魄贯通的境界算是相当扎眼，甚至要超过不少北斗学院的学生，不过即便如此，新人试炼也不会免试通过。结果营啸用这样的方式，也来到了顶峰。

"先站在一旁。"李遥天还是没回头，只是说了这么一句。

"这边吗？"营啸将他拎着的门生随手扔到了一边，指了指几个新人站立的位置，迈步就要走过去。

阮青竹却在此时突然一挥袖。营啸一惊，慌忙要挡，人却早已经飞出，最终滚落到了林天表的脚边。

面对无比暴烈的反弹一拳他都没有倒，结果却禁不住阮青竹这很随意的一挥袖，摔在地上，连腰都有点儿直不起来。

"这婆娘是谁？"营啸龇着牙问林天表。

"嘘！"林天表将食指竖到嘴边，示意他小声些，而后告诉他，"她叫阮青竹。"

"瑶光星，真厉害。"营啸说。

消失的新人

日头渐向西沉，霞光照耀在瑶光峰峰顶。

登上峰顶的新人已经越来越多。有些是自己破解了定制，有些是通过几人的合作，但最多的还是用尽一切手段，终究都没能突破消失的尽头。耗尽魄之力的他们，最终却也被带到了瑶光峰峰顶。

很多二十八人组已经全数结束了试炼，为他们引路的玉衡峰门生也来到了峰顶。他们和在这里观看了整个试炼过程的门生们交换着意见，务求对每个新人做出最为准确、中肯的评价，玉衡峰的作风从来都是这样认真严谨的。

因此他们的讨论也光明正大，没有避开任何人，包括峰顶的所有新人。那些没能走出异能定制的新人本已经垂头丧气，但是听着这些议论，终于知道走不走得出消失的尽头原来并不是评判标准。他们在山路上的一切努力全都被看在眼里，不少人都得到了不错的评价。

一时间，峰顶的愁云散去了不少，但这终归不是全部，北斗学院对新人的考核还是很严格的。那些没有被提到名字的，或者是提到名字后评价很普通甚至有些不佳的，渐渐开始感到不安了。

峰顶的人越来越多，站在山边观看试炼的门生已经全部退回。他们终于停止了讨论，不知不觉间已经规规矩矩地站列整齐。新人们意识到最终的时刻来了，一个个也都肃然地伫立，整个峰顶鸦雀无声。

这样的寂静持续了一会儿，玉衡峰的门生们率先意识到有些不对，他们的老师李遥天竟然还在山边站着，竟然还没有动。

众人不明所以，门生陈楚小心地走到李遥天的身后，恭声道："老师，人都已经齐了。"

李遥天还未答话，旁边却已经传来一声冷笑："都齐了？陈楚，亏你还是玉衡峰首徒，眼睛是看不见的吗？"

陈楚一愣，他可不敢质疑阮青竹的判断。虽然他这个玉衡峰首徒已经是四魄贯通的境界，但是他这四魄贯通相比起七院士还是有天壤之别的，眼下就是最好的力证。竟然还有人在试炼中？他真是一点儿都不知道。

"还有人，"李遥天这时也开口说道，"而且已经走了很远。"

远？

陈楚愣了愣，消失的尽头里，"远"这个字，有价值吗？但他眼下顾不上细究这个，回头看了一眼身后其他玉衡峰门生，他们绝大部分都是带队引路的。就是因为他们全数回到了峰顶，他们才以为所有组的试炼都结束了，合着有人竟然没完成所有人的试炼就自己跑回来了？

"哪一组还有人？"陈楚问道。

众门生你看我，我看你，都在摇头。再然后，所有人的目光都齐齐看向了他们当中的某一位，包括陈楚，也跟着大家一起看过去。

"都看我干什么？"峰流云顿时不高兴了，"难道是我的组里落下人了？"

"我去看看。"陈楚不动声色地说道，但是心里已经认定了。会干出这种糊涂事的，除了稀里糊涂就进了北斗学院，还成了七院士门生的峰流云以外，还会有其他人吗？

峰流云有些不服气，拿着他的二十八人的名单就去点名。点到当中"子牧"的时候，无人应答，他心里顿时咯噔一下。而其他门生的脸上，个个都写着"就知道会是这样"。

"还有一个，未必就是我组里的。"峰流云还要狡辩，继续点名。一路都有人应，他心下得意，终于到了最后一个。

"路平。"峰流云胜利的笑容都准备好了，结果再次无人应声。

"路平，路平，路平。"又连叫了三遍，依旧无人回应。峰流云终于认命，回头向大家露出一个尴尬的笑容。

陈楚狠狠地瞪了他一眼后，又回到了李遥天身边："老师，这两个……"

"不会是死在路上了吧？"

"实力差些的话，真的有可能哟！"

"是啊，是啊！"

新人们窃窃私语地议论着，峰流云这组的新人们也确信这一点。子牧、路平不就是他们组里实力最差的两个吗？他们不可能能坚持到这个时候，八成是力量消耗殆尽，倒在了某个不起眼的地方，死了……也是说不定的。

在消失的尽头里行走，并不等同于走一条漫长的道路。寻常的长途跋涉对于修者来说不算什么，但在消失的尽头里，行走是在和异能对抗，魄之力始终处在一种不知不觉的消耗当中。那些累倒的、没力气的，可不单单是体能问题。哪有人能一直坚持到现在啊？明白了这场试炼是怎么一回事的新人都是这样认为的。

但是韦凌和他的三个同伴却都不这么认为。路平拍翻韦凌的两巴掌给他们留下了深刻的印象，他们看不透路平的实力，但认为路平不会这样倒下。虽然如果真是这样的话，韦凌会很高兴。

他们四人是截然不同的神情，但是韦凌很快发现新人当中和他们一样神情的人也不是没有，他们同组里的就有两人。

他们知道些什么？

韦凌这样想着，随即凑了上去。

"两位，你们认识那两个人吗？"他问道。

"不认识，但我们听说过那个路平。"一人答道。

"在我们玄军帝国，没听说过这名字的人恐怕很少。"另一人说道。

"是吗？他是？"韦凌的心有点儿下沉。这个路平竟然是很有些来头的名人？那自己报复的愿望怕是有些难以实现吧？

"他是我们举国通缉的要犯，刑捕司亲下指令，十一辖区通力追捕。"一人说。

韦凌的嘴顿时成了"O"型，他怎么也没有想到路平出名竟然是因为举国通缉。

"他做了什么？"韦凌问道。

"杀了志灵区院监会满门。"一人说。

"好像还有活口吧？"另一人说。

"那是一些小喽啰，人家不屑杀。"

"不是，指挥使里有活下来的，我知道的。"这人很肯定地说道。

"还有峡峰城主府满门。"那人又说道。

"不，你听的有些夸大了。据我所知也不是满门，只是城主和他的一些手下。"另一人再次纠正道。

"大致就是这样吧！"那人也不争辩，点了点头，说道。

"这人很凶残，对上他可要小心。"另一人对韦凌说道。

"我……我……"韦凌欲哭无泪。来不及了啊！他已经在试炼中招惹路平了。亏他还想着事后报复，原来当时自己就是捡回来了一条命啊！

"怎么了？"韦凌的三个小伙伴看到回来的韦凌面如土色，连忙问道。

"那个路平……"韦凌深呼吸，道，"是个魔头。"

"什么？"另外三个人变了脸色。

"他是玄军帝国举国通缉的要犯，一个院监分会，还有一个城主府，是辖区城主府，都几乎被他灭了满门。"韦凌一边说，一边觉得这瑶光峰的峰顶真是有点儿冷。

那三人听了也是目瞪口呆，暗自庆幸还好当时他们没有多事，没有上去助拳。那路平到底有多强先不去猜测了，但至少很凶残！

新人们议论着路平和子牧，陈楚正在向李遥天请示该怎么做。他同样不认为有新人可以在消失的尽头中支撑这么久，问李遥天是不是要去看一下他们。

"不。"李遥天摇了摇头，"他们还在继续。"

"还在继续？"陈楚很惊讶。于是他向瑶光峰的山路极目眺去，终于找到了这两人的身影。一人扛着另一人，还在沿着山路向上走着。

"难道这两人还不知道这试炼是怎么回事？"看到这样的举动，陈楚只能做如此猜想了。

第|282|章
不慌不忙

峰顶的宁静被打破了，因为两个到现在还没能结束试炼的家伙。

大多新人都以为两人出了什么问题，玉衡峰的门生们也都这样认为，直至李遥天发话。

"他们还在继续。"

峰顶顿时又恢复了寂静无声。好一会儿后，玉衡峰的门生才纷纷走到山边，开始在那山路上寻摸这二人的身影。

是这两个家伙。

颜真在找到二人的身影后，心里顿时咯噔一下。

这是李遥天一度让他关注的两个人，虽然那也只是唯恐遗漏了两个新人，而不是对这两个家伙另眼相看，但是现在，这两人引起了所有人的关注，而他呢？本该留意这两人的，却在之前完全不知道这二人竟然还没有结束试炼。

颜真偷眼向李遥天看去，却见李遥天只是向山下注视着，似乎还没有留意到这个问题。他正暗暗松了口气，李遥天的眼神却似有似无地朝他瞟了一下。

唉……

颜真就知道自己不该抱着侥幸心理，李遥天做事认真，根本不可能有所疏漏，显然已经察觉这是他让颜真留意，但是最终被遗忘的二人。

眼见已在老师心中留下一次差评，颜真不免有些恼怒。他不敢对李遥天有什么怨气，自然是迁怒到了路平、子牧身上。

要知道，李遥天授徒极其严苛，在他心中留下不好的影响，那可是极难消除的。

"这两个家伙是根本没察觉这试炼是怎么回事吧？"

"不可能吧？走了这么久还没走到头，是个人都意识到不寻常了吧？"

"是没有办法，只能这样死撑吗？"

"能撑这么久，也算不容易了。"

找到二人的玉衡峰门生都开始小声议论。

李遥天没说话，只是看了阮青竹一眼，目光中有询问看法的意味。

"那个小子早不行了。"阮青竹说。

李遥天点头，阮青竹说的"那个小子"是哪个再明显不过，当然是被扛在身上的那个。

"但他还活着。"李遥天说。

阮青竹点头，她明白李遥天的意思。以他们二人的实力，即便有如此距离，想探清一个感知境的修者也实在轻而易举。一个感知境的修者在李遥天的消失的尽头里待了这么久，早该死了——哪怕这个消失的尽头李遥天并没有用全力。

但是他还活着，即便已经昏迷，但这仅存的生命力就已经是他顽强的最好说明。对一个感知境的修者，在这试炼中实在也不能要求更多了。

"至于另外那个小子……"说到路平时，一向痛快的阮青竹竟然也沉吟了许久，最后才道，"我倒不觉得他是在硬撑。"

“嗯。”李遥天点头，“行有余力。”

行有余力。

只四个字，却是在消失的尽头里走了这么久，而且还一直扛着一个人的情况下。听到李遥天这般评价，玉衡峰其他门生顿时面面相觑，其余新人也是目瞪口呆，就连只用了一分钟就破了消失的尽头，来到这峰顶的林天表都神色一动。

他是用最快速的方法破解了消失的尽头，而眼下这位则好像是他的另一个极端，与他完全背道而驰。

只是两人南辕北辙，但如果走的是一个圈的话，最后到达的不是同样一个终点吗？

是什么人？

一直只在角落中低调行事的林天表也不免朝山边挪了挪，向山下探去。三魄贯通的他实力已然不凡，很快就在山间找到了路平、子牧的身影。他看了没两眼，却见路平将肩上的子牧放了下来，倚到了路边一棵树下，而后东张西望起来。

“难道是现在才意识到？”

“这也太迟钝了吧？”

“是不是不行了？”

议论声再起。李遥天终于回头，扫了七嘴八舌的众门生一眼，所有人顿时噤若寒蝉。

东张西望了一会儿，路平迈步走进了路旁的林间，这下没有冲之魄方面的异能的人顿时都看不到了。

众人不敢再议论，只能暗自猜测。不料阮青竹这边神情突然有了变化，居然露出几分紧张，最后勃然大怒：“这个混蛋小子！”

所有人下意识地缩了缩头，不知道阮青竹因何发火，只见她脸色一直铁青，好像有冲下去揪人的冲动。

过了好一会儿，众人终于看到路平从树林里走出，手里拎着个什么东西。

"是什么？"有些看不清的，这次实在忍不住好奇也要问一问了。

"好像……是只兔子……"回答的人一边说，一边缩头缩脑地向阮青竹那边看了一眼。

北斗学院的人顿时心下了然，难怪阮青竹刚才要发火，这瑶光峰上的兔子可都是她放养的，结果现在却被路平捉了去，眼下兔子都已经被剥皮洗净了。

这是要吃啊……

所有人目瞪口呆，就见路平在山路边支起火架，串起兔子，当真是烤了起来。不大会儿，炊烟袅袅，香味飘飘。

峰顶虽远，但架不住好多人气之魄境界超绝，顿时抽起了鼻子。直至迎上阮青竹那杀人般的目光后，他们这才连忙打住，悄悄地把口水吞了回去。

"兔崽子！"阮青竹恨恨地说了一句后，竟然拂袖离去。

众门生连忙躬身相送，心中琢磨：骂这个烤兔子的是兔崽子，好像也别有一番恶毒暗藏其中。

依然站在山边的李遥天也是无语，心中既好气又好笑。

这是北斗学院的新人试炼啊！没见过这么不慌不忙的，消失的尽头走不出来，还吃上了，这是打算打持久战啊？准备走到什么时候去？

李遥天原本是要等路平和子牧这边有个结果的，但一看路平这架势，顿时觉得还是另作打算的好。他当即回头，看了看身后的众门生还有惴惴不安的新人，对一旁的陈楚道："把结果先宣布了吧，然后让瑶光峰的人安排大家用饭。"

"是。"陈楚点头。众新人没料到这最终结果冷不丁地就要来了，哪还有人有心思记挂路平，所有人的视线立即全都集中到了陈楚身上。

新人的名单集中到了陈楚手上，众门生对每位新人都已经做出了定论。李遥天看似站在山边就没动过，这最终名单前后却已过目了不下三回。他要瞧东西，哪里还需要将东西摆到眼前。

陈楚拿着名单，到了众新人面前，望着众新人道："以下点到名字的，很遗憾。"

很遗憾是什么意思，所有人心中自然清楚，顿时更加紧张起来。

"葛政、省宇、李诗、郭上扬、知北……"

他念得并不快，但也不慢，每一个名字过后，人群中立时就会出现一张失望至极的脸庞。除了子牧那样有些自卑的，绝大多数新人都是带着骄傲和自信来的，但是最终依然有相当一部分的人未能通过试炼。北斗学院对新人要求之严格，到底还是超出了大部分人的意料。

名单很长，陈楚念了很久。被点到名的，失望、愤怒，什么样的情绪都有，甚至有一些人极不服气地大吼起来。陈楚不得不在中途暂停了一下，道："有疑问的，可以向各自之前的引路人请教。"

呼啦一下，很多人顿时散去，纷纷找上自己的引路人，仿佛这是他们最后一根救命稻草。但是最终从引路人那里得到的答案，让大多数人虽有遗憾，却再也没有不服的神情。李遥天主持的新人考核还给个解释，算是很尽责了，其实就算只是宣布个结果而不给理由，又有谁还真敢和北斗学院叫板？

数千名新人，来自各方推荐的佼佼者，最终就在这样一场走山路的试炼中被淘汰掉了三分之一。等陈楚终于念完最后一个名字，那些未被点到名的新人在山顶齐齐爆发出欢呼声，而其他那三分之一，却只是站在这瑶光峰峰顶望着远处已没入山头的夕阳。这是他们第一次在北斗山的瑶光峰峰顶上看日落，也是最后一次。

陈楚这时收起了所有名单，回到了李遥天身旁，苦着脸道："老师……阮青竹老师说，不管我们饭……"

李遥天哭笑不得，连连摇头，道："兔子又不是我们吃的，冲我们撒什么气。"

消失的尽头的源头

山上的众人没饭吃，山路上，路平抓的兔子却已经烤熟了。他一边撕下一片放在嘴里尝了尝，一边回身拍了子牧两下。

"嗯？"半昏半睡的子牧有气无力地睁开了眼，发现自己坐在地上。他下意识地就要撑着站起来，嘴里嘟囔着："继续！坚持！"

"歇会儿吧，吃点儿东西。"路平撕下半只烤兔送到子牧嘴边。

烤肉的香气钻进子牧的鼻子，让他有点儿茫然。北斗学院的新人试炼和吃点儿东西？这都哪儿跟哪儿啊？

子牧傻傻地接过烤兔，又愣了好一会儿，这才恍然大悟："哦，这是梦吧？唉，我又晕倒了。"

"你是晕倒了，不过现在不是梦。"路平说。

子牧迷茫地咬了一口烤兔，微烫。好像真的不是梦，自己真的在北斗学院的新人试炼里吃着烤兔。

子牧抬头，向前方望了望，山路依旧。

"找到尽头了吗？"他问。

"不知道。"路平说。

"不知道？"子牧不解。

"是的。因为这个异能我不懂，所以我并不清楚我找到的到底是不是尽头。"路平说。

"你找到了什么？"子牧问。

路平没有回答，抬头望向上空子牧顺着他的目光一同望去——那边，瑶光峰峰顶，在已降临的夜幕中披着点点星光。

子牧看不清什么，路平也看不清，可在他的印象中，那山边有一道身影伫立着，模糊却又清晰。

路平撕下一片兔肉，放入嘴中咀嚼着。子牧虽心有疑惑，但是看到路平认真思索的模样，他没有说话。

一人半只烤兔，很快就把它消灭干净。

"饱了吗？"路平问。

子牧用一个饱嗝回答了路平。

"这兔子好肥。"他称赞道，对此感到十分满意。

就算新人试炼最终他还是失败了，但是在北斗学院的新人试炼里悠哉地吃了半只烤兔，子牧觉得自己的人生已经有了亮点。

路平点点头："再休息一会儿，我们继续。"

"或许不用休息。"子牧毅然起身，半只烤兔让他恢复了些许力气。

"好。"路平也不阻拦，两人再走。

子牧走得很慢，路平陪着他，并不以为意。速度在这场试炼中并没有意义，至少路平目前这个程度的速度是这样，他可以确定。

迈步走在这消失尽头的山路上，无论快慢，事实上都是在和那个异能发生碰撞。

倾听着那纷杂的魄之力声音，路平最后一次进行着确认。

差不多了。

他想着，突然站定，再次抬头，目光锁定在瑶光峰峰顶。

"怎么？"子牧不解地问道，路平已经挥出了他的拳头……

瑶光峰峰顶。

不管饭终归只是阮青竹的一句气话，瑶光峰门生很快给峰顶送来了晚餐，每个人都有份，包括那些试炼失败的新人。

有的人吃得欢欣鼓舞，这可是他们在北斗学院吃的第一顿饭。有的人则味同嚼蜡，这是他们在北斗学院的第一顿饭，也是最后一顿。

但在所有人的心中都留着一份同样的好奇：那两个还没结束试炼的家伙到底会怎么样？

山边几乎被李遥天的门生站满了，所有人都在关注这二人的试炼。虽然刚刚发生的只是一场烤兔子的篝火晚宴，但是在北斗学院的新人试炼中，居然还有人停下来弄东西吃，也算是有史以来头一遭了，尽管这不是什么值得载入史册的事件。

然后两人继续上路，所有人继续默默地关注他们。陈楚端着一个饭碗，来到了李遥天身旁。

"老师，吃点儿东西？"陈楚小心地问道。以他对李遥天的了解，试炼没有结束，他怕是不会分心在吃饭这种事上。但是作为学生，即使知道会被拒绝，也还是要有所表示的。

谁想李遥天点了点头，回手竟然就将陈楚手中的饭碗端了过去。

啊？

陈楚愣在那里，他没想到李遥天竟然没有拒绝，眼看着李遥天就将饭碗端到嘴边扒拉了一口。

"你吃过的。"李遥天说。

陈楚羞愤难当，那碗饭其实他是端给自己的，已经扒了一口，给李遥天只是象征性的表示，哪想到今天李遥天还真就吃了。李遥天的枢之魄已达贯通，立即吃出来陈楚已经享用过。

"我去换一碗。"陈楚无地自容。

"你自己去重新端一碗吧。"李遥天不以为意地说道。他端着饭碗，依然望着路平。这小子看起来是要跟自己耗上了，他吃得了烤兔，难不成我还吃不成一碗饭？授徒严格认真的李遥天看到路平在新人试炼中不慌不忙地吃起了烤兔，竟也起了这样的心思。

谁想这时，他看到路平突然抬头。

抬头望望峰顶，这样的动作很寻常，谁都不以为意，之前吃烤兔的时候路平和子牧就这样抬头望过。但是这次路平刚抬头，李遥天顿时就感知到了一股凌厉的势头竟直指向他。

这少年！李遥天一怔。

路平的拳已挥出，向着这峰顶，向着他李遥天，一拳挥出。

尖锐的呼啸顿时在山间回响，冲起的魄之力声势惊人。李遥天的鸣之魄同样是贯通境，立即感知出这是鸣之魄的一拳。可是第一时间，他竟觉得这不是攻击，而是在向他传递声音。

传音？——不，不是传音，应该说是像声音一样传递。这一拳的魄之力在像声音一样传递。

李遥天神色大变。

消失的尽头，所有人置身其中，可不只是走路走不到尽头，如这般的远距离攻击也该找不到尽头，也该在无止境的旅途中最终消失。

但是路平的这一拳不一样。

遍布在这山间的、构建出消失的尽头的魄之力，竟然成了这一拳的路线图。这一拳轰出的鸣之魄沿着这线路图，竟然遍布了消失的尽头的每一个脉络。

啪！

李遥天手中的饭碗裂成了两半，那鸣之魄终有一丝冲击到了他这里。这对李遥天自然不足以造成任何伤害，但是他手中的这个碗经受不住。

李遥天的目光停留在了路平身上，看到路平依旧在望着这里，而他的眼神看起来正在等待一个答案。

他没有找到消失的尽头。

他找到了消失的尽头的源头。

上山

"老师！"

玉衡峰的门生们纷纷围了上来，或惊讶、或愤怒地叫着。担心倒是没有，谁也不信如此遥远的距离，一个试炼的新人有能力伤到李遥天。但是这一拳毕竟还是到了这里，这意味着什么，李遥天的门生都很清楚。

只是这一拳做到这一点的方式让人惊讶，这是什么异能？他们这些堂堂北斗学院的学生、七院士的门生居然完全看不出来。

"像是传音……"有人嘟囔了一句，马上就闭嘴了。传音那种过家家一般的低级异能，怎么可能穿透李遥天的消失的尽头？这个猜测实在有失水准。

"有点儿像传音。"谁想李遥天竟然点了点头，对这有失水准的猜测表示了认可。他一边说着，一边转过了身，终于从他已经站了整整一天的位置退了下来。手中裂成两半的饭碗，被他随手交给了身旁有点儿手足无措的陈楚。

"带他们两个上来吧！"李遥天对陈楚吩咐道，另一只手一挥，山间那浓郁的魄之力开始渐渐变淡、变薄，直至完全消失。

"是。"陈楚领命去了，只是手里的这饭还不知要如何处理，只好就这样一直端着。

山路上，子牧虽然只是感知境，并且处在很虚弱的状态，但也依然可以感觉到路平那一拳惊人的声势。这一拳所轰出的魄之力浓郁得如有形有质，而后在整个山间扩散、游走着。

"你干什么？"子牧目瞪口呆，却见路平又望着瑶光峰峰顶，只是这次他的眼神大不一样，这一拳所挥的方向也正是朝着那里。

"你……不会吧！"子牧隐约猜到了一点儿什么，顿时吓了一大跳。他后退了一步，险些一屁股坐到地上。

"不会什么？"路平收拳问道，但是紧跟着就察觉到身畔一直都在的那些魄之力正在徐徐消散。

子牧对此显然茫然无知，只是哭丧着脸，道："你攻击了李遥天，对不对？"

"大概是。"路平说。

子牧彻底坐到了地上。北斗七院士，那在他心目中就是神圣得让他不敢直视的人物，结果路平这个家伙居然向对方挥拳？

"你真是我哥。"子牧说话已经有了哭腔。

就在这时，一道流光忽地从瑶光峰飞起，在夜空中划过一道优美的轨迹，而后笔直地坠到了路平和子牧身前。只是来人不如他划过的轨迹那般潇洒，他的脸上带着尴尬，右手捧着碗饭，那碗还裂成了两半，浇在米饭上的菜汤浸过米饭从断开的碗底渗出，淋得他满手都是。

"喀。"陈楚轻咳了一声，朝路平和子牧尴尬地笑了笑后说道，"跟我走吧！"

"去哪儿？"子牧下意识地问道。

"峰顶。"陈楚说。

"我们……通过了吗？"子牧抑制住心中的狂喜问道。

"一会儿你们就知道了。"陈楚说。这两人李遥天会怎么定夺，他还真猜不透，就像他没想到李遥天今天居然会从他手里接过饭碗一样。

说着，陈楚就已经走到前面去带路了。子牧在他走过身边的时候，又寒暄式地问了一句："师兄怎么称呼啊？"

"哦，我叫陈楚。"陈楚说，"如果你们能通过试炼并能成为玉衡峰门生的话，那就叫我大师兄。"

子牧顿时倒吸了一口凉气，他怎么也没想到这个带着几分狼狈出现在他们面前带路的人竟然就是玉衡峰的首徒陈楚。作为见多识广的东都学院学生，他对北斗学院的了解可不局限于七院士。陈楚这种峰头的首席门生那也是鼎鼎有名的修者，名气和实力在整个大陆都是排得上号的。

四大学院不同于一般学院，在这里没有通常学院四年毕业的定义，一生寄于四大学院门下修炼都是可以的。六大强者之一的吕沉风至今就仍在北斗学院，但他既不是七院士之一，也没有开门授徒，如果要下准确定义的话，他如今依然是北斗学院的学生。而他也确像一个学生一样，在五魄贯通的境界上继续孜孜不倦地钻研学习，力求突破。

因此，北斗学院是四大学院中唯一一座拥有五魄贯通强者的学院。虽然吕沉风从来不问世事，但依然被视为镇山级的人物，毕竟顶尖的境界摆在这儿，无论如何也不可能被当作不存在。至于他实际上会成为北斗学院多大的依靠，这个就真的不太好说了，毕竟一直也没人敢去试探他。而北斗学院只是借着他的存在，在四大学院的相互交流中，声音都响亮了许多。

"走啊，发什么呆？"陈楚走了没两步，就察觉到身后的子牧在发愣，扭头叫道。而一直没说话的路平始终很平静，李遥天他都不知道，玉衡首徒陈楚他当然就更没印象了。

瑶光峰峰顶，晚餐已经结束。

那些未能通过试炼的新人被暗示可以自行下山离开，但是既然没有强行要求，这些新人也就都没有动。虽然失败已成定局，但他们还是很关注最后二位的结果。至于其他通过试炼的新人，心情舒畅，自然更有兴趣作壁上观别人的命运了。整个峰顶上的气氛倒是挺放松，无论通过试炼与否，对于众新人来说，终究算是一个解脱。

这时，路平和子牧终于被陈楚领到了峰顶，在众新人的注视下，被直接带到了李遥天的面前。

路平倒也罢了，只最后挥出的那一拳，大家就都意识到了他的不凡。但是子牧呢？他是一个彻头彻尾的弱者，只是因为一直得到路平相助，才有了此时的境地，这样也能算是通过试炼？通过试炼的对此只是好奇，但那些失败者却从子牧身上又找到了一线生机，如果这样的家伙最终也能通过试炼，那么自己说不定也能找到一个通过的理由呢？

所有人的目光都聚集在二人身上。子牧相当不安，却还要努力挺直腰杆。倒是路平，他自始至终的平静和子牧彻头彻尾的弱保持了相当的一致。

李遥天看着二人，很快就开了口。

"你们两个，有些遗憾。"他说道。

无以为报

咦？

李遥天的表态，让新人们倍感意外。

如果仅仅是子牧"有些遗憾"的话，那在大家看来倒没有什么问题，但是李遥天说得很清楚，是"你们两个，有些遗憾"。挥出那惊人一拳的路平，看来还是没有受到李遥天的青睐啊！

是因为态度吧？

新人们纷纷想着，既然能出这么一拳，早点儿出手不好吗？一直拖延到这个时候，还在试炼中吃烧烤，这态度可是非常不端正啊！

新人们窃窃私语，他们当中绝大多数人并不完全清楚路平那一拳到底做到了什么，只是觉得路平的确有几分实力。但是，有实力却没通过试炼的也不只是这一个，之前那些被李遥天论为"遗憾"的人当中也有实力突出的。

新人们或觉得遗憾，或幸灾乐祸，情绪各不相同。倒是玉衡峰的门生们此时显得非常规矩，对李遥天宣布的结果没有表现出任何异样的情绪。他们可是很清楚路平那一拳到底做到了什么，能轰到李遥天手中的饭碗，消失的尽头事实上可以说是被这一拳打破了。做到这一点的学生，之前没有一个被放弃。可对李遥天宣布的如此结果，没有人有任何表示。

子牧叹了一口气。

他一度对进入北斗学院燃起了希望，可是最终依然还是这么个结果。不过这倒也不算什么沉重的打击，自己本就没做过什么，结局本该如此。

可是……

子牧望着身边的路平，觉得这实在很不应该，不免为路平感到不平。

但是路平的神情依然很平静，这个结果好像对他一点儿触动都没有，他甚至连眉头都没有皱一下。李遥天说完，他很快开口。

"遗憾什么？"路平问道。

这还用问？新人们纷纷腹诽。

谁想李遥天竟然笑了出来，目光忽然落到了子牧身上。

"你来说，遗憾什么。"李遥天说道。

子牧愣住了，简直不敢相信，七院士之一的李遥天竟然在亲口对他讲话，但是这份激动只停留了一瞬。遗憾什么？子牧飞快就有了答案。

"我遗憾！"他站得笔直，昂着头说道，"但不是因为我自己。以我的实力，进不了北斗学院很正常，这没什么可遗憾的，但是他呢？"

子牧说着，情绪明显激动了起来。停顿了两三秒后，他终于鼓足了勇气，大声说道："路平为什么会没有通过？他的实力你们看不到吗？北斗学院七院士之一的玉衡星是盲的吗？对此，我很遗憾！"

静。

整个瑶光峰峰顶，半点儿声音都没有。

说玉衡星李遥天眼盲？这可是从来都没有的事。哪怕是李遥天的对手、敌人，再不喜欢他的人，也得承认他的实力，无论如何也没办法说他眼盲。

但是现在，子牧，这么一个连贯通境都不是，感知境也只是鸣之魄达到了六重天的新人，竟然当着李遥天的面直斥他眼盲？

所有人的眼珠子都快掉出来了。而子牧呢，说着这话的时候，他的声音、身子就一直在颤抖，到现在说完了也没止住。

说了，自己居然真的说了！这简直就和在试炼中吃烤兔一样宛如梦境，这下自己人生的亮点怕是又多了一个吧？

当然，子牧完全不是为了给自己的人生制造亮点，他望向路平，眼中流露出的意思很明确：他能帮路平的，就仅仅是帮路平发出一点儿声音了。

而后，他就准备等死。

是的，子牧只是发出了一点儿可能不会起到任何作用的声音，可他做好的准备却是牺牲自己的生命，以此来感激路平这一路上对他不离不弃的照顾。

安静的瑶光峰峰顶，众人终于回过神来，哗然一片。

"你这个小子活腻味了吗？"顿时有不少人咆哮着向子牧冲来。这些大多是新人，有已经通过试炼自认是北斗门人的，也有没通过试炼但在这时候马上出来积极表现一下以求还能拾到救命稻草的。

早已经意料到自己下场必然十分惨烈的子牧虽有心理准备，但眼见一堆人气势汹汹地猛冲向他，终究还是无法从容面对。本就虚弱的他顿时腿一软，一屁股坐到了地上。

"你不怕吗？"李遥天忽然说道。

所有冲上来的人连忙止住，李遥天在问话，他们当然不敢这时候冲上去把他问话的对象给干掉。只是，这小子怕不怕不是很明显吗？刚才说那些话时就在哆嗦，现在更是站都站不稳，他显然是很怕的。

已经坐倒在地的子牧听到问话，还是没能站起来，但他依然努力昂着头："怕，但我也要说。路平不通过，你就是……"

"行了。"李遥天一挥手，子牧接下来的声音竟没发出来。

李遥天并没有特别的嗜好，要把骂他的话重复听两遍。

子牧张着嘴，声音却发不出，这才知道在李遥天这样的强者面前，自己能将之前那些话完整地说出来都是很难得的事，如此倒也显得自己骂那么一句不是那么微不足道了。

子牧最后一次看向路平，觉得这大概就是临别一眼了。谁想路平这时却来到他身旁，就如在山路上一直做的那样，将他拎起，帮他站稳。

"你……"子牧有点儿想哭。这是一种态度，共同进退的态度。或许一开始对路平而言，这仅仅是举手之劳，但是现在再不仅仅是如此。

李遥天没有再说什么，也没有再看二人，而是向陈楚示意了一下。

要动手了吗？

这一次，有路平在一旁扶着，子牧勇气倍增，一脸的慷慨。

"下面我念一下名字。"陈楚说道。刚刚已经念过一遍的名单忽然又到了他手上。

怎么回事？

什么意思？

峰顶上又乱了，教训子牧这种事顿时就没人去理会了，又要念一次名字，这好像有点儿不同寻常的意味。

"大家安静一下。"陈楚有些无奈地说道，"并没有人向你们宣布过试炼已经结束了不是吗？"

第 286 章

再次念名

这话一出，峰顶上更安静不了了。试炼还没结束？

仔细一回想，确实如此，他们没有从任何一位玉衡峰门生口中听到"结束"两个字，包括陈楚在那一次念完名单后，所说的也只是"遗憾"。就如李遥天对刚被带上峰顶的路平和子牧说的一样：遗憾。

遗憾什么？

这个问题路平问了，但是他们都没有。他们所有人想当然地就把这个"遗憾"和未通过试炼画上了等号。现在看来，遗憾的只是他们在消失的尽头里的表现，而这还没有决定他们的去留。

结果就在他们在欢欣和失落中度过了这一段时间后，冷不丁地，突然又要念一次名单。

这意味着什么？

之前念名过后的这一段时间，又是一次试炼吗？

可这试炼中什么也没有啊！有的只不过是一碗饭。

饭有问题？

不少人立即就这样怀疑起来，尤其那些枢之魄的高手，立即疯狂地开动枢之魄。瑶光峰顿时呕声一片，直至一个声音传来："谁敢吐在这儿，我就把谁从这儿扔下去。"

阮青竹。

她的人没过来，声音却无比清晰地在峰顶传开。所有新人顿时都不敢动了，陈楚连忙抓住这难得的空当说道："大家不要着急，和晚餐没有关系。"

这话一出，大家顿时更着急了。

和晚餐有关，那还算有个着落，还能去探究一下；和晚餐无关，那是什么？瑶光峰峰顶有什么定制？就好像消失的尽头那样的异能吗？一时间，大家发动起来的魄之力已经远不止枢之魄了。

陈楚也是无奈，好在场面虽乱，却还算安静，他稍稍用点儿鸣之魄，声音顿时就清晰无比地传开了。

"连欣、李登、林天表……"依旧是那般语速，一个名字一顿。只几个名字，大家就发觉了不同，这一次点到的名似乎恰好是之前没有点过的。

谁知刚刚生出这样的念头，"葛政、知北……"两个曾经点过的名字却又一次出现在了这回的名单中。

这到底是什么意思？

有人茫然，有人却已经意识到了一点儿什么。至少在听到的名字中，已经出现了几个一等一的人杰，比如林天表，若他都无法通过北斗学院的试炼，其他人还抱什么幻想？所以这次念到的名字，应该是属于"不遗憾"的吧？

峰顶渐渐安静下来，此时的挣扎也改变不了什么，新人们都开始静静地听陈楚念名字。

"路平。"刚刚的焦点人物也在陈楚这一次念名时被点到，引起了一次视线的集中。而后，一样间隔的停顿之后。

"子牧。"

人群中顿时议论声又起。这个名字，在大家心目中的意义和林天表是一样的，只不过代表的是反面的一层意义。可是现在，他赫然和林天表的名字出现在了同一组别里，顿时让所有人不懂了，甚至包括子牧自己。

见多识广的子牧自然不会不知道同是来自东都的、有名的少年天才林天表，所以早早地识别出了这一组的意义。听到路平的名字被点到时，他的心情一阵激动，抓住路平的肩膀就摇了两下，仿佛他自己被北斗学院选中了一般。等到接下来，他自己的名字被点到时，他却整个愣住了，抓着路平肩膀的手也僵在了那儿。陈楚之后所念的名字，他愣是一个都没听见。

半晌，子牧才回过神来，看到不少人都以一副惊呆了的表情看着他，而路平在一旁笑着。

"这点名到底是什么意思？"子牧喃喃自语。他心怀憧憬，却又不敢相信，只盼着陈楚快些念完名字给个解释。

"周暮。"

终于，念完这一个名字后，陈楚手中的名单已经翻到了最后一页。而后名单就被重新合起，陈楚将目光投向峰顶上的所有新人，在一片寂静当中再度开口。

"以上念到名字的，"他说，"恭喜你们，正式成为北斗学院的一员。"

寂静持续了足足有三秒。这一次，每个人把陈楚说的话反复回味了三遍，彻底确认他说的是"成为北斗学院的一员"，而不是"很遗憾"一类的虚话后，终于爆发出了欢呼声。

"怎么会！怎么会！"没有人的激动能和子牧相比，对于一个只能将期望埋在心底，被路平的举动打动后才敢流露出少许期望的人来说，这结果实在太意外，也太惊喜。他那僵在路平肩上的手一下子就灵活起来了，拼命地摇着，只是没几下后，他忽然向后一仰，人就翻了过去。

路平连忙伸手接住，一感知，发现子牧又是和之前一样昏厥了，只是这次明显是兴奋过头导致的。路平笑了笑，也和之前一样，很顺手地一甩，就将子牧扔到了肩上。

被点到名的在尽情欢笑，但是没被点到名的呢？

他们直勾勾地望着陈楚。听到被念到的人已经正式加入北斗学院后，他们面如死灰，但是又不肯死心。之前他们一度也以为已经结束了，但是最后不是又有了这么一次转机吗？虽然这转机让人觉得莫名其妙，但对比名单大家已经发现，两次点名都被点到的意味着完成了逆转，从"很遗憾"变成了"恭喜你"；也有两次都没被点中的，这个转折可就不喜闻乐见了。但是不管怎样，既然有这样逆转的可能，那就意味着他们还有一线希望吧？

但是陈楚再度开口，终于彻底打碎了他们最终的幻想。

"其他没有被点到名的，很遗憾，北斗学院拒绝了你们，希望你们另有好的前程。"陈楚说道。

"为什么?!"好几人发出这样的呐喊，当中一个更是冲出了人群。

是韦凌，和路平、子牧起过冲突的韦凌。

第一次他没有被点到，欣喜若狂地度过了那一段峰顶的时光，连路平的凶猛都被他抛诸脑后了。可是第二次，他又一次没有被点名，而结果竟然是北斗学院拒绝了他。

从天堂到地狱，这样的落差无疑是残酷的，而遭受了如此际遇的人并不多。他们的反应大多都很强烈，尤其是韦凌，他从人群中冲出，转瞬就已经飞奔到陈楚的面前。

"韦凌。"陈楚看着他，叫出了他的名字，让韦凌立时一愣。

数千人，陈楚点了两轮名字，而他韦凌是两轮都没有被点到名的人，现在却被陈楚一眼认出。

这意味着什么？是不是意味着自己的一举一动一直都在被留意？那么在从天堂到地狱的这段时间里，自己做了些什么？

韦凌开始回忆，很快他汗流浃背，风一吹，后背凉飕飕的。

在以为通过了试炼的那段时间里，他得意张扬，找到和自己同学院推荐来的、被点名的同窗，向其炫耀自己是如何瞒天过海、暗施手段，将他的竞争对手，同时也是对方的亲兄弟从原本的推荐名单里挤出去，取而代之。他以为加入北斗学院已成定局，于是居高临下、有恃无恐地向对方卖弄着。总而言之，他本没有推荐资格，他这资格是他耍手段，牺牲了真正有资格的人夺来的。

"看来不需要我解释了。"陈楚淡淡地说道，语气变得异常冷漠，好像不再是之前那个几次露怯的家伙。他的眼神忽然变得很明亮、很清澈，仿佛可以洞察一切。韦凌忽然想到了这个玉衡峰首徒大名鼎鼎的异能——洞明。

"还有谁想要解释？"陈楚不再看他，清澈的目光扫向其他如韦凌一般冲出来想讨个说法的新人。而这些新人在被这一眼扫过后，忽地就蔫了，一个个都和韦凌一样变得畏首畏尾，似乎都察觉了自己的问题所在，再没人敢上前了。

"我无话可说……"韦凌似乎已经放弃了挣扎，但是心底里的恶毒却让他死也不想让别人好过，他忽然一指路平那边道，"那么他呢？他凭什么可以通过？"

他指的是路平肩上的子牧，而他问出的倒也是很多人都有的疑问。

陈楚扫了一眼那边，和路平一起看向韦凌。

"关你屁事！"两个人异口同声地说道。

爱搭不理

关你屁事。

话很粗鄙，路平平时不这样说话，陈楚平时也不这样说话，但是此时两人异口同声地说了这话。

陈楚说完就笑了，看向路平。结果路平却很严肃，话是一样的话，但是在情绪上，他没有和陈楚保持同步。陈楚一脸心领神会的模样在看他，他却挺认真地看着韦凌。

陈楚微窘，只好又看回韦凌。韦凌哪里还敢继续撒泼，这里可是北斗学院，陈楚的回应终于表现出了几分四大学院该有的强势。韦凌心里纵有再多的怨恨、不甘，也只能咬牙忍了。其他如他一般的新人也再没有站出来表示异议的了。

"天气已晚，没有被点到名的可以在瑶光峰暂住一晚，明日下山。其他人请跟我们走。"陈楚说道。一旁的玉衡峰门生们已然聚集在了一起。李遥天走在最前面，而后首徒陈楚随上，其他门生各按次序，最后是被点到名的新人们一众跟上。留在峰顶的，最终就是次轮点名未被叫到的新人，还有不知何时出现的瑶光峰门人。

沿着来时的山路下到半山，队伍折了个方向，改向北直行。远处隐约可见山峰的轮廓，一座叠着一座，正是北斗山有名的其余六峰。

队伍中不乏各种境界的高手，但是此时没有人施展异能，只是沿着这条山路安安静静地行走着。新人们跟在后面，心中喜悦，对于接下来的安排既期待又紧张。

子牧依旧晕着，由路平扛着他，身体周围空出很大一圈。

路平的名声，在他和子牧引起所有人的关注时就在新人中传开了。此时不敢太接近他的已经不只是来自玄军帝国的新人了，人人都觉得这个家伙危险、恐怖至极，这样的人北斗学院也会收？

由于包括韦凌在内的所有出局的新人被陈楚扫过一眼后就各自收声不敢争辩了，因此直至现在，其他人依然不知道北斗学院选择新人的依据到底是什么。实力无比差劲的子牧他们收了，凶残至极的路平他们也收了，好像境界和品行都不是他们用来参考的标准，那他们看的到底是什么？

人人带着好奇，却又不敢问不敢讨论，默默地行走在这队伍中。

这一走又过了许久，前方路头忽然亮起两盏灯火，再走近些一瞧，原来是两个人挑着两盏灯笼。

北斗学院那是什么地方？人人都是一身修为。这冲之魄有了感知二重天的境界后，借这点儿星光就足以看路认人，点灯照路这种事对他们而言是多余的。两盏依靠平凡的烛火打出的亮光更多的是给他人指明方向，并将自己清晰地暴露给对方，而这，是一种敬意的体现。

只是这礼，所针对的却仅仅是一个人——玉衡星李遥天。待李遥天从这两盏灯笼前走过后，灯笼后的二人当即直起了身。二人虽沉默不语，但神态颇为倨傲。

玉衡峰的门生们也不怎么理会这两位，径直走过。后边的新人们却大多已经猜到了这两人的来历——北斗七峰之开阳峰的门生。

两峰门生之间似乎并不如何友善，互相都不怎么搭理。可新人们哪有胆量在七峰门生面前摆姿态，自然都是笑脸相迎，但两人始终一副爱搭不理的模样。直至路平扛着子牧走过时，目不斜视，那在两人看来，自是对他们两人爱搭不理的模样了。

好嚣张的新人！

两个开阳峰的门生迎面而立，各自从对方的眼神中读懂了其中的意思。一人随即一使眼色，另一人心领神会，一只手依旧打着灯笼，另一只手伸指一钩，一道火焰竟从那灯笼里飞出。他甩手一指，火焰悄无声息地就向路平身后的裤脚飘去。

路平后面可还跟着其他新人呢，只是刻意地保持着些许距离，两人的举动自是完全没把新人放在眼里。而新人们呢？果然也不敢声张，一边继续走着，一边默默地看着那火焰飞到了路平的右脚后跟。

眼见火焰就要朝路平的裤脚烧去，他转身，抬脚，落下，将火焰踩灭在了脚底。

"做什么？"路平看着那个向他打来火焰的开阳峰门生问道。

那个门生早就愣住了，他都准备好欣赏这个嚣张新人的狼狈相了，哪知道对方竟然如此自然而然地一脚就把他的火焰踩灭，而后还向他问话。

后边还有好多新人看着呢，他这脸上好生挂不住，当即脸色一沉，道："你这新人怎敢如此无礼？好端端地踩灭我的火种？"

"哦？难道不是要烧我的裤脚吗？"路平好像不知道对方是在恶人先告状似的，居然还很天真地问出这种问题。

那人自然早打算要死不承认到底，听了这话立即继续反客为主："混蛋小子，居然敢造谣污蔑我？"

"你的意思是不是？"路平微微皱眉。

"废话，当然不是。"那个门生一口咬定。

"你很不诚实。"路平指了指他，说道。那模样活脱脱像是一个长辈在评价晚辈，可路平的模样比这个开阳峰门生不知要年轻多少。更何况一个是刚刚通过新人试炼的新人，一个可是北斗七峰之一的开阳峰门生，路平哪有资格对着人家指指戳戳。

对于路平的举动，新人们看了都觉得刺目。那个开阳峰的门生更是愣了一下，完全没想到自己居然被这新人给训了一句，回过神时，顿时勃然大怒："你说什么！"

那灯笼中的烛火在这一瞬间竟都高涨了几分，但是马上有两个声音回应了他。

"我说你很不诚实。"路平重复道。

"他说你很不诚实。"另一个声音从前方飘来。

除了第一个字，其他内容一模一样。不过这次陈楚可再没有自讨没趣地去和路平互动，而是接着把他的话说完："他说得很对。"

本该走在队伍第二位的玉衡峰首徒忽然就回到了这个位置，清澈的目光向路平踩灭火焰的位置一扫，就知道火种一说只是无稽之谈。

对方显然也认得陈楚，知道在陈楚的异能洞明面前他这场面肯定是撑不下去的，但他又怎么可能向一个新人服软认错，只能冷哼一声，做不屑状。

这个开阳峰门生不敢对陈楚怎样，这大失颜面的怒火自然是要全数算到路平身上。他狠狠地瞪了路平一眼，什么也没说，但眼神里来日方长的意味明显得很。谁知这一切却都甩到了空处，路平压根儿没看他，而是看着陈楚点了点头，说："你说得也很对。"

嗯？

自己……是被这个新人小鬼表扬了吗？

陈楚一时间哭笑不得，这小子还真是有几分嚣张啊！敢大闹院监分会、辖区城主府的家伙，果然还是颇有胆色的。想着他转过头来，想对路平也说几句，让他好自为之一些，结果扭头过来却只看到路平一个后脑勺以及子牧的屁股，这家伙居然已经转身走开了。

"你这小子，我还有话要说呢！你怎么就走了，有没有点儿礼貌啊？"陈楚快步追了过去。

那个开阳峰门生看到这一幕顿时目瞪口呆，他面上对陈楚流露着不屑，事实上心虚得很。他只是开阳峰的一个普通门生，陈楚那可是玉衡峰首徒，无论是地位还是实力，想拿捏他都轻松得很。他也实在因为脸上太挂不住，这才死撑，想着这到底是开阳峰脚下，对方再嚣张也不能把他怎么样。

结果现在一看，那个嚣张的新人不仅对他不理不睬，对这玉衡峰首徒竟然也是一样。

这小子该不会是有大背景吧？这个开阳峰门生心里顿时嘀咕上了，北斗学院那也少不了这些人情世故，七院士也不是石头缝里蹦出来的，也会有个三亲六故的吧。

"欸！"如此想着，这个开阳峰门生揪住了一个从他身前走过的新人，一努嘴问道，"那新人叫什么名字？"

"路平。"新人惶恐地答道。

第 |288| 章
加入北斗学院的理由

"路平。"

队伍中，陈楚到底还是赶上了路平，叫着他的名字。

"嗯？"路平听到有人叫他，扭过头来。

看到路平这副不咸不淡的模样，陈楚不免有点儿生气，自己可是堂堂玉衡峰的首徒啊，这个小鬼真当自己是很好说话的主儿吗？

陈楚当然不是。每个玉衡峰门生都清楚，他们这大师兄虽然一点儿也不骄横，但也真没多平易近人。

今次新人中最惊才绝艳的当数林天表，出身名门，天赋惊人。但陈楚忙前跑后的，从来没有多看过林天表一眼，也没多和他说过一句话，只是对这路平，前前后后的关注着实不少。此时所有人都假作不经意地朝这边瞟着，鸣之魄更是努力发挥着作用。

玉衡峰的门生们好奇他们的大师兄怎么对这个路平如此关注，新人们呢，则都对路平有些嫉妒。

四大学院的体系完全不同于一般学院，拿北斗学院来说，七峰以七院士为首，而所谓首徒，意思就是该院士门下的首位记名学生，首徒在这一派系中的地位可想而知。那一声大师兄，叫的可是派系内仅次于七院士的存在。其他学生哪怕自己自立门户开班授徒，也不可能替代首徒的位置。更何况首徒本就有先人一步的优势，往往都是第一个开门授徒的。

而玉衡峰的陈楚却是七峰首徒中唯一一个没有自己开门授徒的。若说他是像吕沉风一样潜心于个人修炼、无暇他顾的话，却又不像，玉衡峰大大小小的事务，他忙前忙后跑得从来不少。其他开门授徒的门生都有了自己的帮手，只有他还是独自一人，倒也从不嫌烦。

换作其他首徒，若对路平有话讲，随便派个门生就捎话过来了，陈楚却要亲力亲为，顿时惹得一片侧目。偏偏陈楚还热脸贴个冷屁股，路平对他的关注毫不在意不说，似乎还有些嫌烦。这一点陈楚看得出来，他的异能可是大名鼎鼎的五级感知系异能洞明呢！

"臭小子，摆个死人脸做什么，是我烧了你的脚后跟吗？"陈楚这一不高兴，立即就训上了。他能察觉到很多别人察觉不到的东西，同时也从不掩饰自己。

该！敬酒不吃吃罚酒。不少新人看到路平挨训顿时就高兴了。谁想路平挨训后神情也没多大变化，只是有些莫名地看着陈楚，说了一句："当然不是。"

"能加入北斗学院，我看你并没有觉得很高兴啊？"陈楚说道。他关注路平的原因有很多，路平在消失的尽头里熬了那么久，在消失的尽头里烤兔子，一拳洞穿消失的尽头，这些都是次要的，最主要的是他的洞明竟然看不出路平的境界。而现在又要多上一个原因，那就是路平加入北斗学院后表现出来的情绪与其他人截然不同。

路平肩上的子牧激动得晕了过去，其他学生有的欢呼雀跃，有的喜极而泣，有的看似平静，却只是极力克制着自己的情绪。林天表倒是真的平淡，但陈楚知道那是他在名门世家中养成的不将大喜大悲流露出来的涵养和风度。只有路平，他的情绪是真实的、不加修饰的，对于加入北斗学院这件事，他为子牧高兴过，而他自己呢？就是那副不以为意的样子，他好像真没把这太当一回事。而这，成了陈楚关注他的第二个重要原因。

"哦，还好吧！"结果路平的回答竟也是如此不加掩饰。一声"还好吧"流露出的全是勉强，一般人察觉不到，但这是陈楚，拥有洞明的陈楚。他看不出路平的境界和真实的实力，却看得出路平的情绪。

"你为什么要来北斗学院？"陈楚忽然如此问道。在四大学院的新人招收中，不知从何时开始已经再没有人问过这个问题了。因为这个问题有如废话，整个大陆，若不是被四大学院拒绝，又有谁会拒绝四大学院？对四大学院的渴望仿佛是一个公理，可以不去追问什么缘由了，倒是拒绝的话，可以引得人来问一问。

路平没有拒绝，只是他这不以为意的态度也和公理相悖了，所以陈楚问出了这个已经消失了千百年的问题。

"被通缉呢，就来了。"路平很痛快地说道。

陈楚愣了愣，这个理由，说实话他猜到过。但如果是这个缘由，在知道成功加入北斗学院的时候，路平也该有点儿轻松和解脱的感觉吧？可在陈楚的印象中，这样的情绪路平也没有，他得知自己成功加入北斗学院时还在为子牧的成功加入高兴，而他自己根本就没半点儿情绪上的变化，好像那结果根本与他无关似的。

但这理由本身，不得不说是一个好理由。千百年来把四大学院当成庇护所的，路平不是第一个，也绝不会是最后一个。而四大学院从来不会因为这种理由将人拒之门外，因为他们就有这么强大的实力，这种庇护也是他们地位的象征。

"是个不错的理由。"于是陈楚点了点头，不过随后又道，"不过也没有你想的那么简单呢！"

"哦？什么意思？"路平问道。

"你看。"陈楚伸手指了指，简易地画了一个圈，"那几个人，看到了吧？"

"看到了。"路平说。

"他们就是玄军帝国，护国学院的。"陈楚说道。

路平点了点头，然后就看到陈楚也在朝他一下一下地点着头，竟不继续说下去。

"然后呢？"路平忍不住问。

"然后？然后还用我说吗？护国学院的人会怎么做你还想不到？"陈楚说。

"别告诉我你不知道玄军帝国的护国学院。"陈楚的洞明实在厉害，体察入微，轻易就察觉到了路平的茫然不解。

"确实不知道。"路平一脸的真诚。

陈楚一看确实不假，顿时忍不住道："你玄军帝国的人不知道护国学院，那和我们北斗学院的人不知道李遥天有什么区别！"

路平顿时一脸的尴尬："那个确实也是我不知道的。"

"你不知道李遥天？！"陈楚这下是彻底没按捺住，声音猛然拔高。他一直在驾驭魄之力使用着洞明，这一声鸣之魄不由得也跟出了几分，拔高的声音在山间一下子传出去好远。

"大师兄……"这时，一个玉衡峰门生冷不丁地出现在陈楚和路平的面前。

"老师说，你如果是喊给他听的，不用这么大声。"来人说道。

"不是，是一时不能自已。"陈楚说。

"这样的话，魄之力的控制能力还有待提高啊！"来人又说，一看陈楚在猛瞪他，他连忙补充，"也是老师说的。"

"嗯嗯，说得很对呢！"路平表示赞同。

第 |289| 章
不能说的身份

陈楚真的不想和路平说话了，一点儿也不想。

若说路平是存心气人，那还可以辩上一辩、驳上一驳。掌握着洞明的陈楚极擅长察言观色，捕捉人的情绪心思。吵架这种事，他不喜，但真要认真起来，北斗七峰他还没怕过谁。只不过他通常不这么做，动用五级异能去吵架实在跌份儿，而且也胜之不武。

但是今天遇到路平，陈楚发现自己就算动用五级异能也不管用，只会给自己添堵。

因为路平总是在说大实话，他之前就是不知道李遥天，这下也是刚刚听说玄军帝国有个护国学院，你又能把他怎么样？嘲笑他见识浅薄、孤陋寡闻？陈楚敢百分百肯定，如果他说了这话，路平一定会很认真地对他说："嗯嗯，说得很对呢！"

是的，这个小子就是这么一个尊重事实的人。无论是别人身上的还是他自己身上的，他都一视同仁地尊重事实。

和这种人根本没法儿吵架。吵架要提住对方的缺陷，攻击对方的痛处。但是路平尊重事实，你若抓了他的缺陷，他只会和你说你说得对，有这样的态度，自然也就不会有什么痛处了。

陈楚着实痛苦，徒增烦恼的洞明异能干脆也就不再使用了。他实在不想和路平再说话，但做事有始无终会让他更难受。作为李遥天的首徒，他的性子里到底还是被灌注了不少李遥天的那股认真劲，容不下虎头蛇尾的马虎，无论什么事。

"喀。"陈楚咳嗽了一下，以示自己又要开口说话了。

路平望着他，那个返回来给他带话的玉衡峰门生也望着他，顿时让他心里更加烦躁起来。

"去去去，一边去。有你什么事啊！"陈楚挥挥手，把那个玉衡峰门生赶走了。

"喀。"陈楚又咳嗽。

"你还说不说话了？"于是路平问。

陈楚深呼吸，沉住气。

"刚说到哪儿了？"他努力平静地说道。

"李遥天老师说你魄之力的控制能力有待提高，我觉得说得很对。"路平说。

"这之前！"沉住气的陈楚只坚持了不过一秒又崩溃了。路平实在太耿直，太实在了，这让陈楚意识到"这之前"也不是很准确，连忙自己开口堵住了路平刚要说的话。

"护国学院，我们说到这儿了。"陈楚说。

"呃……"

"是这儿！"陈楚强调道。

路平点了点头，也不争辩，但那眼神分明是在指出陈楚措辞的不严谨。陈楚没用洞明都看出来了，但他决定无视。

"护国学院是玄军帝国首屈一指的学院，在大陆学院风云榜上排名常列前五。以护国为名，可想而知，它是玄军帝国建来为帝国输送修炼强者的基地，所以护国学院的学生对玄军帝国的忠诚高于一切，会被推荐到四大学院的尤其看重这一点。你作为玄军帝国的通缉犯，他们是不会对你视而不见的，即使这里是北斗学院。"陈楚语调平稳，语气一致，毫无感情色彩地一气说完了这长长一大串，整个过程中也完全没有看路平一眼，直至说完才最后又跟一句，"明白了吗？"

"明白。"路平点了点头。

"说说你的看法。"陈楚说了那么一大串，不想只听到路平简单地回一句"明白"。

路平望着方才被陈楚用手指圈过的新人，共五位，用很欣慰的口气道："打五个，总比打五百个省事得多。"

"你赢了。"陈楚最后扔下一句，头也不回地走了。片刻后，他回到队伍前方，李遥天的身后。一旁的同门都在窃笑着，陈楚无奈地瞪了众人一眼。

最前方的李遥天开口说话，所有人立即收起了笑容。

"看不出他的境界？"李遥天说道。

"是。"陈楚回答。在老师面前，他任何情绪都已经收起来。

"他身上有定制。"李遥天说。

"定制？"陈楚愣住了。

到了四魄贯通这一境界，异能将成为实力的主导，而拥有四种贯通境的修者可掌握的异能实在五花八门。正所谓贪多嚼不烂，很多修者会集中精神专攻某一门类的异能，以此提升自己的实力。

玉衡星李遥天所专攻的门类正是定制系异能，而他的首徒却没能很好地继承他的强项，最终的异能是感知系的。拥有洞明的陈楚没能感知出路平身上的端倪，但是李遥天却有所察觉。

"是什么定制？"陈楚问道。他不会怀疑老师的判断，定制系异能方面，放眼整个大陆李遥天也是顶尖水准。除去六位五魄强者中那个最为变态的冷休谈不提，李遥天若说自己是第二，真没有哪位可以自信满满地说自己是第一。

可是即便如此，面对陈楚的这个问题李遥天却摇了摇头，脸上是不确定的神情。

没有完全确定的结论，老师是一定不会说的。陈楚知道李遥天的脾气，自然也就没有追问下去，而是另问道："我感知不出他的实力，和这定制有关吗？"

结果李遥天苦笑了一下，还是摇了摇头，这一点他也无法确定。他只是隐隐察觉到路平的身上是有定制系法则在运转的，但具体是什么可没那么容易辨析。因为那法则李遥天也仅仅是在路平轰出那一拳时敏锐地有所感知，只一瞬就又消失不见。到底是个什么法则，李遥天比陈楚想的还要没头绪得多。

"其实……想知道的话，直接问问他，可能是最简单的办法。"陈楚忽然说道。

"哦？"李遥天可没有偷听学生们说话的习惯，陈楚之前跑去找路平，除了那拔高的一嗓子以外，他并没有刻意去听什么内容，所以不知道路平是多么耿直。

"我去问问。"陈楚刚刚头也不回、暗下决心再不理会路平，才这么一会儿的工夫就又跑回路平身边，顿时再度引起关注。

路平也有些无语地望着这位去而复返的大师兄，心想，这是又有什么事啊？

"你身上有某种定制，是什么定制系异能吧？"陈楚开门见山。

"是。"路平点头。

"是什么？"陈楚心下甚慰，发现路平这性格还是有些可取之处的。

"不能说。"路平很肯定地答道。

正甚感欣慰期待答案的陈楚，听到这个回答心情顿时又糟糕得无以复加。路平确实很诚实、很耿直，所以没有藏着掖着，而是很果断地告诉他：不能说。

"为什么？"他忍不住就要问一问。

"不安全。"路平说。

"为什么？"陈楚还要问。

"暴露身份。"路平说。

"你什么身份？"陈楚还问。刚问完他就知道这次不会有任何答案，人家就是怕暴露身份不安全，怎么可能还说出这隐藏的身份？

是什么身份这么可怕？这小子竟然都不敢说。对付院监分会，对抗城主府，被玄军帝国举国通缉，这样的身份他可都没有刻意隐瞒过，畏惧过，但是这个更深的身份，他竟然在畏惧、在退缩？

不！不是。

路平的神情陈楚看得清楚，他是在这个问题上退缩了，是有所畏惧，但并不是陈楚所想的那种害怕。路平是在担忧，很出神地担忧，他之所以退缩、畏惧，更多的不是为他自己，而是为其他人。

"你在想谁？"陈楚忽然问。

路平惊讶，这个大师兄真是厉害，似乎特别能看穿别人的心事。

没错，他在想着别人，他在想着苏唐。

以前他没有十分刻意地隐瞒那个身份，甚至几次暴露销魂锁魄，只因为那时他和苏唐在一起。无论什么状况，什么处境，好还是坏，冷还是热，他们都在一起，互相扶持，生死与共。

但是现在他们分开了，他不知道现在苏唐什么处境，是不是也顺利加入了她该加入的四大学院。他只知道两人现在的处境可能不一样，他们没有办法共同面对身份暴露带来的危险，他不能给苏唐带去这样的困扰。所以他不说，无论如何也不会说。

他甚至决定要和陈楚少接触、少说话。

这个大师兄实在可怕，别被他直接给看出来了。路平想着。

第|290|章
青峰皇族

"玉衡峰到了。"

不知队伍里谁悄悄说了一声。路平向前看去，就见黑乎乎的云雾当中，刀削般的悬崖拔地而起。玉衡峰这山势比起之前见过的瑶光峰、开阳峰都要来得险峻，但是相比起瑶光峰的开阔、开阳峰夜里挑灯的诡异，更为险峻陡峭的玉衡峰却让人有一种坚固可靠的感觉。

前方的队伍停了下来。新人们都知道今次负责他们试炼的都是这玉衡峰的门下，他们可算是到家了。只是不知他们这些新人会被如何安排，他们正在心中猜测，前面已有声音传来："今晚大家就在这玉衡峰上暂作休息吧！"

而后队伍开始上山。这玉衡峰果然如所见一般极陡，根本就没有登上峰头的山路，而是在峭壁上硬生生开出了一条石梯。石梯宽不过二尺，勉勉强强可容两人并行通过。沿着石梯盘旋而上，渐走渐高，从旁边向下望去，即便是修者都觉得头晕目眩。

玉衡峰的门生看起来是都走惯了，在这石梯上依然健步如飞，新人们却都不由自主地多了一份小心，紧随其后。

终于，到了石梯尽头。此间尚不能算是峰顶，但是大排的房屋修筑在山石之中，显然是到了居住的地方。玉衡峰的门生当然不止队伍中的这些，山上早有人做好了安排，他们向李遥天问过礼后，就到后边来招呼新人了。

片刻后，住处已经安排妥当。十几人一间的临时居所，条件自然很寻常。不过此时没有新人在意这些，一想到就此加入了北斗学院，那兴奋劲足以让他们忽略一切。没有人急着休息，每一间房里都很热闹。大家一起憧憬着未来，期待着自己能加入某个峰头，更有甚者大胆幻想着能直接成为七院士的门生。

这对绝大多数人来说无疑是一种奢望，但对某些人来说，却好像已经是板上钉钉的事。

"天表，你想跟哪位院士啊？"有人就这样很直接地问林天表。

这个拥有良好出身和惊人天赋的少年，只是想想都会让人觉得自惭形秽。一开始并没有人主动接近他，但在走过这一路后，大家都发现这位天之骄子是一个很好相处的人，待人亲切温和，没有流露出丝毫优越感。这样优秀的朋友，那实在是很多人都希望结识的。

和林天表分到一间房屋的新人自然都不会错过这个机会。此时，房间里以林天表为中心，除了依旧昏迷被安放到角落床铺上的子牧和守在一旁的路平，其他人都围到了林天表的床铺周围。

"都好。"林天表微笑着回答了这个问题，对北斗七院士表达出了同等的期待。

"林家的镜无痕应该是属变化系的吧？"一个新人说道。大陆赫赫有名的青峰帝国林家，他们的血继异能自然早已声名远扬。

"懂不懂啊？"谁想立即就有人嗤笑道，"哪有血继异能是单有一种性质变化的？"

被嘲笑的那位顿时满面通红，血继异能这种强大的异能，虽然大多声名在外，但细微之处只有家族人士才了解，他确实不知道血继异能原来还有这种特别之处。

林天表却只是笑了笑说："是啊，我们家族的镜无痕是变化加控制呢！不过也不是所有的血继异能都有多种性质啊，昌凤帝国朱家的神算不就是单纯的感知系吗？"

"没错，是这样的。"新人里有从昌凤帝国来的，对他们那鼎鼎有名的朱氏一族知道得颇多，证实了林天表的说法。

"原来如此。"被普及了知识的新人点了点头，对林天表是一脸受教的表情，而对嘲笑他不懂的那位，自然是一个白眼飞了过去。那位说得并不全对，此时自然无话可说。

大家聊得正热闹，忽然有一人来到门口，敲着房门问道："子牧是在这间吗？"

众人扭头望去，就见一位玉衡峰门生站在门外，正彬彬有礼地微笑着看着众人。他的年纪看起来很小，却是满头银发，在这灯火昏暗的夜里特别醒目。

所有新人都有些发愣，路平却已经在角落里站起来应声道："在这里。"

"哦，那我进来了。"那个人招呼了一声，这才迈步进了房间。

被新人们围在当中的林天表这时走出了人堆，朝来人微笑着打起了招呼："严歌师兄。"

"天表，你也来啦！"被称作严歌的男子看到林天表后，依旧是那样和煦的笑容，向林天表打了个招呼。

姓严？

思维敏捷点儿的，一听到这个姓氏，立即就想到了青峰大陆比林家还要昌盛的另一家族，或者可以说是整个大陆最有权势的家族。

严家，那是青峰帝国的皇族，他们的家族统治着这片大陆上最为强盛的青峰帝国。严格来讲，林家也只是严家的麾下，是他治下的臣子。

这个严歌，是严家的人吗？

一时间，所有人都神情肃然，然后就听到林天表回答着对方："是啊，我也来了。"

"家里人都好吗？"严歌问道。而这个问题一出，所有人已经可以肯定这一定就是严家的人，否则又有什么严氏的人，能有资格以这样平易亲切的态度询问林天表的家族呢？

"都很好。大家都还在说，这次来北斗学院是不是会遇到严歌师兄，想不到这么快就见到了。"林天表说道。

"是哦，你现在该叫我师兄呢！"严歌笑道，目光这时却从林天表身上转到了角落。林天表非常识趣地没有再和严歌寒暄下去，两人的对话就此中断，却丝毫没让人觉得有什么唐突。

严歌来到角落里子牧的床边，看了看路平后，道："陈楚说他的情况不太好，我来瞧瞧。"

陈楚是玉衡峰的首徒，甭管其他门生之后开门授徒会形成怎样的气候，在这玉衡峰上，陈楚就是李遥天之后的第一人，辈分很高。但是这个严歌却只称陈楚，师兄的称谓都没有带。众人倒都没想着是不是两人关系较好忽略了辈分，只是更加觉得这皇室家族的身份果然到了四大学院这等超然的地方也依然享有几分特权。

路平只当子牧是习惯性昏睡，哪里知道他的情况竟然不太好。陈楚用洞明瞧出了这一点，但显然他没有处理的手段，这才又特意唤了这严歌过来。这青峰帝国皇族的子弟在这北斗玉衡峰上竟然是个医师吗？

众人都在如此想着。严歌已经坐在床边，右手搭上了子牧的手腕，从他的脉象开始感知起了他的状况。

失眠的夜

房间里变得极静，没有人说话。

路平安静地站在一旁等候严歌的诊断，其他人看着这一幕，却着实觉得有些奇怪。

大家关注过子牧，所以也了解了他的底细。他虽来自东都，却只是出身于一座破落学院，纵然他是这座学院中很优秀的，可在这些加入北斗学院的天之骄子眼中，说子牧是废物，真的不会有太多人反对。

然而就在此刻，这个废物一般的学生躺在床上，堂堂青峰帝国皇室血脉的严歌竟在给他把脉。守在两人一旁的，则是一个玄军帝国举国通缉的重犯。

所有人纷纷如此想着：若非在这四大学院之一——北斗学院的地界上，眼前这样的场景恐怕永远都不会出现。

新人们正惊叹呢，严歌搭脉的手已经收回，没用太长的时间他就已经诊断完毕了。

"过度消耗，情况确实不太好。"严歌说道，"不过也没有什么太好的办法，多休息、多喝水吧！"

"多休息？多喝水？"路平重复道。这句话着实耳熟，当初莫林给

069

苏唐诊断最后就是得出的这个结论，事实证明大错特错。眼下又听到这句话，路平不由自主地就心生怀疑，而他，向来是不太掩饰自己的情绪的。

"你行不行啊？"路平问道。他对结果的怀疑，自然而然就转化成了对严歌的怀疑。

这家伙好大的胆子！

新人们目瞪口呆。虽然在北斗学院大家悬殊的身份被拉近了不少，以至于拥有皇室血脉的人都会给学生看病，但这并不意味着人和人之间就没了差距。就算抛开各自的背景不谈，只凭新人的身份，敢发出这样的疑问也足够匪夷所思了。

严歌显然也没想到自己居然会被质疑，愣了一下。但他没有生气，很快就笑了笑，依旧是那么客气含蓄，以一副彬彬有礼的模样说道："大体上应该不会错吧！"

"哦，那就好。"路平说道。新人们听着却更生气了，堂堂青峰帝国的皇室难道会专门跑来用这种方式害一个废物学生吗？他们哪里知道，什么青峰皇室，路平压根儿就不知道。

"那么，我就先告辞了。"严歌随即起身要走，居然还向路平微欠了欠身。

"谢谢。"路平说道。

严歌笑了笑，转身，又向所有新人微微欠了欠身。这些人哪敢像路平这样大喇喇的，纷纷躬身行礼，口称师兄。严歌倒也不多说什么，只是向旧识林天表多露了一个笑容，随即便迈步离开了。

房间里的安静又持续了好一会儿，终于有人望着林天表，大着胆子想求证一下。

"天表，他是……"

"他就是。"林天表没等这位说完，就点了点头，说道。就是什么，他没说，但是该懂的马上就懂了，不懂的也不好继续追问。

聊天陷入冷场，也没有人再找新的话题。

"大家早点儿休息吧！"林天表说了这话后，所有新人点着头，各自回了自己的铺位。不知何时，房内的灯火熄了，陷入一片黑暗。有的铺位传来微微的鼾声，不少人已经沉沉地睡去。

路平躺在床上，却没有这么快睡着。

进入北斗学院，郭有道的指引和安排他做到了，那么接下来呢？

接下来怎样郭有道没有说，但他当然不会期待路平他们就在四大学院过完余生。四大学院是整个大陆最适合修炼的四个圣地，到了四大学院，自然是要继续努力提升实力，因为只有拥有足够的实力，才可以另当别论。

想想院长临终前扬着右手最后一次夸耀，他得意、骄傲，但这当中是不是也藏着深深的遗憾？

因为他最终能摆平的也不过是峡峰区的城主，他最终还是没有足够的实力保护好摘风学院。他对自己欺世盗名得来的六大强者身份颇为自得，可在那一刻，他是否也有懊恼？懊恼自己只是欺世盗名，懊恼自己没有真的五魄贯通，否则一切肯定都将不一样。

要变得更强！要有足够强的实力！

这个信念路平一直都有，他一直都在努力提升着自己的实力，但从来没有像眼下这么清晰、这么强烈、这么迫切。

他希望早些再见到苏唐，还有西凡、莫林他们。

他希望可以再回到摘风学院，哪怕学院的人其实都不怎么欢迎他。

他更希望摘风学院可以赶超四大学院，哪怕所有人都觉得这是个笑话。

原本只是希望可以活着的他忽然之间就有了很多愿望，他并不太清楚怎么才能一一实现这些愿望，但他清楚他需要拥有足够的实力。因为只有拥有足够的实力，才有资格守护愿望，带给人希望。这个道理，他其实很早就懂得。

变得更强吧！

他曾经对夜莺的钟迁说过这句话，而此时，他一遍又一遍地在心里对自己说着这句话。

房间里，路平是最后一个睡去的，不过在第七次被惊醒后，他再也睡不着了。

经过数个月的逃亡生活，他习惯了谨慎，任何一点儿风吹草动都会让他在睡梦中惊醒。就是这种高度警戒的情绪，让他的魄之力有了新进展。原本在销魂锁魄的禁锢下，若非他主动，他的魄之力是不会有丝毫主动性的。这也是文歌成曾向他指出过的弊端。

虽然当时路平向文歌成提出了他的设想，但事实上他一直还没有成功做到。不过在这趟艰难的逃亡生涯中，他终于在这个方向上迈出了一小步——被销魂锁魄禁锢着的魄之力竟然会主动寻找空当，主动对外界产生感知。

是鸣之魄的精纯带来的突破吗？

说实话路平不是很清楚。只是有了这样本能的感知反应后，这一路着实帮了他不少忙。

可在这一晚，十四个人的房间里。翻身、披被、磨牙、呓语……

这本能的感知不断地收集着这些声音，不断地将他唤醒。这个夜晚，路平的魄之力忙碌非凡。

路平头痛。

这条件反射一般的天然反应，他实在没有办法置之不理。就像销魂锁魄从来都不受他的控制一样，这股自然而然会对钻着空子对外界做出反应的魄之力也从来不听他的使唤。

路平躺在床上，瞪着眼，胡思乱想。

他想苏唐、想西凡、想莫林，想很多人，当然其中也有郭有道。

每次想到院长，路平都免不了有些伤感，但是这次想到院长，他猛然记起。

"销魂锁魄里，我给你留了点儿东西。"郭有道曾经对他说过。

还在指引着

"销魂锁魄里，我给你留了点儿东西。"

猛然想起这句话的路平，一骨碌就从床上坐了起来。

郭有道临终所说过的话，路平一句都不会忘，当然也包括这一句。所以从一开始他就挺在意郭有道到底留给了他什么。他记得当时是在销魂锁魄显形时，一股异样的魄之力混入了其中，而后就被销魂锁魄一起封禁。路平当时没工夫细究，郭有道之后也没来得及详细说明。

这股魄之力是什么？

逃亡初期，路平一直惦记着这个问题，可那股魄之力他怎么也找不到。他想过是不是需要将销魂锁魄逼至显形才行，也竭尽所能做到过几次，却依然没有任何发现，只好暂时将此事搁下。

至于魄之力的主动感知，路平只当是自己可以精准控制鸣之魄后带来的提升，并没有将这二者联系到一起。直至此时，他才猛然意识到，即便这是鸣之魄带来的提升，或许也有郭有道的缘故。否则的话怎么会这么巧，在自己最需要解决这一缺陷的时候，魄之力就有了这样的提升？

路平开始回忆，回忆魄之力产生这样的变化是从什么时候开始的。他记得最初潜回峡峰城时还没有，直至开始向北斗学院逃亡的路上，开始试着找寻郭有道所留下的魄之力却一无所获后，这个变化悄然而至。

或许那个时候自己所做的努力并不是没起作用，只是自己没有察觉罢了，路平心中恍然大悟。

但是具体到第一次是什么时候，路平的印象实在模糊。最初从睡梦中惊醒，他全然不知是魄之力给他提供了叫醒服务，只当是自己的警觉让身体有了条件反射。等意识到这是魄之力有了变化，却又没有往郭有道那边联想，直至此时他才有了这样的念头。

这需要仔细地验证一下，路平想着，于是他立即就开始尝试。

不由自己支配魄之力，等候其自然的反应，这似乎很容易，只等便是了。于是路平坐了很久，直至把某个起夜的新人吓了一跳。

"啊！"

这一声，让房里除了子牧之外的所有人都醒了。

这种对于路平来说很艰难的感知能力，对于任何一个修者来说都是最基本的，只是每个人感知的敏锐程度有所不同。路平现在能被一丁点儿声音就惊醒，感知的敏锐程度无疑是相当上乘。而听到这一声惊叫，哪怕是个普通人都该被唤醒了。

"什么事?！"有人惊讶地问道，有人却已经机警地采取了行动。最优秀的新人林天表还未起身，一层光晕就已经将他包裹，他已经在防范任何可能的危险了。

房间里飞快地有了光，不知是哪位新人的异能。所有人都紧盯着惊叫声发出的方向，然后就见这人一脸惊恐地用手指着一方。再看去，就见那边……什么也没有。

是的，路平就只是坐在床上而已。此时除了子牧，人人都已经起身，这样的姿势再合理不过……

"是他，他不睡觉，坐在那儿……"那个新人连忙解释道。

顿时嘘声一片，显然没人把这当回事。大家正准备嘲笑一下这个新人的胆小，忽然又觉得有点儿不对。

别人不睡觉，那是小事；这个路平不睡觉，他想干吗？

路平在众人眼中显然是要被区别对待的，因为他凶名在外。玄军帝国举国通缉的杀人狂魔，岂能用一般的道德标准去看待？众人看着路平的眼神顿时充满了戒备。

"不好意思。"路平对那个被他吓到的新人说道。

众人倒吸一口凉气。

杀人狂魔怎么会有这么平凡的羞愧感，这太反常了。

所有人戒心更甚。

"你怎么不睡？"有人问路平。

"睡不着。"路平说。

"呃……"答案朴实得让人根本没法儿往下接，众人面面相觑。

"我不坐着了。"路平说完，躺下了。

众人继续面面相觑，也不好再说什么。他们虽有疑心，但毕竟没有任何证据，终究无法怀疑得太过头。

众人相继回到床上，房间再度回归黑暗，但失眠的人这下可是多出来不少。而路平呢？他一夜没睡，兴奋异常，因为他终于找到了郭有道留给他的那股奇异的魄之力。

一切正如他所猜想的，他的魄之力突然有了这样的变化，正是因为郭有道留下的这股魄之力。

只是每次这股魄之力都只是稍稍一向外冒，引起路平自己的魄之力后立即缩回，所以路平一直没有察觉到它。而今路平耐心仔细地在这种感知来临时去找，终于捕捉到了。但是路平没有办法控制这股魄之力，它像自己有意识一般，来去自如地自由行动着。虽然最终的感知依然是路平自己的魄之力完成的，但是若没有这股魄之力的引路，路平的魄之力绝不会产生这样的反应。

直至现在，院长依旧在指引、保护着自己吗？

一想到此，身处黑暗之中的路平默默地流下了眼泪，顿时有了这段时间以来一直未曾有过的安心。

路平睡着了，而那股魄之力好像察觉到了他的心思一般，捕捉到那些无关紧要的细微声响时，它虽会冒出，却不会再去唤醒路平的魄之力了。

天明，初升的阳光透过窗口洒进房间，那些失眠的、没失眠的，此时相继起身。路平一睁开双眼，就看到一旁床铺上的子牧正坐在床上，瞪着两眼，小心翼翼地打量着左右，一脸茫然。

"你醒了？"路平坐起身来。

"这是哪儿？"子牧四下打量着，身边是路平，房间里还有其他人，另外还有那个最优秀的，青峰林家的林天表。

"玉衡峰。"路平告诉他。

"我们现在是？"子牧有点儿疑惑。

"昨晚安排我们在这里休息。"路平告诉他。

"我们被北斗学院录取了？"子牧说。

"是啊！"路平有些奇怪，子牧晕倒，好像是在这消息公布之后吧？

子牧发愣。他没有失忆，就算失忆，他相信如此重要、如此辉煌的事他也绝不会忘记。

他成功进入北斗学院了。他记得，只是有些不敢相信。他不敢相信自己正和优秀如林天表这样的人一同起居，不敢相信接下来自己就要和这样优秀的人生活在同一片屋檐下。

这是真实的，这不是梦。

"发达了！"子牧说道。

第 293 章

七元解厄大定制

旭日初升，朝霞将整座玉衡峰都染成了红色。

这是新人在北斗学院过的第一夜，就算是平日性子有些懒散的家伙，也绝不会在第一天就偷懒赖床。

新人们纷纷走出房间，路平和子牧也在当中。昨夜大家都只是在星光下看了个大概，此时才算是彻底领略这玉衡峰的真正样貌。

虽未及峰顶，但已经可见翻滚的云海在山腰间飘浮，险到无路的玉衡峰，仿佛一柄利剑直插在这云海之中。在这险峻的高峰上，此时呈现出一番极其热闹的景象。

新人们以为自己起得够早，但玉衡峰上的门生们早已经开始了他们一天的生活。整座山峰看起来并不像传说中的修炼圣地——四大学院之一，反倒像一个热闹的村落。穿着玉衡峰服饰的修者穿行山间，沐浴晨光的、采摘晨露的、吃早饭的、赶去做早课的，各司其职，各忙其事。

路平的目光没有在这些忙碌的身影上停留太久，很快落在了玉衡峰的峰顶。

玉衡峰的峰顶比路平他们此时所处的位置又要高出百米，又高又尖，山壁平滑如镜，没有可供登山的石阶。尖锐的峰顶一看便知绝无可能像瑶光峰峰顶那样轻松地容纳下数千人。这峰顶，似乎就仅仅是玉衡峰的一个最高点罢了。

可是现在，这峰顶之上却站着一个人，他迎着初升的旭日，深邃的紫色长袍丝毫没有被阳光夺去光芒，背后的七星图案反倒被映衬得更加明亮了，尤其是那勺柄上的第三星——玉衡星。

李遥天！

守护玉衡峰的七院士之一，此时就伫立在这玉衡峰之巅。

他在做什么？

不少新人这时也注意到了最高峰上的身影，不免小声议论起来。绝大多数新人都以为李遥天在视察门生们一早的举动，李遥天授徒之严苛，如他在定制系异能上的造诣一样声名在外。

但是路平不这么认为。

因为他听得到，从那玉衡峰的峰顶，有一股魄之力不断地向外扩张着。那股魄之力的感觉和消失的尽头好像有点儿像，但又绝不相同，它似乎比消失的尽头要薄弱一些，但是又好像比消失的尽头要浩然。

路平追着魄之力的声音一路听过去，直至声音消失。他知道，这不是魄之力消失，而是魄之力的扩张已经超出了他听魄所能感知的范围。

这魄之力是扩张向哪里？

路平极目远眺，就见云海之中，北斗其余六峰的山头也都仿佛飘浮在半空。

这是笼罩着整个北斗七峰的定制系异能吗？路平猜想着。这定制系异能的威力比起消失的尽头如何尚且不知，但若真能笼罩整个北斗七峰，只是这约束的范围，就已经到了匪夷所思的地步。

路平鸣之魄的一拳，凭借可传递声音的任何媒介传递，仿佛声音一样可以轰出极远，但比起这魄之力的笼罩范围简直不值一提。北斗学院的实力确实深不可测。

"发现了什么？"这时，说话声自一旁传来。正出神的路平扭头一看，玉衡峰首徒、所有玉衡峰门生的大师兄陈楚，手里掐着半张油饼，一边吃着，一边走过来问道。

"没什么。"路平马上说道。别人想和陈楚多说几句话都没机会，但他实在不想和这位大师兄有太多的交流。

路平那回避的神色哪里逃得过陈楚的眼睛，陈楚心中暗暗生气。他在一旁留意有一会儿了，路平的目光以及神情的变化他早看在眼里，对路平所想，他已经猜出了个大概。

"这是七元解厄的大定制，整个北斗山都在这定制异能的防护之下，由玉衡峰门人负责维护。想攻破北斗学院，不破了这七元解厄大定制那就是黄粱一梦。"陈楚说道，望着天空。

白云都浮在半山，天空一片蔚蓝，看上去什么也没有。但陈楚的洞明感知能力不在路平的听魄之下，所以他和路平一样很清楚，这片天空中有魄之力在静静流淌，每时每刻，从不休止。

玉衡峰上的七元解厄大定制，这不是什么秘密，如同北斗学院、七院士等等的名头一样被世人所熟知。但是一个新人，凭借自己的感知就能察觉到这大定制的存在，这可不是常有的事。陈楚特意留意了一下，新人之中除了路平，就只有一分钟破解了消失的尽头的林天表感知到了这大定制的存在。

林天表有这样的表现他不意外，但是没想到路平原来竟有如此出色的感知能力。陈楚终于对路平的实力有了进一步的认识。

谁想路平却在此时忽然问道："从来没有人试过吗？"

"试什么？"陈楚愣了一下。

"攻破这个拗口的大定制。"路平说。

"什么叫拗口的大定制啊，你这小子！"陈楚怒道，差点儿将手中的油饼摔到路平脸上。

"七元解厄，七元解厄！"一旁的子牧慌忙上来打圆场。他虽实力不行，但东都出身确实见多识广，北斗学院玉衡峰上的七元解厄大定制他早就耳熟能详。不过东都天桥的说书人都把这东西叫作"七元解厄大阵"，着实为其平添了几分气势。

陈楚瞪了路平一眼，这才说道："想找北斗学院麻烦的人，当然不是没有。"

"但是攻破这七元解厄大定制的，两千四百年来，一个都没有。"陈楚目光炯炯地说道，语气中充满了骄傲和自豪。

"那两千四百年前呢？"路平一秒毁情绪。

"七元解厄大……大定制就是两千四百年前才设下的。哎呀，你看那边是什么，快去看快去看。"子牧眼看陈楚又要动怒，慌忙回答着路平的问题，情急之下险些将以前从说书人口中听顺、说顺了的"七元解厄大阵"给说出来。这显然有些不敬，好在他及时纠正，末了就要将路平赶紧推走。

好容易加入了北斗学院，这家伙口没遮拦，是想创造昨天加入，今天就被逐出的学院奇迹吗？

路平巴不得离陈楚远点儿，自然很配合子牧。陈楚眼看着两人走远，虽有心计较，却又只是点儿拿不出手的由头，只能恨恨地撕咬了两口手中的油饼。

两人留下

　　新人们加入北斗学院当然不是来看风景的，很快就有玉衡峰门生过来，将新人们带去了玉衡峰的讲习场。数千新人聚集在场上，不知接下来要做何安排。

　　新人们正议论着，一名玉衡峰门生登上了正北三米高的讲习台，注视着讲习场上的新人们。他一脸肃穆的神情，和新人们见过的李遥天颇有几分相似。而在台下，陈楚来回溜达着，慢悠悠地继续啃着他那半张油饼。若非早就知道，任谁也想不到台下溜达着的这位才是玉衡星李遥天之下的第一人。

　　"恭喜诸位通过初试，成为我北斗学院的一员。"台上那位这时朗声说道。

　　新人们心情澎湃，不少人立即鼓起掌来，但也有个别新人神色已变，因为他们敏锐地捕捉到了这位讲话时的用词——初试！他刚刚说的是初试。

　　有初试，那自然就有复试，甚至第三试、第四试……加入北斗学院的考核，到现在还没有结束吗？

　　一想到之前瑶光峰上经历过的反转，意识到这一点的人顿时紧张起来。随着意识到这一点的人越来越多，这种情绪很快蔓延开去，众人先前的兴奋顿时荡然无存。

站在讲习台上的那位留意到了新人们的情绪变化，他微微笑了笑，随后道："诸位不必紧张，昨日的初试已经证明了你们的才能和努力，但是如果就此骄傲自满，不免会让人感到遗憾。北斗学院和诸位过去出身的学院不同，在这里不会再有每日定时的课时，不会再有导师全身心投入的指导。

"诸位首先要扭转一个观念：在北斗学院，导师的首要职责并不是教授学生。大家要懂得敬畏导师同为修者的身份，他们和诸位一样，渴望更高的境界和更强的实力，也和诸位一样，需要全身心地修炼。所以，不要寄希望于任何修炼的问题都有导师为你解决。在北斗学院，或者可以说在四大学院的任何一座，修炼，首先要靠的是自己！"

新人们静静地听着，并没有表现得太意外。四大学院的这些规矩和特点，大家早有耳闻，此时众人还是更关心接下来到底要安排他们做什么。

"北斗学院赋予了诸位值得骄傲的身份，诸位的名字现在已经在七星榜上点亮，那么诸位也应该拿出对得起这身份的勤奋和努力。"台上的玉衡峰门生接着说道。

新人们听到这里，心下稍安，也振奋了不少。他们都知道七星榜的意义，名列七星榜者，那就是北斗学院的正式一员。他们的名字既然已被点亮，那就不会随意被抹杀。

"一个月。"这时台上的玉衡峰门生竖起了一根食指，说道，"这一个月，诸位会被安排在七星谷，我保证那里的条件足以满足诸位的修炼需求。一个月后，七星会试。"

七星会试！

新人们倒吸了一口凉气。刚刚加入北斗学院一个月，竟然就要参加七星会试了吗？

"期待诸位的表现。"显然对于北斗学院一年一届的七星会试，新人们都早有耳闻，所以台上的玉衡峰门生也没有多做解释，说完这最后一句后，便从台上退下了。

新人们也逐渐散开，早有玉衡峰门生准备送他们去七星谷。

路平却还有些茫然。什么七星榜、七星会试？他哪知道这些？对此，子牧一点儿都不觉得意外，已经准备开始为路平说明，结果就听到讲习台下忽然传来一声："路平、子牧，你们两个留下。"

路平和子牧回头，就见到之前在讲习台下边溜达边吃油饼的陈楚将油饼吃完了，很不讲究地在讲习台的石壁上蹭了蹭手，叫着二人。

其他新人纷纷投来复杂的眼神，不是羡慕就是嫉妒。这两个家伙，怎会如此被陈楚另眼相看呢？

两人挤过人群，来到陈楚身前。

"你们两个，不用去七星谷了。"陈楚说道。

路平愣住了，子牧更是目瞪口呆。

报复，这是赤裸裸的报复！这大师兄准备怎么折腾他们二人呢？总不至于将他们赶出北斗学院吧？子牧心中忐忑不安地想着。

"你们两个，去瑶光峰。"陈楚接着说道。

瑶光峰？路平和子牧再一愣。

"为什么？"路平问道。

"是阮青竹院士点名要求的。"陈楚说道，眼里闪烁着幸灾乐祸，"我想大概是因为你们吃了她的兔子。"

兔子？

路平皱了皱眉，子牧顿时觉得一阵头晕目眩。他这才从昏迷中苏醒，身体根本没怎么复原，这个打击着实有点儿大。

自己还在担忧是不是得罪了陈楚，这简直是多虑了，陈楚算什么啊！自己竟然吃了阮青竹的兔子，北斗七院士的兔子。

早知道那兔子是阮青竹的，自己就是饿死也不敢下嘴啊！

完了，这下完了……

子牧双眼失神，对自己接下来的命运已经不敢有任何指望了。

"回头看看，接你们的人到了。"路平只是微微皱眉的反应让陈楚觉得有些无趣，他扬了扬头示意着两人的身后，说道。

两人回头，就见一个神色冰冷的姑娘身上穿着瑶光峰门生的服饰，走到了他们身后。

"跟我走吧！"她说话的语气也是冷冰冰的，没怎么瞧路平和子牧，放下话后转身就走。

"祝你们好运。"陈楚在两人身后又乐呵呵地说道。

会有好运吗？

迈步跟上的子牧完全不抱任何期待，他只希望自己还能在北斗学院留下来。

但路平好像完全没有意识到问题的严重性，他一边跟上，一边问身边的子牧："子牧，七星榜和七星会试是什么，你知道吗？"

走在前面的瑶光峰女门生突然停步，回头扫了路平一眼，而后目光又越过路平的肩膀，看了还在那边没动的陈楚一眼。

陈楚笑了，能让瑶光峰上的冰美人沛慈引起注意的情况真的不多。

结果路平看沛慈回头看他，顺口也就问上了："你知道吗？"

陈楚强忍着没有笑出声，他倒很好奇沛慈会怎么回答，长篇大论地和路平讲北斗学院的七星榜和七星会试吗？那可就难得了。自己印象里听沛慈一次说出最多的，也不过八个字。如果真是这样的话……陈楚摸了摸身上，竟然没有带留音器，真是有点儿可惜啊！

沛慈师姐

陈楚期待着沛慈进一步的反应，结果沛慈扭头转身就走。

"跟上。"她最后也只是说了两个字。

陈楚遗憾地摇了摇头，眼看着三人就这样一前两后地离开了讲习场。

路平和子牧跟在沛慈身后走了一会儿，看沛慈没有要和两人说什么的意思，于是子牧开始向路平讲解有关七星榜和七星会试的知识。

"所谓七星榜，首先其实就是北斗学院的成员名录，只有名字被记在七星榜上的才算是北斗学院的正式一员。据说这份名录记载着北斗学院从建立至今，数千年以来的每一位修者，现在被珍藏在七星楼里一个最隐秘的地方。相传……"子牧正说着，走在前边的沛慈忽然回头，扫了子牧一眼，咄咄逼人。

糟糕，说错了吗？

子牧顿时心虚。虽然他来自东都，但是他出身的天武学院毕竟很不入流，所以他这些见闻多是道听途说，和东都随便一个普通人相比也强不到哪儿去，这内容中若有一些虚假的成分他一点儿都不会意外。眼下被沛慈这眼一扫，子牧不敢继续说，努力挤出一个笑容："这位师姐，我说得不对吗？"

"不对。"沛慈冷冷地道。

"还请指教。"子牧忙道。结果这话还没说完呢，沛慈就已经扭过头去了。

子牧欲哭无泪，他当然不知道沛慈从来都是这样冷言冷脸，只当他们把瑶光峰得罪狠了，随便一个门生对他们都极没好气。这等到了瑶光峰，他们岂不是更加悲惨？听说瑶光峰的阮青竹院士脾气可是非常不好……

子牧想到这里，打了个哆嗦，已经不敢再想下去了，结果他旁边的路平倒是开口道："哪里不对？"

沛慈再次停下脚步，不过这次她没转身，似乎是迟疑了一会儿后，终于发出了声音。

"活人在天，死人在碑。"沛慈说了八个字，终究还是没超过陈楚所听过的字数最高纪录。

什么意思？子牧不敢问，只能在心中琢磨。路平想了想后，说道："活着的名字在天上？死了的名字记在碑上？"

"在天上？"子牧听这猜测也觉得有点儿意思。"死人在碑"好理解，大概就是死去的修者的名字刻在墓碑上的意思，但活人的名字在天上……天上怎么记录名字呢？路平和子牧一起抬头看天。天空蔚蓝，路平倒是能感知到一点儿魄之力，可是除此之外再无其他。

沛慈也不解释，只是在前方领路。路平和子牧想这应该不是什么隐秘的事，以后有机会再问其他人就是了，于是也不再乱猜，就又说到了七星会试。

"七星会试呢……其实就类似于咱们学院一年一次的大考。"子牧一边说，一边小心翼翼留意着前面的沛慈，看沛慈没什么反应，他便继续说了下去，"我们的学院大考通过，就升年级，四次大考通过就毕业，但北斗学院的可不是这样。四大学院除了玄武学院，都没有年级的说法。就算是玄武学院的年级，也和我们所说的年级不同。玄武学院的年级，除了升级，还会降级、跳级，说是年级，其实更像一个排名的榜单。我这样说你明白吗？"

路平点头。

"在北斗学院，这个榜单其实也就是七星榜……"子牧一说到有关七星榜，心虚地再度留意起前方沛慈的反应，看她没有动静，这才接着说道，"一年一度的七星会试，就是决定你在七星榜上的位置的。我们这些刚入学院的新人就不用想啦，当然只能在七星榜的最底层啦！这七星榜一共分七层……"

讲到这里，子牧猛地又止住，因为沛慈再次回头了。

"不是七层？"路平问道。沛慈回头，那就是子牧讲错了，这个规律路平已经掌握了。

"未必是最底层。"沛慈说。

"哦，有道理。"路平点了点头。子牧说新人必然在七星榜最底层那话，他都听得出有些不够严谨。

子牧其实也知道自己这话说得太满，不过他本就是一句顺口的感慨，忽略细节来说明一下这榜单是实力至上。结果这么一个可有可无的细节，沛慈也要纠正一下。

子牧心中有意反驳，嘴上却再不敢讲什么。他可没路平那么从容，很怕给人留下不好的印象，尤其是他已经吃了阮青竹的兔子，得罪了一位非常了不得的人物。

接着三人一路无话，沿着昨天来到玉衡峰的山路原道返回。子牧的身体还没有复原，这长长的山路走得他汗如雨下，身困体乏，却也只能咬牙坚持。这又没有异能消失的尽头，只是寻常的赶路，他若再晕倒，哪里还有脸在这北斗学院里混下去？

终于，瑶光峰到了。

子牧大汗淋漓，满脸通红，喘着粗气，简直就想原地倒下。但是前方已经有一男一女两位瑶光峰的门生迎了过来，他只能继续死撑。

两人快步到了跟前，先向沛慈问起了好。

"辛苦沛慈师姐，竟然劳您大驾将这两个小子亲自带过来。"两人带着满脸讨好的笑容说道。

路平和子牧此时方知这位师姐的名字叫沛慈。看这两人的态度和口气，沛慈师姐在瑶光峰上的地位恐怕不低，把两人领来瑶光峰这种事，那确实是不值得她跑一趟。

"顺路。"沛慈冷冷地说了两个字，语气、神态和对路平、子牧说话时并无两样。两人这才知道，这师姐原来就是这性子，并不是对他们两人没什么好气。路平对此没什么感想，子牧却是松了口气，心想瑶光峰上的处境或许不会像他想象的那么艰难。

结果子牧刚刚这样以为，那一男一女两位瑶光峰门生看向他二人时像换了个人似的：男的板起了脸，十分严厉，女的则是一脸的鄙夷、嫌弃。

"你们两个真是好大的胆子，我们瑶光峰的兔子，居然随随便便就烤来吃？"那男的门生发话了，口气极其严厉地训斥起来。

"真是个废物，走这么个山路，居然能累成这个样子？臭死了。"那女门生打量着二人，一时间没从路平身上挑出什么刺，但将子牧极其疲惫的模样看在眼里。她一只手在鼻前连连扇着，嫌弃着子牧这一身汗臭。

子牧的脸顿时更红了，却也不敢辩解。路平正准备说点儿什么呢，独自径直离开的沛慈却在此时突然停住脚步，扭头，就如同一路上子牧每一次说错话时的表现一样。

"有伤。"沛慈说道。

那一男一女一愣，一时间都没反应过来沛慈说的是什么。子牧倒是清楚她说的是什么意思，但心中也很愕然，全然没想到这位冷言冷脸的师姐竟然会帮他解释。

谁想紧接着，沛慈又补了一句："境界也差。"

子牧泪流满面：这师姐，要不要说得这么透啊！

可怜巴巴的子牧望向一旁的路平，希望寻求到一点儿慰藉，结果却看到路平正在一脸赞同地连连点头。子牧顿时想死的心都有了，自己认的这大哥也好不到哪儿去啊！

沛慈说完这两句，直接离开，很快就已经走远了。

那一男一女怕是从来没听过沛慈一次说这么多字，竟然愣了好久，直至沛慈的背影转过山弯消失，这才回过神来。

一男一女原本疑惑的面孔，一看向路平和子牧，立即就又变了。

"你们两个，就罚你们照顾这瑶光峰上的兔子一个月，若有一只有半点儿闪失，要你们好看！"那女门生用手指着二人，厉声说道。

第 296 章
荒唐的法子

照顾兔子？

子牧的眼皮狂跳了几下，下意识地向旁边一扫，随便一眼就看到了一边草丛里的两只兔子。被子牧的目光打扰到后，两只兔子立即转身，飞快地离去。

随便一眼就能找到两只，那这整座山上得有多少只兔子啊？

子牧一想到这个问题，就再也支撑不住了，一屁股坐倒在地。

一个月后就是对北斗学院的每一位而言都极其重要的七星会试，别的新人都去七星谷全力修炼了，而他和路平却要在这里照顾一个月的兔子。这分明就是有意拖二人的后腿，此外还不许有半点儿差池，这简直太容易被借题发挥了吧？

子牧失魂落魄的模样让蒋河和丁凤感到满意，但是一旁的另一个小子，可以说是那天吃兔子的主谋，此时他一脸平静的神情可就让两人不舒服了。结果不等两人发话，路平倒先主动开口问上了。

"哦。"路平先平静地应了一声，似乎是在答复丁凤对他二人照顾兔子的安排，末了这才问道，"这瑶光峰上一共有多少只兔子呢？"

两人愣住了，完全没想到这家伙对这明显整人的差事竟然连眉头都没有皱一下，而且异常麻利地就要展开工作了：既然要毫无闪失地照顾这整座山上的兔子，当然就要弄清楚这兔子到底有多少只。

但问题是，瑶光峰上到底有多少兔子就算是阮青竹也不清楚。兔子都是放养的，自食其力、自生自灭，没人特意去关心现在繁衍出了多少只。

"小子，你抬杠是不是！"丁凤瞪着路平道。在她看来，路平这是有意让他们难堪，要以此为由头来逃避这个责罚，而她怎能让路平如此轻易地就得逞？

"瑶光峰上有多少只兔子，你现在马上去给我弄清楚。"丁凤说道。

"你们不知道？"路平皱了皱眉，不满毫不掩饰地写在脸上。

"你这家伙……"丁凤刚要发作，却被一旁的蒋河拦住。

"我们当然知道。"蒋河板着脸说道，"所以你每天都要清点一遍兔子的数目，看对不对。记住，有一只出了差池，唯你是问。"

"好吧。"路平点了点头，虽然不满，但是没有露出什么为难的神色。

而后他不再理会两人，低头看向子牧，道："你怎么样？"

"我们真的要去数兔子？"子牧哭丧着脸。

"不然呢？"路平问。

是啊，不然呢？

区区两个新人，除了服从安排，还有别的选择吗？

子牧从地上撑起，垂头丧气地道："走吧！"

"我看到这边刚才有两只。"路平用手指着，已经迈步走去，正是之前子牧也看到的两只兔子钻进草丛逃跑的方向。子牧这时心里也没什么主意，只能傻傻地跟在路平身后。

看到两人的身影就这样钻入山林不见，丁凤这才向蒋河说道："我们哪知道山上有多少只兔子啊？"

"如果我们说不知道，那可真的就任由他怎样了。"蒋河露出得意的笑容。

丁凤一愣，随即马上明白了这个道理，连连点头。

"先让他们点点数，这漫山遍野的兔子，他还真能全照顾过来不成？"蒋河说。

"就算没他照顾，兔子也未必有事啊。"丁凤说。

"呵呵。"蒋河笑笑，不说话。

丁凤马上意识到了什么，道："这样刻意，让院士知道的话……"

"你还真当院士有工夫过问这鸡毛蒜皮的小事吗？"蒋河接着笑。

"可老师是和院士打过招呼的啊！"丁凤说道。

"因为老师清楚院士的脾气，给这两个小小的新人一点儿教训她不会拒绝，不过也不会太放在心上就是了。"蒋河说道。

"看来你对咱们老师的了解，就像老师对院士的了解一样啊！"丁凤感叹。

蒋河又是笑笑，不再说什么。两人没有继续在这里逗留，也朝之前沛慈独自离去的山路走去，片刻后就到了瑶光峰上门生居住的地方。

房屋错落有致地密布于山坡之上，每一间房屋不尽相同，自是都根据个人的喜好做了调整。

从房屋的大小上，可以看出各门生之间有着地位上的差别，山坡越往上的房屋，越大一些。几乎快到峰顶的位置，有一间不大却很别致的竹屋孤独地立于那一高度，正是瑶光星阮青竹的居所。地位高的，房屋也未必就一定大，而是可选择的空间大。

就在竹屋次一级的山坡上，数十间大大小小的房屋排开。住在这个位置的，基本都是阮青竹门下在七星榜上排位较高的门生们。蒋河和丁凤沿着山路朝这个方向而来，但他们不属于这里，属于他们住所的高度早过了。他们两人虽属瑶光峰，却只是阮青竹门生的门生。

不过北斗学院的称呼并没有什么规范，老师的老师，也依然是以老师称呼。只不过这辈分上的差距，每个人心里可要有数。

蒋河和丁凤上到这一层高度后，很快来到了一间院落前。院门开着，两人迈步就进，到了厅前，看到厅里两人正在说话，于是停在厅门外问了个礼。

"老师，我们回来了。"蒋河说道。

"嗯？这么快？"厅里两人，左手主位这边看到二人后有些吃惊地问道，正是蒋河、丁凤二人的导师——阮青竹的门生周崇安。而坐在他一旁正和他聊天的，却非瑶光峰门生，而是玉衡星李遥天的门生颜真。

昨天的新人试炼，颜真看漏了路平、子牧两人，之后两人却受到了所有人的关注。最终两人通过新人试炼算是出了一把风头，这对颜真来说无异于一记耳光，尤其让他恼火的是，这会影响到李遥天对他的看法。

李遥天授徒严苛认真，如此敷衍马虎的错漏，让他无法不在意。

李遥天事后也没找颜真，这让颜真无从解释，于是他连夜跑来了这瑶光峰，找上了和他关系相厚的周崇安来帮忙。

试炼就在瑶光峰进行，周崇安虽没到场，却对这次试炼中最抢眼的这二位有所耳闻。一听好友竟然因为这两个新人闹了个灰头土脸，他不免好气又好笑。

"你这是找我诉苦来了？"周崇安当时说道。

"不，找你帮忙。"颜真说道。

"这我怎么能帮到你？"周崇安大奇。他在瑶光峰的地位是不低，但若说和七院士相比那还差得远呢，他哪里影响得到李遥天的观感。

"昨天那两个小子，不是吃了阮院士的一只兔子吗？"颜真说道，"依阮院士的脾气，不想教训一下这俩小子？"

"她昨天在气头上的时候，确实说过这话，不过你以为她还真的会和两个毛头小子在这点儿小事上计较个没完吗？"周崇安说。

"那当然不会，但是随便想个法子捉弄一下，阮院士想必也是乐意的。比如说，让他们过来照顾一个月的兔子。"颜真说出了他的主意。

周崇安稍一琢磨，顿时就明白了颜真的意图。他可不是单纯要找那两个新人泄愤。瑶光峰这漫山遍野的兔子，照顾起来谈何容易？这事忙活一个月，修炼肯定要落下。一个月后就是七星会试，其他新人在北斗学院最优厚的条件下苦练一个月，这俩养一个月的兔子，到时候七星会试的结果可想而知。

这两人到时候越狼狈越糟糕，颜真当时忽视这二人的举动不就越显得合理了吗？这小子，归根结底介意的还是李遥天对他的看法。他如此费劲折腾出这么个荒唐的法子，最终目的对他而言倒真是挺要紧的。

"我明白你的意思。"周崇安点头道。为帮好友赢得导师的好感，两个新人他也完全不放在心上。

"你觉得能行吗？"颜真是有主意，但是不是可行心里没底。这件事的关键是要借阮青竹的口，不然的话，就他们这些门生还干扰不了北斗学院对新人的例行安排。

"可以试试。"周崇安比颜真更了解他的老师。这事换七院士其他六位恐怕都无可能，但以瑶光星阮青竹的脾气，弄出点儿荒唐事来谁都不会意外。当然，至于他们真实的意图那是一定要隐瞒的。

后来周崇安摸着阮青竹的性子一试，阮青竹果然就发话了，有她发话，这事在周崇安和颜真眼里那就成了。但是现在，刚刚唤去将路平、子牧带回到瑶光峰的两个门生居然这么快就回来了，这让周崇安不免觉得有些奇怪。

"是沛慈师姐，她路过玉衡峰，一早就把两人领回来了。"蒋河说道。

"居然让沛慈一早就领回来了，老师好像有点儿迫切啊……"周崇安的脸色变得有点儿不好。阮青竹对这件事太上心的话，对他们来说绝对不是好事。是自己找阮青竹不经意间提起这件事的时候，分寸没有掌握好吗？他心中思量着。

颜真在一旁不言语，半晌后周崇安才问蒋河和丁凤："你们怎么安排那两个小子的？"

"依老师的意思，让他们照顾兔子，一只都不许有差池。"丁凤说道。

"不过那小子耍滑，所以我们让他先把这山上的兔子数一遍再说。"蒋河对自己的这一手颇有点儿得意。

第 297 章
七星谷

北斗学院，七星谷。

四面群山环绕，四座高峰耸立在云雾之中，似远似近，守望着这片谷地。北斗学院鼎鼎有名的七星楼就坐落在这片谷地之中，和守望在四角的天权、天玑、天璇、天枢四峰遥遥相对。

被带到七星谷的新人们，一过了写着"七星谷"的石碑就已经全部傻眼了。所有人置身在这片鸟语花香的怡人景象中，那些平日里只在书本甚至是传说中见闻过的奇花妙草在谷中竟如杂草般随处可见，有许多可是整个青峰帝国境内都极难寻得的。在这北国的气候中，根本就不可能生长出这当中的许多植物。

"传闻北斗学院的七星谷四季如春，果然名不虚传！"一名新人惊叹道。这个传闻在他们亲眼所见之后，已经由不得他们不信了。一路走来，新人们东张西望，个个没完没了地惊讶、赞叹着。还能正常点儿的，也就剩林天表了。

林天表毕竟是出身青峰林家，又有三魄觉醒的惊人天赋，从小就被家族极其看重。林家虽然没有北斗学院这么大一个七星谷，但要说他们搞不到的灵丹妙药那也是极少的。林天表自小开始，能用得着的灵丹妙药就从未缺过，自然不会像其他新人那样对眼前所见大惊小怪。

"欸！"林天表正随着队伍默默地走着，一旁却有人挤上来撞了他一下，权当是打招呼。而这个人一上来，顿时他身边就空了许多。

营啸。

他直接击败了小组引路的玉衡峰门生，强行逼迫对方带他走出了消失的尽头。这件事传开后，营啸立即成了仅次于路平的危险分子，寻常新人哪有敢和他亲近的？也就是林天表能不惧他，这会儿被营啸撞上来后，还能神色如常地和他打着招呼。

"看那边。"营啸的头往远处甩了甩，向林天表示意。

七星谷当然不是新人专区，在七星谷内修炼居住的师生比七峰只多不少。营啸示意的远山坡上就修筑着不少石屋，石屋面积不大，样子也极简朴，整整齐齐地排在山坡上。

营啸的示意并不明确，他自己的目光也在游移。他示意林天表看，可具体要看这些石屋中的哪一间，他并不知道。

他不知道，林天表也不知道。

但林天表知道他的意思，这片石屋确实有值得看的。因为六大强者之中，唯一一个四大学院出身的强者吕沉风，据传就居住在七星谷中一间极其普通的石屋之中。眼下七星谷内可见的景象中，符合传闻中描述的，似乎就是那远山坡上的一片石屋了。

可是这些石屋实在都极其普通，没有哪一间有任何特别之处，居住在当中的吕沉风也没有表现出丝毫五魄贯通高手的气场。营啸和林天表看来看去，也只看到了一片石屋而已。

听过这个传闻的人显然不只营啸和林天表，不少新人在留意到那片石屋后，目光纷纷都向那边投去。更有积极热络的新人，向带路的玉衡峰门生打听着。

"自下往上数，第五排；从左往右数，第十七间，就是了。"玉衡峰门生自然是知道的，于是新人们纷纷从那片石屋中找到了大名鼎鼎的吕沉风的居所——极其普通的位置，极其普通的一间石屋。即便知道了这间石屋里住着一个如此了不起的人，但是大家依然无法将这间石屋与非凡联想到一起。

大家只是这样看着、议论着，而那间石屋也就这样普普通通地继续立在那儿。

"看吧，我就知道。"七星楼的楼顶是谷内的最高点，一人舒服地躺在一张摇椅上，摇晃着对身边的两人说道，"我们的七星楼啊，现在还是比不上那家伙的石屋吸引人哪！"

站在他身后的两位，自然知道他说的是什么意思，却不知该如何搭腔，只好有些尴尬地沉默着。

"真不知道那间破屋有什么好，有充足的阳光吗？"摇椅上摇晃的这位又嘟囔了一句，而后脸上露出尽情享受阳光的舒爽模样。

七星楼的位置选得很妙，是这四面环山的七星谷里阳光照耀时长最长的地方，从太阳升起，再到太阳落下，从来都不会落在山峰的阴影之下。这样的位置，七星谷内有且只有这一处。而吕沉风所在的那片石屋，却是坐南朝北，可以说是山谷中日照最少的地方。

但是，也不是每个人都那么喜欢晒太阳啊……

摇椅身后的两位心中暗自嘀咕着，但是这话他们又哪里敢说给他们的导师听。

摇椅上的那位继续享受着他最喜欢的阳光，闭着眼，仿佛要睡着了。在他身后的两位，却可以清晰地感知到他们导师身上始终在认真运转着的枢之魄。

五分钟，很少有人能察觉到自东向西运行的太阳在五分钟里会有什么变化，但是这位在这五分钟过去后，睁开了眼，脸上的神情多了几分认真。

"去吧，七分钟之内采到。"他说道。

"是！"身后一位听到这话，扭头就走。他冲下七星楼后，向谷深处快速跑去。

摇椅上的这位也随即站了起来，走到了楼边。他一只手搭在眼上，挡着直刺过来的阳光，望向朝这边走来的新人。

"听说这次新人里有两个吃货，一来就把阮青竹的兔子给吃了？"这位问道。

"好像还是在新人试炼中。"身后的门生跟上来说道。

"是哪两个呢？"他在众新人中寻觅着。

"不在这里，说是阮院士点名要他们两个去瑶光峰了。"门生说道。

"难道是要请他们两个吃兔子？那我也要去啊，哈哈哈哈。"这位自我感觉良好地大笑道。但他身后的门生显然欣赏不到导师的幽默，捧场般地笑了两声后，笑容就挤得十分辛苦了。

他望着导师的背影，夜空般深邃的长袍，背上的七星在阳光下极其闪耀，尤其是连接着斗柄与斗身的那颗天权星，最大最明亮。

"饿了，走，去吃早饭。"七院士之一的天权星陈久，看来对吃兔子以外的其他新人都没有多大的兴趣，转身就走。

"是。"首徒靳齐连忙跟上，右手却忍不住揉了揉肚子。

怎么今天这个点了还没吃早饭吗？可自己已经吃过了啊……靳齐有些苦恼地想着。

第 |298| 章
瑶光峰的野果

北斗山，瑶光峰。

茂密的山林之中到底有多少只兔子？这个问题倒是有人好奇过，但从来没有人觉得有弄清楚它的必要。而现在，这件差事落到了路平和子牧的头上。

"这是故意刁难我们哪！"子牧说道，但是口气却没有多少怨恨。说实话，他从来没想到自己居然真的能加入北斗学院，相比起这个，在北斗学院里受点儿刁难又算得上什么？一个月不能全心修炼？就算他能全心修炼一个月，他也不觉得自己能在一个月后大放异彩。

子牧更多的是为路平感到着急。在他看来，路平是真的有在七星会试中大放异彩的实力并有可能博得一个良好的开端的，结果现在居然要在这瑶光峰照顾一个月的兔子。

"我就不信他们真的知道这山上到底有多少只兔子。我看我们随便说个数，他们也没法儿确认，呃……大概吧……"子牧也不敢太确定，万一这北斗学院有什么大能拥有瞬间就点清这整座山有多少只兔子的异能呢？

"要不，都交给我吧！你去一旁修炼好了。"子牧狠下心说道。自己多亏了路平才能进北斗学院，这种时候牺牲自己为路平在北斗学院的前途铺铺路算得了什么？而自己能把名字留在北斗学院的七星榜上就已经算是无比光彩了，哪怕只是在最底层。

"这边。"结果路平回答他的却是这么一句话，说完身子猛然向左边蹿了出去。

"喂，你没听我说话啊？"子牧一边跟上，一边说道。一路过来找兔子他絮叨了不少，合着路平一直没听？

刚才冲出去的路平这时已经停下了脚步。虽然子牧的动作没路平快，但是他的鸣之魄六重天带来的听力相当敏锐，路平有动作的时候他确实也听到这边有动静。不过他们此时赶来一看，发现只是两只松鼠在地上追逐打闹。一见有人过来，它们立即飞身攀上了树，站在枝丫上看着两人。

"唉……这……"

"这边！"

子牧刚要说点儿什么，路平却已经喊着又冲向另一个方向。

"哎，你听我说几句不行吗？"子牧无奈地一边嘟囔着，一边跟上。

等到赶上路平后，子牧看到这次总算没有扑空。路平一只手拎着一只兔子，有些满意地回过头来对子牧说："一只。"

"哥……"子牧小心翼翼地道，"你不会真的要把这整座山的兔子都数一遍吧？"

"不然呢？"路平不解地看着子牧。

子牧愣住了，看着路平那没有丝毫迟疑的眼神，他不由得检讨起了自己：自己在修炼上无法达到耀眼的高度，是否和自己这种畏难的态度有关系呢？而路平呢？刁难也罢，对方也不知道有多少只兔子也罢，若真的数清了整座山的兔子，这些问题还算是问题吗？

"我明白了……"子牧点了点头。

"但是，我们不可能拎着所有的兔子来确保我们没有数重复了。"子牧接着说道，他开始积极认真地思考数兔子这回事。

"你说得对。"路平点头，看了看四下，"我们得找个地方将这些兔子聚集在一起，让它们不要再乱跑。"

"这样的话，以后照顾起来也会更加方便。"子牧眼睛顿时一亮，把放养改成圈养，照顾一个月兔子的难题也会变得更加简单方便。

"平坦一些的地方会比较好。"路平说。

"最好直接是一个坑。"子牧说。

"过来的时候，有这么一个地方。"路平说。

"我也想起来了！"子牧猛地点头。

于是二人折返，很快回到了来时在山坡上路过的一片洼地。乍看并不如何明显，因为这片洼地的面积着实不小。

"还需要适当的修整。"子牧看了看后，说道。洼地下陷得并不工整，兔子还是可以从很多地方轻易跳出，否则这大片洼地恐怕早就圈住不少不慎落入的小动物了。

"那就修整吧！"路平说道，立即动起手来。子牧也积极跟上，整整一圈洼地的边缘，或扎成篱笆阻拦，或垒出相当的高度。两人用了数个小时，终于修整出了个大概的模样。

"行了。"路平又走了一圈，检查了一遍后，确信地说道。

一旁坐在树下喘气的子牧红着脸，这兔圈说是两个人一起弄的，他真的不好意思承认。他那还未复原的身体光是赶山路就已经精疲力尽，现在修这兔圈他根本没帮上太多忙，干一会儿歇一会儿，像极了那场新人试炼。虽然这次没被路平扛着，但子牧感觉也差不了多少。

"你怎么样？"末了路平还关心他，子牧有心一头撞死在这树下。

"我没事。"他如此回答道。

"饿了吧！"路平将肩上扛着的一大丛树枝甩在了地上。子牧一看，树枝上结着些尚还青涩的果实。

"这……不会是谁种的吧？"有过兔子的前车之鉴，子牧也谨慎了，别吃了这个回头又让他们两人伺候瑶光峰上的果树一个月。

"放心，有遇到过路的师兄，我问过了，这是野果。"路平说道。子牧的担忧，他当然也考虑到了。

"哦，那就好。"子牧说着从树枝上摘了两个果子下来，看了看，也不知道是什么果子。他随便用衣袖抹了抹后，一边扔给路平一个，一边随口咬下。

"呸！"子牧咬完就吐出来了。这果子又酸又涩，似乎还未完全成熟，但就算熟了，味道也不会好到哪儿去吧！

"这果子真是……"子牧刚要把手里的果子扔掉，却看到路平手里的果子已经被吃掉半个了。

"不好吃是吗？"路平一边说着，一边又咬了一口。

"呃……你……"子牧不知道该说什么，这样的果子，路平居然吃得下去？难道他是传说中的天残血脉，没有枢之魄？也不对啊！没有枢之魄并不是没有味觉，不是一回事。东都出身的子牧确实有几分见识，连天残血脉都知道，但这显然解释不了路平能从容吃下果子的情况。这不是枢之魄的缺失，这是味觉的缺失。

好可怜……子牧想着，觉得应该说点儿什么来安慰一下路平，结果就见路平已经吃完了手里的果子，俯身又摘下一个。

"又酸又涩。"路平说着，又咬了一口。

子牧愣住了，原来路平不是没有味觉啊？但是这样，他还吃得下去？

"不过我吃过很多比这还要难吃的东西。"路平笑着说道。

很多比这还要难吃的东西……子牧实在说不出什么安慰的话了，他想象不出路平经历过怎样的凄惨生活，而路平却还能笑着回忆。

我们的兔圈

　　"好了，你在这儿休息，我去找兔子。"路平吃过几个酸涩的果子后，对子牧说道。

　　子牧只能苦笑，自己真是没用，一直都要被路平照顾着。想到这里，他用力咬了一口手里的果子，用这酸涩的味道狠狠地惩罚了一下自己。可是除此之外，他真的什么也做不了了。

　　看到路平的背影消失在林间，子牧转头怔怔地看着兔圈里唯一的一只兔子。

　　路平来回了数趟后，兔圈里变得热闹起来。子牧的体力恢复了些许，但是魄之力依旧空空如也，这种状态就好像一个普通人，想去活捉野兔还是难了些。子牧只好继续留下看守，看着兔子渐多后，意识到只是把兔子圈起来还是没办法做到一劳永逸。

　　这圈里虽也长草，但等兔子数量多了恐怕很快就会被它们啃光。他们需要给兔子补充食物。除此以外，水源更是大问题，圈里的野草至少还能稍稍供给一下，水源却是一点儿都没有。子牧四下溜了一圈，没有在附近发现水源。

　　路平又拎着几只兔子回来的时候，子牧把这个问题一说，路平果然也意识到要照顾这些兔子一个月，这个问题必须解决。

"看来还需要修筑点儿水槽来蓄水。"路平琢磨道。

"还有这篱笆也需要加强。"子牧忧心忡忡地说道，"我发现这里有些兔子的力量着实不小，目前这篱笆拦住它们够呛。"

"是的。"路平点了点头。这些兔子每只都是他亲手捉回来的，而他寻找兔子免不了用到他最敏锐的鸣之魄，不由得就在个别兔子身上感知到了一点儿力之魄的迹象。

"有些可是有力之魄的。"路平说道。

"不愧是北斗学院……"子牧由衷地感慨道。

"你去捉你的兔子吧，这些就交给我！"子牧拍了拍胸脯。

"行吗？"路平表示怀疑，"你现在的力之魄……"路平说着，在圈里寻觅了一下，然后指着其中一只灰兔说，"好像连那只灰兔都不如。"

"至少我还是人类。"子牧面红耳赤，这要是什么凶禽猛兽，有点儿力之魄的话那他就直接认输。区区小兔，有点儿力之魄也不至于有多大的威胁，自己还不至于连它们都不如。

"那你看着弄吧！"路平点点头，随即就又去捉兔子了。

子牧挽起袖子也开始忙活，修水槽，加固篱笆，总之继续完善着他们兔圈的建设。能帮上一点儿忙让子牧觉得很充实，但是同时他心里也有点儿茫然：自己加入北斗学院到底是干吗来了？

这一天很快就这样过去了，越往后路平出去一趟回来的时间就越长，显然是越跑越远。子牧像个普通人一样劳作，累了就歇歇，有力气了就继续干。水槽初具雏形，篱笆也做了一定程度的加固，顺便还发现了兔子打洞逃走的可能，自然也做起了防备。

到了天黑，两人也没去问要到哪里过夜，干脆就在兔圈旁架起篝火。兔子近在咫尺，但他们肯定是不敢再烤来吃了。路平打了几只鸟回来，这倒是向遇到过的瑶光峰门生确认清楚的，绝不是阮青竹或者瑶光峰的什么人放养的。

"这样看来，也不是太难嘛！"子牧对他们这卓有成效的一天工作感到满意。

"两千六百七十七只。"路平记录着今天捉回来的兔子的数目。

"希望明天多些兔子跑到咱们这周围来。"子牧由衷地期待着。

"希望如此。"路平当然也不介意省省事。

一夜就这样过去了。次日天蒙蒙亮，路平就精神抖擞地出发了。子牧不甘落后，也起来继续做兔圈的维护工作。

兔子继续增多，兔圈继续完善，一天、两天、三天过去，兔圈里的兔子数目已达七千一百七十一只。路平每天捉回来的兔子的数量越来越少，显然瑶光峰上的兔子正在不断被两人聚集到他们的兔圈当中。

这天一早，路平照旧天刚亮就出发。忙活了三天，路平已经有了丰富的捉兔经验。这兔子可不像他和子牧似的整天露宿山林，大多都是有巢穴的。三天里，路平多次从兔子窝里一下就捕获了多只兔子。眼下他正寻思着今天如果白天的收获不甚理想的话，是不是就该晚上趁兔子休息的时候偷袭兔窝了，忽然听到有人高喊："在这里！"

嗯？

连捉三天兔子的路平有些条件反射，一听到这样的喊声下意识地就当是有兔子，连忙就朝声音发出的地方望去，结果就见蒋河和丁凤两个怒气冲冲地盯着他，仿佛路平发现了兔子似的，几个起落就已经蹿到了他的身前。

"这三天都死哪儿去了！"丁凤厉声呵斥道。

"在数兔子。"路平说。

"数兔子？"丁凤冷笑道，"那你倒是说说看，数了多少只了？"

"七千一百七十一只。"路平说。

丁凤一愣，路平这数字张口就来，真不太像是胡诌的，不过她到底还是不信，冷笑道："你说是就是了？"

"你可以数数看啊！"路平说。

"哈哈哈，小子，还装？这瑶光峰的兔子明明一共是六千九百一十七只，你这多出来的二百五十四只是怎么回事？你变出来的？"蒋河冷笑道。

丁凤对自家这师兄着实佩服，明明他也不知道这山上的兔子有多少只，但随口就来的数字如此流畅，这个路平，这下还不露怯？

两人得意扬扬地看着路平，这三天一直不见路平和子牧的人影，让他们着实恼怒。两个新人如此大胆，领了差事后居然跑得人影不见，三天都不来报告一下？两人今天只好出来找上一找，结果倒是挺快就找到了。这个叫路平的如蒋河所意料的一般滑头，上来就胡报一个数字，是觉得他们一定不知道这山上的兔子有多少只？

哼，我们是不知道，难道你就知道了？

蒋河以诈制诈，不信路平会不露怯。

果然，路平听到蒋河脱口而出的数字和质疑后，愣了愣。两人正得意，却见路平摇了摇头后，说："你数得不对。"

"哈哈哈，小子，还要死撑？"蒋河看到路平还要抵赖，怒极反笑。

路平却摇着头道："就算我数错了，也不至于错得这么多，我看一起去检查一下好了。"

检查？蒋河和丁凤一愣，这小子到底在打什么主意？

想绑着我们一起去数兔子？蒋河脑海中飞速闪过的就是这样一个念头。一旁的丁凤看到路平转身就要走，连忙叫住他："你去哪儿？"

"去数兔子啊！"路平说。

"去哪儿？"两人疑惑地道。

"我们的兔圈。"路平说。

第 |300| 章
动静有点大

兔圈？

迷茫的蒋河和丁凤终于还是跟在了路平身后，向山林里走了好一会儿。渐渐地，他们听到了声音，七千多只兔子聚在一起，那是无论如何也安静不了的。

子牧此时在忙碌着。

三天，路平成了一名捕兔能手，而子牧则成了一个养兔专家。三天中子牧都没能如严歌所嘱咐的那样多休息，意外的是他自认为最擅长的鸣之魄居然略有恢复。

此时子牧正在兔圈里忙碌着，身后脚步声传来，他一听便知是路平的脚步声，于是他一边回过头来，一边说道："这么快就捉到兔子了？"

结果头一扭回，子牧愣住了：路平没捉回兔子，倒是把蒋河和丁凤这两个瑶光峰门生给带回来了。

"喀……"子牧有点儿尴尬，只希望这两位不要那么敏感，将自己代入到兔子身上。

蒋河和丁凤没让子牧失望，他们两个此时哪还有心情留意这些。从开始听到嘈杂的兔子声音时，两人的神色就已经不对了。此时，兔圈中七千余只兔子呈现在了两人眼前，两人吃惊地张大了嘴。

这两个家伙是白痴吗？居然搞出了这种东西，他们是真想把全山的兔子数清楚？真想在这里认认真真地照顾一个月的兔子？

蒋河和丁凤的脑子乱哄哄的。路平这时已经走到兔圈旁，招呼着子牧："我们的兔子数目可能数错了，所以两位来核对一下。"

"七千一百七十一只。"子牧说道，"你数过一遍，我确认过一遍，应该不会错。"

"我想也是。"路平点头，然后回头对蒋河和丁凤道，"那就请两位数数看吧！"

他的模样很认真，好像完全不知道蒋河和丁凤在刻意刁难他似的，说完他朝子牧打了个招呼："我去继续找兔子了。"

"好的。"子牧点头，心中暗笑。路平没讲详细的经过，他却已经猜到了大概。眼前的一切，一定是让对方的刁难踢到了铁板上。看到蒋河和丁凤难看的脸色，子牧心中暗爽，不过他可不敢表现出来，也像路平一样认真地，仿佛完全不知道对方是在刁难他们似的说道："两位，数数看吧！七千一百七十一只。"

蒋河和丁凤神情僵硬，他们当然不会真的去数。这些兔子都被圈在这里，数一数还能说明什么？就算路平他们数错了，那再数一遍纠正就是了，总不会是什么大问题。

两人继续傻站了一会儿，到底还是蒋河持重一些，他点了点头，开口道："嗯，看来是没错的。好了，我们知道了。"

说完，他朝丁凤使了个眼色，招呼都没和子牧打一下就径自离开了。

"怎么办？"走远后，丁凤问道。

"他们以为这样就万无一失了吗？"蒋河恶狠狠地说道。

"你的意思是？"丁凤吓了一跳，她已经意识到了蒋河想做什么，有点儿畏惧。

"不太好吧……"她说道。

"如果真让他们这样养一个月的兔子，你以为院士会不知道？"蒋河有些不耐烦地说道。

"那……先去和老师说一声吧？"丁凤说道。

"去说什么？是我们让他们去数兔子的。"蒋河烦躁地说道。这话无意间流露出了他的心声，显然他并不全是想为老师分忧，而是因为他意识到他做了多余的事情。或许就是因为他计较这山上兔子的数目，这才促使那两个家伙搞出了这样的法子。即使这当中的因果没有那么绝对，但架不住老师会这样认为呢？

原本洋洋得意的惩治手段，现在却成了作茧自缚，这让蒋河的脑子着实有点儿乱。眼见丁凤又要说什么，蒋河摆了摆手，道："先别吵，让我好好想想。"

丁凤只好闭嘴，眼中已经有了不安。从一开始，她就担忧刻意地刁难两个新人被阮青竹知道了会很不好，但蒋河对她的解释是：院士虽然知道这事，但是终归不会那么上心过问，所以他们尽可以随便施展。

结果现在，路平和子牧搞出的动静着实有点儿大。真要这样养一个月的兔子，阮青竹怎么可能不知道？若阮青竹知道他们故意出这么个难题去为难新人，那会怎么样？

丁凤并不知道他们的老师从阮青竹那里得到的是什么授意，但以她对这位院士的了解，她怎么也不会小肚鸡肠到这种地步，会如此刻意针对两个只是无意吃了她兔子的新人，顶多也就是小施惩戒，让他们长个记性就罢了。他们的老师是拿着鸡毛当令箭啊！眼下事情发展到这种地步，该怎么收场呢？

丁凤很想快些去请示老师，可她看蒋河不情愿这么做，只好忐忑不安地在一旁等蒋河拿出个主意来。

瑶光峰峰顶。

阮青竹从来都没有睡懒觉的习惯。每天她几乎都是迎着第一道曙光醒来，然后来到这瑶光峰顶，看看山门那边巡守的门生还有其他早起晨练的，每一天都是如此。

但是最近三天，阮青竹觉得有点儿不对劲。

巡守山门的门生没问题，晨练的门生们也都是那般勤奋，但是眼皮子底下似乎就有什么东西有些不顺眼，是什么呢？

这一天，这种感觉尤其明显，以至于阮青竹在峰顶待了很长的时间琢磨，依然没琢磨出个所以然来。她正从峰顶下来，敏锐的听觉听到路旁门生们的谈论，好像说到了什么兔子……

兔子？

阮青竹微微一愣，顿时意识到了。

没错，是兔子。

这连着几天，好像就没怎么见着兔子，一直觉得不顺眼的地方就是这个吧？

瑶光峰上的兔子确实是阮青竹放养的，但其实她并没有很仔细地关心留意，否则何至于连着几天感觉有异却意识不到是什么？直至此时，她听到门生聊起这件事。

阮青竹的目光偏转，那边聊天的几个门生察觉到她的目光，立即安静下来，向她行礼。

阮青竹点点头算是打招呼，然后只一晃，就到了几人身旁。

"你们刚才说什么兔子？"她问道。

"是上次吃了烤兔的两个新人。"一名门生答道，"他们现在正在将满山的兔子捉起来，圈在一起。"

"反了他们了！他们这是想干什么？"阮青竹勃然大怒。

几名门生都吓了一跳，对于阮青竹忽然而至的火气感到莫名其妙，一名门生小心翼翼地答道："大概是想……圈养兔子？"

"圈养？"阮青竹愣了愣，"为什么要圈养？"

你问我们？门生面面相觑。敢把兔子这样捉起来圈养，如果不是得了您的授意，谁敢这样做？但刚疑惑他们就意识到，这恐怕还真不是阮青竹的授意，否则她刚才那火发得不就莫名其妙了吗？

"这个……这个……"几名门生很迷茫，他们哪知道这当中的缘由？

就是有门生看到了路平和子牧的举动，所以这话题就在山上传开了。门生们知道这两个家伙在新人试炼里吃烤兔惹火过阮青竹，所以都猜到他们这是被惩罚了，自然不会有人干涉。直至现在，几名门生看到阮青竹这副态度，才发现她竟然毫不知情，那这是在搞什么鬼？

几名门生依旧茫然，阮青竹这边却已经反应过来了。

几天前周崇安问过她要不要给这两个新人点儿教训，那会儿兔子才被吃了不到一天，阮青竹的情绪还在，自然随口就应了。现在看来，这是周崇安教训两个新人的法子了？阮青竹当时没给明确的授意，她堂堂七院士之一，怎么会挖空心思想法子去教训两个新人？不过是有门生问起，她自然而然地就应了一声让门生去办，结果现在——圈养兔子？

"他们把兔子养在哪儿了？"阮青竹问道。她忽然来了兴趣，很想去看一看。

第|301|章
使坏

路平去捉兔子了，蒋河和丁凤两个瑶光峰门生也离开了。子牧哼着小调继续忙碌着，他的心情非常不错，尤其是看到蒋河和丁凤的神情后。

对子牧来说，这种七峰门生就已经高高在上了。以他的能力，他并不奢望能投入七峰门下，就好像他当初没奢望过能加入北斗学院一样。

所以如此两个人物，是他万万不敢得罪的。明知道那两位肯定对他和路平极其不爽，但是一想到那两位方才的表情，子牧就忍不住笑。就连兔子的粪便眼下在他看来都有点儿可爱——这是他和路平一开始忽略了的一个问题，兔子不只吃，还要排泄，眼下集中圈养后，堆积的排泄物清理起来也是件麻烦事。可是眼下，这完全妨碍不了子牧的好心情。

"小兔子，开铺子，一张小桌子，两把小椅子……"

子牧哼着幼稚的儿歌，挥舞着手中自制的木铲，但他刚唱了几句忽然止住，扭头向一旁望去。

他听到那边有声响，可是扭过头后却发现没有人。

听错了？

子牧的鸣之魄是相对来说最出色的，所以他对听力最自信。但是眼下他的魄之力衰弱得很，难免对自己有所怀疑。他摇了摇头，回过身来继续干活。

结果子牧刚转回身，身后的声音再次响起。这一次，他确定自己没有听错。

"谁？"子牧猛然回身，一道人影已经冲到了他的身前。

"什么人！"子牧喝问道，下意识地就已经有了动作。虽然他的境界放在北斗学院很弱，但好赖他还是个修者，就算使不出什么魄之力，也还是有点儿本能的反应。

可是子牧这点儿反应在这道人影面前实在算不得什么，对方一巴掌直接按在了他的脑门上。子牧只觉得天旋地转，眼前一黑，就倒在了兔圈之中，失去了意识。

"这是什么？"这道人影确认自己这一巴掌足以弄晕这个废物，但是子牧下意识挥舞的一铲，到底还是让不少东西落到了他身上。修者有了枢之魄后嗅觉敏锐，他这一吸气险些晕了过去——子牧那一铲子可全都是兔子粪便。

"混蛋！"蒋河愤怒不已，看到落到一旁的木铲，他伸脚一挑，铲中剩余的兔粪顿时全都扣到了子牧头上。

"混账小子！"蒋河一边骂个不休，一边泄愤般地一通乱踢，这一排的篱笆顿时就全被他毁坏。末了他又是四下一通破坏，然后又把兔子驱赶一通。回头看了一眼晕倒的子牧，他依旧有些愤怒，但终归不敢久留，啐了一口后便匆匆离去。

山林却没有恢复宁静，被蒋河惊吓到的兔子此时发出尖叫，匆匆向四面八方逃散着，留在原地的已经越来越少。

在离这里很远的地方，有人一直在盯着这里，甚至听着这里的动静。如此远的距离，一点儿都没有影响到她。阮青竹的冲之魄和鸣之魄可都是贯通境界，她好奇来看看这兔圈，结果还没到跟前就看到了如此一幕。她不由得皱起了眉头，却没有马上采取什么动作。她看到远远的另一端，路平已经捉到了一窝兔子，正在赶回去。

终于，路平赶回来了。看到被毁的兔圈路平也有些傻眼了，很快他就看到了晕倒在地的子牧。

"子牧。"路平快步上前，叫道。

路平没嫌弃子牧脸上还沾着兔粪，匆忙将他扶起。发现他只是昏迷了，路平从水槽里捞了些水来淋他的脸。

子牧终于醒来，看到眼前一片狼藉，顿时愣住了。

"我……真没用！"子牧懊恼地一拳捶在地上。

"怎么回事？"路平问道。

"有人攻击我，但我没看清是谁。"子牧说。

"还能有谁？"路平说道。

子牧沉默了。

确实，这一点儿都不难猜，会在这件事上捣乱的，除了刻意刁难他们的人，还会有谁？但问题是，他们没有证据啊！

蒋河也知道路平他们很容易猜到是他干的，所以他虽然完全不把子牧当回事，却还是做了掩饰。只要没有证据，他就不怕路平和子牧拿他怎么样。

"想不到堂堂北斗七院士之一，不但小肚鸡肠，还这么下三滥！"子牧直接口伐起了阮青竹，在他看来，这些行事终归都是出于阮青竹的授意。他的口气中除去愤怒，更多的却是失望。这可是北斗七院士，他无比向往和尊重的人，竟然如此肮脏龌龊。

这混账小子，是傻了吗？老娘堂堂瑶光星，会费尽心机做这种事？！远处的阮青竹可是听得清楚，听到子牧如此斥责她，不免有些愤怒。

"不，不是她。"路平想了想后，摇头道。

"怎么？"子牧有些疑惑。

"如果是她，就没必要遮遮掩掩。会遮掩说明对方不想被认出，不想留下证据，这说明他有所忌惮。但他忌惮的人会是我们吗？我想应该不是。"路平说。

子牧愣了愣，意识到路平说得有理。这瑶光峰上最让人忌惮的，那自然是阮青竹无疑。对方如果真有阮青竹授意，那就不必有任何忌惮。而对方有所忌惮，恰恰说明这不是阮青竹的授意，更大的可能是对方忌惮被阮青竹知道。

"你说得对。"子牧点头道，对路平更加佩服了。这大哥不只认真耿直，还很心细。

远处的阮青竹听到路平这样说更是连连点头：这个小子，总算没有那么傻。

"可如果不是阮青竹授意的话，他们这么刁难我们做什么？"子牧疑惑地道。

嗯，这个问题，老娘也很想弄清楚。阮青竹心中想着。

"那就去问问吧！"路平说。

"问谁？"子牧惊讶地道。

"谁刁难我们，就问谁。"路平说。

"啊？"子牧张大了嘴，这个思路好像没有错，但是好像又有什么地方是有问题的。路平这意思，是要找蒋河和丁凤兴师问罪？

"这个……这个……"子牧还在"这个这个"的时候，路平已经转身走了。子牧愣了又一会儿，连忙追上去喊道："欸，我说，先等会儿啊！你想怎么问啊？"

远处的阮青竹原本已经准备去搞清楚这是谁在搞鬼，结果一看路平这举动，不免也有点儿发愣：直接去问？你以为你是我啊！

第 |302| 章
为什么毁了我们的兔圈

阮青竹视线略一转，就在山间找到了蒋河的身影。

"混蛋！那个废物，真是找死！"蒋河一边脱去他那一身伪装的衣物，一边破口大骂。

一旁的丁凤尽可能地和他保持着距离，她很想捏住鼻子，但终究还是忍住了，只是暗暗屏着呼吸。

"绝对不会放过他！"蒋河恶狠狠地说道，将自己瑶光峰门生的衣服重新穿上，举臂在鼻前闻了闻，那股恶臭似乎并没有被彻底消除。

"你在干什么？还不快帮帮我。"蒋河瞪了一眼看起来十分想逃走的丁凤。

"哦……"丁凤应声，举手挥舞了一下，一股气之魄自蒋河身上绕过，残留的恶臭终于被彻底消除。

蒋河长出了一口气，感觉像获得了新生。

"现在，我们可以回去看看了。"他得意地笑道，迈步向兔圈的方向走去。还没走出多久，他就看到路平和子牧自山林之中走来。

"呵呵。"蒋河愉快地笑了笑，而后定了定神，整理了一下情绪，板着脸迎向了二人。

"喂！"他粗声粗气地朝二人喝道。

"为什么毁了我们的兔圈？"结果回应蒋河的却是来自路平的质问，以及直视他的眼神。

"什么？"蒋河装傻。路平和子牧会猜到是他，对此他并不意外，但他没想到路平竟然会如此单刀直入。

路平那理直气壮的口气和神情，哪有半点儿新人该有的模样？在没有确凿的证据的情况下，他居然就敢用这样质问的口气和自己说话？

蒋河心中已怒，但这无辜还是不得不装。

"为什么毁了我们的兔圈？"路平重复问道。

"你胡说什么！"蒋河怒道，他愤怒的情绪倒是非常真实的。

"我说，为什么毁了我们的兔圈？"路平一字一句，第三次重复道。

"兔子出问题了？想把责任推到我头上吗？"蒋河冷笑道。

"小鬼，我看起来很好欺负吗？"伴着一声厉喝，蒋河已然出手。

他压根儿没把路平和子牧放在眼里，他原本没想要靠动手来压服二人，可是路平那直视他的眼神、坚定的语气，却让他不由得有些心虚。这让他觉得受到了极大的侮辱，他顿时顾不上太多，愤然出手，要给路平一个教训。

归根结底，他不把路平、子牧放在眼里，仰仗的还是实力。作为七峰门生，蒋河不是平凡之辈，冲、枢、力三魄贯通的境界，在北斗学院的学生中也算是中等水平了。

拳头挥出，力之魄疯狂地咆哮着。

这一拳，蒋河没有使用什么异能，只是将自己贯通境的力之魄尽情地释放着。在他看来，只凭他这力之魄的魄压就足以让路平和子牧心惊胆战。

蒋河猜中了一半。

子牧在如此魄压之下，确实有些腿软。他实在不明白刚刚表现出细心的路平为什么转眼会如此鲁莽，这样莽撞地找上蒋河质问，能得到什么好结果吗？

尽管如此想着，他却始终没有退缩、没有逃避，而是毅然站在路平身侧。他虽腿软，但还有手，他伸手扶住了一旁的树干，这虽然有点儿难看，但是至少他还站着。

废物！

子牧的举动让蒋河脸上露出轻蔑之色，他根本懒得多理会子牧，这本来就不是他的主要目标。

他的目标是路平，他的拳头是冲着路平去的，力之魄也是向路平涌去的。

但是路平一动不动，就连脸上的神情都平静如常。面对蒋河张牙舞爪的力之魄，他好像只当是轻风拂面。

因为他听得很清楚，这力之魄虽强，可是没用什么技巧，也没有什么变化，仅仅是花拳绣腿罢了。

路平完全不觉得这是一记有威胁的进攻，但是蒋河可不这么认为。子牧被吓得要扶树，路平呢？在蒋河看来，是被吓呆了，呆得一点儿反应都没有了。

知道我的厉害了吧！

蒋河很得意，但他并不准备手下留情，拳头已经狠狠地挥到了路平的面前。就在这时，路平突然抬手，迅速、准确地一抬手。

蒋河刚看到路平动作的时候，他的手腕已经被路平捉住；脸上刚露出惊讶之色的时候，路平的腿已经踢起，这是迅速、准确的一记踢腿。

蒋河飞了出去。

他的拳头依然挥在前方，力之魄依然展示着凶猛之势，但是他的身子却已经弓起，屁股高高地向后撅着。呼的一下，他就从丁凤身边飞过，摔向了草丛。

发生了什么？

子牧愣住了，丁凤也愣住了，两人的视线都没有跟上这一变化。

子牧揉了揉眼睛，不敢相信刚刚发生在眼前的事是真的。丁凤惊讶地瞪着路平好一会儿，这才想起来她应该关心的是摔向草丛的蒋河。

蒋河没有摔倒，他在空中控制住了身形，最终平稳落地。但他依然羞愤难当，在他的预想中，应该是路平被他这一拳吓得直接跪下，结果对方非但没有如此，反倒把他一脚踹飞，而且踹得很从容。

他已经意识到路平不简单，但是他又怎么可能就此退缩？毕竟他刚才没用异能，只是很草率地展现了一次力之魄。

"小子，有种你……"蒋河放着狠话，结果才说一半就说不下去了。

路平已经朝他走过来，远比他想象的要主动，眼中根本没有半点儿畏惧。这让蒋河竟然情不自禁地后退了一步。

"你……"蒋河想把刚才没说完的话说完，结果这次才只说了一个字，路平就出拳了。

和蒋河的出拳极类似，路平的这一拳也只是单纯地释放着魄之力——鸣之魄。可与蒋河不同的是，单纯地释放鸣之魄，这就已经需要路平进行十分艰难的驾驭了。

蒋河不敢大意，双臂飞速架在了胸前，力之魄仿佛火焰般燃烧跳动，在双臂上形成了一层极为有力的保护。

拦山！依靠贯通境的力之魄进行护体防御的一个变化系技能，帮蒋河抵御过无数次攻击和伤害。但是这一次，拦山却形同虚设，路平拳端涌来的鸣之魄，竟然毫不费力地就穿透了拦山的防御。

蒋河神色大变，路平的这一拳并没有太强的冲击力，但是蒋河自己已经发疯般地向后退去，仿佛躲避着瘟疫一般。

　　蒋河看着自己的双臂，方才那一刻所受到的攻击，是他从来都没有领受过的。

第|303|章
使不出的异能

前臂犹在酸麻，蒋河的神情越发凝重。若不是反应够快，应对也够及时，他不知道自己现在会被这一拳伤成什么样。

路平的鸣之魄仿佛附骨之疽一般迅速进入他双臂的那一瞬，蒋河对路平就再也没有半分轻视的心思了。

因为蒋河完全不知道这是个什么异能。虽然他本人并没有鸣之魄贯通的境界，但是身为一名北斗学院的修者，见识总是高人一等的。可在北斗学院七峰上下诸多鸣之魄高手里，蒋河从未听说过有这样使用鸣之魄的异能。包括七院士之一的天玑星王信，放眼整个大陆那也是一等一的鸣之魄大行家了，也没听说过他有如此手段。

这种所有人都不会，只有特定修者才能掌握的异能，不正是血继异能的特点吗？这个小鬼有什么来历？

只一瞬，蒋河脑中就不知已经盘旋过了多少个念头：分析路平的鸣之魄，揣摩他的异能，猜测他的身份……

可是路平从来都不会想得这么复杂，他总是简单纯粹地一条路走到底。

蒋河向他动手，那么他便还手。

此时的路平也有些惊讶，蒋河虽然很令人鄙视，但是实力着实强大。他这令无数高手都应对不及的鸣之魄一拳，蒋河却在中拳后还能飞快化解，虽然看其神情也是被吓了一大跳。

北斗学院的人，果然还是很不简单。路平心中也在感慨，一边感慨着，一边第二拳已经挥出。

精神早已紧绷的蒋河一见路平有动作，立即向一旁闪避。

鸣之魄在空气中划出一道波纹，从蒋河的身旁掠过。蒋河回头，看到这鸣之魄一路冲出了很远，心中更为骇然。

这……就是轰穿了消失的尽头的那一拳吗？

蒋河是瑶光峰的门生，没有参加新人的试炼，所以并不完全清楚事情的经过，只是听到有人说起过。他没有太当回事，只当是李遥天在消失的尽头中刻意留下的破绽被人找到了。新人试炼嘛，总不会全力以赴地把新人困死在消失的尽头里，总得给他们留些余地。

路平的拳，他认为是钻了空子。可是在经历了一拳，又目睹了一拳后，他发现恐怕不是。

蒋河回想着之前那一拳，自己用力之魄所施展的拦山形同虚设地就被路平的鸣之魄洞穿。

不，"洞穿"这个词不准确。

拦山的力之魄依旧完整，没有出现缺口，那鸣之魄就是那样简简单单地从拦山的力之魄中传了过来。

被穿透的消失的尽头，恐怕也是这样。设下这定制系异能的魄之力，被这鸣之魄仿佛穿过他的拦山一样渗透了。

这竟然是个……没有办法防御的攻击吗？

蒋河确实很不简单，路平出了两拳，他虽不了解，却已经分析出了许多信息。

第三拳接踵而至，蒋河自然不敢去挡，只能再闪避。

第四拳、第五拳……

路平不停手，蒋河只能接连闪避，一点儿喘息的机会都没有。他一边闪，一边退，很快退出了山林，退到了山路上。

路平紧随其后，再之后，丁凤也紧随在后。她吃惊地看着这一幕，蒋河竟然招架不住，竟然节节败退？

踏上山路的蒋河，此时才意识到自己的处境。他竟然已被路平逼退到这种地步？竟然被路平一路追着打？

不能再这样下去了！

他克制不了路平的异能，但是实战中也不一定非要克制对手的攻击才能获胜。

魄之力开始在蒋河的身上运转，这一次，是冲、枢、力三魄之力的运转。蒋河脚边尚且青翠的绿草，顿时以肉眼可见的速度迅速枯萎、变黄，噌地跳起一团小火苗。

跟出山林的丁凤顿时知道，蒋河这是要动真格的了。

炎景！

魄之力将如阳光一般普照大地，但是它的温度绝不会像到达地面的阳光那样温和。恐怖的高温，可以瞬间将人的血液都蒸发掉，这是一个极其冷酷的必杀技。

丁凤露出了笑容，她原本还在想自己是不是要出手，看到蒋河要施展炎景，顿时放下心来。

"你现在跪下求饶或许还来得及。"丁凤站在路平身后冷冷地说道。

回答她的，是路平的出拳。

鸣之魄的一拳，不知道已是路平挥出的第多少拳。

这家伙只会这一招吗？

丁凤有点儿鄙夷。虽然她看不出这异能的端倪，但是战斗手法如此单调，异能再恐怖也总会变得好对付。她一点儿都不为蒋河担心，因为她确信蒋河一定躲得过。

蒋河果然躲过了。

路平鸣之魄的拳速，他已经完全适应了，虽然不能说很轻松，但是终究在他可以应对的范围内。至于能不能万无一失地一直闪避下去，这个问题蒋河已经不用过度去担忧了，因为，一切到此为止了！

"炎景！"蒋河一声大喝，双手推出，仿佛在呼唤那灼热的魄之力普照大地。此时，路平身后的丁凤早已经躲到一边去了。

结果，什么也没有，有的只是路平再挥出的一拳。

蒋河又慌忙闪避，看到丁凤目瞪口呆地望着他，也是尴尬不已。

"意外。"蒋河说道。刚刚就要释放炎景的那一瞬，他发现自己的魄之力运转出了点儿问题，以致异能没能成功施展出来。

对于一个北斗学院的七峰弟子来说，这简直太不应该了。他们施展异能就应该像一个普通人吃饭、睡觉那么简单，这种自己擅长的招牌异能更是如此。结果蒋河竟然在战斗中施展异能失败了。

"小子，你的运气真不错。"他对路平说道，掩饰着自己的尴尬。

"我最后给你一次机会，因为下一次，你绝对不会这么好运。"蒋河说道。

路平摇了摇头，也不知道具体是什么意思，只是看他的神情，就知道他对蒋河的说法显然极其不认同。

远远地看着这一幕的阮青竹，那可就比路平要直白多了。

"傻子。"她冷冷地骂道。

没人听到她的骂声，路平又出了一拳。

蒋河也在摇头，他觉得自己的摇头才是有道理的，对于路平的冥顽不灵，他深感遗憾。

"我说过，你不会再有这样的好运。"蒋河喝道，双手推出。

炎景！

这次他没有喊，喊了也不会有用。秋风习习，山路上依旧是那般凉爽，一丝灼热的魄之力都没有。

蒋河的额头倒是冒出了几滴汗，异能炎景，他竟然又一次施展失败了。

一旁的丁凤也是一脸难以置信的表情，如果说第一次蒋河是因为一直被路平紧逼，所以有些手忙脚乱，施展异能时出了点儿瑕疵的话，还能让人接受，但是这一次，蒋河肯定会更加注意，要不也不会把话说得那么满，结果异能居然又一次施展失败了？

只有异能的初学者才会这样一再施展异能失败，但蒋河掌握炎景可是有数年的光景了，他一直都把这个当作自己压箱底的绝活，早就练得不知道有多纯熟了。

"你在搞什么？"丁凤十分不解。

蒋河脸涨得通红，也不知道该说什么好。

结果这次路平倒是说话了。

"好运气当然不会总是有，但问题是，这不是好运啊！"路平说。

蒋河愣住了，丁凤也愣住了。

不是好运？这话是什么意思？

"说说你为什么毁了我们的兔圈吧。"路平又把话拉回了原点。

"你不要太嚣张！"蒋河吼道。三种魄之力再次调集，第三次施展异能炎景，他不信自己连续三次都会失败。

于是路平出拳，他闪避。

第三次，异能炎景施展失败。

　　蒋河已经顾不上尴尬或羞愧了。北斗学院的人素质不会差到三次施展异能失败，甚至还找不到原因而只是单纯地以为自己粗心或者运气不好。

　　是路平的拳！

　　路平的拳让他不得不闪避，闪避中止了他魄之力的运转。

　　因为路平的拳实在很快，要避过的话，蒋河不可能单纯依靠身体动作，必然要调用力之魄来强化速度，甚至还需要一些冲之魄的辅助。而他的炎景的施展就因为闪避动作需要调用魄之力而陷入混乱，进而中断。

　　第三次，蒋河有了这样清晰的感知。

　　他下意识地就认为这一定是路平误打误撞，可是偏偏路平刚刚还说这并不是好运气，显然意有所指。

　　如果真是路平刻意为之，蒋河就真不知道该露出什么表情好了，这比路平那鸣之魄的拳更让他吃惊。

　　蒋河对驾驭异能炎景的状况无比清楚，那个会让他施展异能失败的，三种魄之力精准交汇产生炎景效果的关键时机只在一瞬，时间短暂到蒋河都无法估计这是一个怎样的时间单位。百分之一秒？或是千分之一秒？用稍纵即逝来形容都会显得漫长的时间单位，蒋河真的已经无法把握这一瞬的长短了。

所以，第一次、第二次这个他娴熟无比的异能施展失败时，他都没察觉问题是出在这一刻，因为这一刻实在太快、太短了。

但是路平的拳偏偏就能打在连蒋河自己都无法精准把控的关键一瞬。

这不是真的吧？

蒋河真的很难相信，于是在第三次失败之后，他顾不上尴尬，迫不及待地第四次施展他的异能。

炎景！

他一定要试清楚，路平到底是不是能做出这种匪夷所思的事。

路平没有让他失望。

第四次面对炎景，路平针锋相对的拳准确地轰出。

可怜蒋河在炎景施展失败前，甚至都不知道这一拳是不是够准确。

"你在搞什么！"眼见蒋河的异能连续四次施展失败，丁凤在一旁不解地叫道。蒋河的实力比她要强不少，两人在一起时她多是听从蒋河，从来没有对蒋河这样吼叫过，但是眼下，她实在有些茫然。

蒋河的脸色无比难看，比起之前任何一次尴尬的时候都要难看得多。他的眼中竟然有了畏惧，一直没有被他放在眼里的路平，此刻让他产生了畏惧。

因为这个人对他最强异能中的微小变化，竟然比他本人把握得还要准确，这实在太恐怖了。

听到丁凤喊叫，蒋河才意识到自己还有一个帮手。

但是，有用吗？

丁凤的实力比他还要弱些，而这个路平，竟然可以像猫捉耗子一般地玩弄他。多个丁凤，根本不会有什么用吧？

蒋河被吓到了，完全不知道是自己有些想多了。以路平的实力，完全不足以对一个三魄贯通的修者形成碾压之势，他能做到这些事，和他本身的能力有关。除去听魄的精准感知，这种对瞬间的把握是路平更擅长的，这可是他年复一年、日复一日不停地在做的事。蒋河眼中所谓的微小瞬间，在路平的眼中，漫长得可以跑几个来回。

蒋河哪会知道这些，就算知道了，也只会觉得路平更可怕。此时的他，已无半点儿信心。眼见路平继续迈步逼近，还有一直直视他的目光，他忽然转身就跑，竟连招呼都没和丁凤打一声。

路平神色不变，紧追蒋河不放。丁凤看到蒋河逃走，神色大变。这意味着什么？意味着蒋河觉得即使他们两人一起，也不是路平的对手，所以才会转身就跑吧？

丁凤不是没有判断力，她并不觉得路平有这么强，但是蒋河竟然做出了这种判断，让她不得不信。她在路平身后，之前她还动过要出手的念头，此时看到蒋河仓皇逃走，她反倒不敢有动手的念头了。可她又不能无视，只好继续跟在后边，甚是尴尬。

丁凤至少还知道发生了什么，子牧就更尴尬了。路平追打蒋河，一路冲出山林，子牧早被甩开了。

等子牧气喘吁吁地从山林中冲出来的时候，山路上早没人了。他左右看看，总算从地上那些干枯的青草上发现了点儿痕迹。他长出了两口气，抹了把汗，随即沿着山路费劲地继续往上赶。

子牧这模样，阮青竹远远地也看着呢，不免又好气又好笑。

拥有这种实力和天赋的学生被收入北斗学院，也算得上史无前例了。通常实力差点儿被收入的，天赋可都是相当惊人的。但是子牧呢？实力就别提了，天赋对于堂堂北斗学院来说也是微不足道。至于他的心态，阮青竹就更不了解了，她也懒得了解。她只知道如果是她主持试炼的话，这位恐怕早就被赶下山了。而子牧实在运气好，正赶上了李遥天主持新人试炼，以他的认真和耐心，确实是最善于发现璞玉的。

不过目前为止，阮青竹依然没在子牧身上发现任何闪光点。而他此时被另外三人远远抛下，也正映衬着他眼下在北斗学院的处境。他若一直被这样抛下的话，最终只会从所有人的视线中消失。眼下的阮青竹也就只是扫了他一眼，稍有情绪流露，跟着就立即看另一边去了。

路平的表现着实让她意外，他居然可以连续封杀蒋河的炎景！就算路平直接击败蒋河，都不会让阮青竹如此惊讶。

可是接下来发生的一幕，就让阮青竹觉得有些丢人败兴了。

蒋河再怎么说也是瑶光峰的门生，是她阮青竹派系下的一员，现在却被一个新人在山路上一路追打，这扫的可不仅仅是蒋河一个人的颜面。

"怎么回事？"

"在搞什么？"

这一路追打又惊动了不少瑶光峰的门生。看到这一幕的人都有些茫然失措，瞧到后边紧跟的丁凤，他们不免要上去问问。可丁凤现在也顾不上解释，她也不知道这该如何收场，只盼着快些来个什么人打断这一幕。

至于蒋河，那就更狼狈了，甩不掉，摆不脱，路平不肯退缩的紧逼让他大为丢人。一路遇到其他门生，他哪里有脸出口求助？他也盼着有个人能主动阻止一下这一幕，偏偏所有人一时间都有些反应不过来，结果也就没人贸然出手。

"你们在胡闹什么！"终于，一声厉喝传来，听得蒋河和丁凤心中都是一喜。两人抬头一看，他们的老师周崇安就站在前方的山路上。

消息被人传到了周崇安的耳中，连阮青竹都觉得这一幕着实丢人，他这个蒋河的直接导师自然更是如此。他火速赶来一看，果然看到蒋河被新人一路追着打，极其狼狈，顿时大为恼火。

"老师。"看到是自家导师，蒋河总算是叫出了口。

"给我站着！"周崇安沉着脸，手一挥，一股魄之力已朝路平涌去。他恼火蒋河如此没用，竟被一个新人追着打，但他更加恼火的还是路平嚣张行事，竟然让他的门下如此丢人现眼。所以他这一出手，直阻路平。

拦山。

周崇安所用的也是这个异能，只是他是四魄贯通的境界，同样的异能施展出来比蒋河要强大太多。这道更为坚固的力之魄屏障，他随手就摆到了数米开外。

不好……

蒋河心中苦恼，却又不好明说。虽然老师的拦山更强大，但是路平那拳中古怪的鸣之魄似乎不是这种手段可以阻挡住的。他回头一看，果不其然，鸣之魄就如穿过他的拦山一样，同样渗透了周崇安的拦山。

躲吧……

无奈的蒋河，当着老师的面，也不得不继续闪避路平的攻击。但是他这一让，穿透拦山的鸣之魄，直朝上方的周崇安冲了过去。

"老师当心！"蒋河回身看到这一幕时，心中大叫该死，连忙叫道，但是他的喊声实在不如路平的鸣之魄来得快。鸣之魄，已然冲到周崇安的面前。

第 305 章
四魄魄压

"大胆！"周崇安也不问这一拳会冲他来的缘由，就是一声怒喝。这斥声中赫然带着鸣之魄，震得蒋河头晕目眩、脚下拌蒜。

裂音！

蒋河胆寒，没想到老师竟然一出手就施展出这四级异能，慌忙收摄心神抵御这音波带来的冲击。这异能依靠鸣、力双魄来施展，音波发出的攻击足以碎裂山石，因此以裂音为名。

四魄贯通的强者毕竟不凡，周崇安瞬间就已经感知出路平这一拳中饱含的鸣之魄。他有心要给这个嚣张的新人一个教训，所以也用了鸣之魄为主的异能来反击。

这一声，不仅要将向他而来的这一拳的魄之力给震碎，还要对路平发起攻击。连蒋河这三魄贯通的修者都因为这一声所释放出的鸣之魄倍感不适，这一击俨然是想重创路平。

路平听得清楚，连忙闪身向一旁。他身后的丁凤也已经惊慌失措地准备抵御裂音攻击，看到路平的举动，却又忍不住冷笑。裂音的这种音波攻击，岂是寻常的身体动作可以避开的？声音无处不在，这裂音的攻击就无处不在。

但是周崇安看到路平闪避的方向，神色一变。

诚然如丁凤所想，裂音的攻击几乎无处不至，但强大的破坏力却并非如此。路平这一移动，看似还在裂音的攻击的笼罩下，却将这破坏力最强的冲击给闪过了。

这新人的感知如此敏锐？

周崇安惊讶不已。就连丁凤都以为这样的闪避无用，可知她以三魄贯通的境界都感知不出这裂音攻击的强弱差别，但是路平这个新人却有如此准确的判断。

但是紧接着，周崇安连惊讶都来不及表现了。

鸣之魄！

路平那一拳轰出的鸣之魄竟然冲至了他的面前。他的裂音非但没能重创路平，竟然连路平的鸣之魄都没能震碎？

转眼，鸣之魄入体。

"老师！"蒋河惊叫道，他也没想到竟然连周崇安的裂音都对路平的鸣之魄无效。

周崇安脸色阴沉。

他的裂音还是起到了作用，这轰中他的鸣之魄已经没有了什么威力，对他而言毫无威胁。但是，他竟然被这新人的魄之力给轰中了。仅仅这件事本身，对于他这四魄贯通的强者、北斗七院士的门生来说就已经是奇耻大辱，足以令他颜面无光。

周围可还有不少瑶光峰的门生看着呢！

"小子，你很大胆。"周崇安沉声说道。就眼下的状况而言，即使他马上杀了路平也无法抹去他被一个新人的魄之力轰中这一事实。最好的情况是新人能够服个软，惊叹一下他的实力，如此他再表现一下自己的大度，这总算还下得了台。因此哪怕他心底怒极，但说话的口气反倒没有之前那么严厉了，隐隐还流露出了一点儿欣赏。新人如果识趣，这时候自然知道如何应对，而且他应该会识趣。

周崇安望着路平，心中颇为自信，因为他知道路平一定已经领略到了他的实力。即使他避过了裂音破坏力最强的攻击，但只要还在裂音攻击的范围内，都绝不会好受。路平并不好看的神色也说明了这一点，周崇安可以肯定，路平已经受伤了。

"喀……"路平咳了一声，一口鲜血从他嘴里喷出。

任何一个人吐血的模样都不会好看，路平也不例外，但是他很从容。吐完了这口血，他抬了抬手，抹去了挂在嘴角的血丝，然后望着周崇安。

周崇安的神色冷了下来，从路平的眼神中，他觉得这个新人恐怕会让他失望，那不是会服软的眼神。

这时候，来个人打下圆场或许会好些。周崇安想着，扫了一旁的蒋河一眼。

结果蒋河还没来得及做出反应，路平已经开口了。

"那拳不是要攻击你的。"路平说道。

周崇安很意外，没想到在那不屈的眼神下，最后说出的却是解释的话语。这小子到底还是服软，开始认错了嘛！

如此一来，周崇安就要开始表现他的大度了。他微笑着，准备出言抚慰一下路平，让他不要因此感到惶恐。说实话，路平这样的态度，比他预想的要好很多。

但是路平不等周崇安出言抚慰，甚至已经不再看他，而是望向了一旁的蒋河。

"为什么毁了我们的兔圈？"路平问道。他追打了蒋河一路，要得到的就只是这个答案。之前是，现在也是。面对蒋河时是，多出来个更强的周崇安时也是。

蒋河傻眼了，这是什么情况啊？怎么突然又回到这个问题上了？茫然无措的他，下意识地就看了导师周崇安一眼。如此细节自然不会被路平错过，他的目光也重新回到那被他晾到一边，正要开口讲话却发现根本没人搭理的周崇安身上。

"是你派他们来的？"路平推测道。

"小子大胆！"周崇安再次喝道。这次，他的语气中再没什么温和，有的全是恼怒。这新人让他蒙羞，随便交代了一句竟然就无视了他，此时竟然还敢质问他，口气中竟然还有几分责备的意思。

"你是什么身份？有什么资格敢这样跟我讲话！"强大的魄之力瞬间在周崇安身边迸放而出。

冲、鸣、气、力四魄贯通的七院士门生，在北斗学院的身份确实算得上很高，能拜入他们门下都很不容易。区区一个新人，如此表现简直放肆得离谱。周崇安再也无法容忍，这对他而言同样是羞辱。

"就让我来管教你一下！"

七院士门生管教北斗学院的绝大部分人都是有资格的，就算对方不是自己门下的。至于区区一个新人，能逼得七院士门生出手，也算得上是无上光荣了。可是眼下，实在没人会因为这一点去佩服新人。

这个新人死定了。

人人都在感叹。周崇安的四魄之力，岂是一个新人可以匹敌的？

轰！

山崩地裂般的声音响起。只一步，周崇安竟然就迈到了路平的身前。

这同样超过了路平可以应对的速度，他听到了，却来不及应对。四魄贯通之力的魄压向四面迸放着，蒋河、丁凤早已经承受不住，惊慌失措地向一旁回避着。被远远甩在后边的子牧，这时总算赶了上来，尚在数十米外的他却已被这魄压压迫得动弹不得。抬眼一看，他就见路平竟在直面如此魄压。

　　"路平……"子牧失声叫道，但是他的声音竟然也被这魄压碾碎，无法送出。

　　路平还是没有服软，他依旧直视着周崇安，似乎还在等他回答之前的问题。

不然呢？

周崇安不会回答路平，他的右手已经挥起，直朝路平脸上扇去。他没有使用什么异能，但仅仅是这四魄贯通的魄压凝聚在这掌上，拍飞一个人的脑袋都不成问题。

这一巴掌，看起来已经没有任何办法可以阻挡了。

啪！

一声脆响。

这是无比清脆的一记耳光，可在四魄之力催生、凝聚到如此程度的情况下，这样的脆响可就有些诡异了。

所有人都愣住了。

周崇安的右手赫然悬在了半空，不是他忽然手下留情，而是因为他的手腕就这样被人抓在了半空。而他的头则扭向了左边，右脸颊上，清晰的五道红指印已经飞快地浮起。

周崇安……被人抽了一记耳光？

所有人目瞪口呆。

在这瑶光峰上，能有资格，或者说有能力做到这种事的人并不多。而最有资格、最有能力的，当然只有一位——瑶光星阮青竹。

来的人正是阮青竹，她站在路平和周崇安之间，一只手捏着周崇安的右手腕，另一只手刚刚干脆无比地甩了周崇安一记耳光。

鸦雀无声。

所有瑶光峰的门生都看着他们的老师，或者他们老师的老师。

"你又是什么身份？有什么资格？"阮青竹的语气淡淡的。但是熟悉这位院士的北斗门人都知道，瑶光星阮青竹看起来脾气很暴躁，经常动肝火，可她真的生气时，会变得异常冷静，仿佛换了一个人。

眼下的她真动了火，教训周崇安的话反倒听不出丝毫火气。

周崇安，这个声名显赫的强者此时只能讷讷地站在那里，一声不吭。如此大庭广众之下的一记耳光，再次扫了他的颜面，可是在阮青竹面前，他又哪敢造次？虽然同是四魄贯通的境界，但他很清楚，他的四魄贯通和阮青竹的四魄贯通相比有天壤之别。

他只是沉默着，不吭声。而阮青竹的目光此时已经转到了路平身上。

路平此时的位置微微向后退了一些，并不是之前的站位。这不是他在阮青竹来之后才退的，而是在周崇安抽出那一巴掌时，他拼尽全力退出的一小步。

这些阮青竹看得非常清楚，也微微惊讶了一下。

"看起来，我做了多余的事。"她说道，口气依然是淡淡的，"你似乎躲得过那一巴掌。"

"也许。"路平说。他并不太确定，四魄贯通的修者的能力实在超出了他可以应对的范围。

周崇安用了一个不知名的异能，让路平完全无法应对，好在他接下来这一巴掌来得纯粹，所以虽然生猛，但路平总算还能做出反应。

"很好。"阮青竹点了点头。就在所有人都以为她在欣赏这个新人难得的实力时，阮青竹那垂着的右手忽然翻起。

啪！

比起之前抽向周崇安更加响亮、更加用力的一耳光直接抽到了路平脸上，将他整个人都抽得飞了出去，直撞到一旁的山壁之上。

"那这一巴掌呢？"她依旧那般淡淡地问道。

路平从地上爬起，嘴角有血丝渗出，他伸手拭去，又摸了摸脸。周崇安脸上还只是留下了五道指印，他这脸却已经肿起老高了。

"躲不开……"路平说。

"所以，你躲开了他那一巴掌又有什么用？"阮青竹问道。

"是没用啊。"路平说。他清楚阮青竹的意思，以他的实力，完全不是周崇安的对手，能躲过那一巴掌只是侥幸。

周崇安但凡用点儿异能的技巧，那一巴掌都足够抽死路平几回。这一点，路平完全清楚。四魄贯通还不是他可以对抗的境界，从卫仲到秦琪，再到这周崇安，都是一样。光是躲开那一巴掌解决不了问题，周崇安照样可以打死他。

"但是，不然呢？"路平说。

不然呢？

阮青竹愣了愣，不然呢？不然应该怎么办？

她想了想这个问题，发现竟然没有满意的答案。路平不是周崇安的对手，可是却被周崇安和他的门生这样刁难欺压。不然呢？不然该怎么办？

打不过，就跪下求饶，服软吗？如果那样做，蒋河或周崇安确实都会很愉快地放过路平，可是这样的做派，自己就欣赏了吗？当然不。

求饶她不欣赏，毫无自知之明地硬抗，她也不欣赏。

那到底该怎么样？

阮青竹被问住了，她自己一时间竟也想不出一个漂亮却又不违心的处理方式，而路平却还在用认真的目光向她征询着答案。阮青竹突然有点儿理解周崇安了，被这个小子用这样的目光直视，确实让人尴尬得有些上火啊！

阮青竹深吸了一口气。

"你……可以向我打小报告啊！"她说道。

噗！

不知从哪里传来一个笑声，阮青竹听得清楚，立即怒目视去。

那边的门生连忙正襟危坐，但是熟悉阮青竹的人都知道，会这样将怒气流于表面，那说明她已经不是很生气了。

"这个……不是很习惯。"路平说。向人求助，他从来都不具备这样的意识。

"总之，活下来比什么都重要。"阮青竹说。

"我明白。"路平说，这一度是他最终极的目标，说着他看了周崇安一眼，"早知道他是四魄贯通，我会来？"

一旁的蒋河听到这话，简直想跳脚：合着我三魄贯通的境界就该被你追着欺负？先不说三魄贯通怎么就这么不值钱了，你欺软怕硬得如此耿直也太无耻了吧？

阮青竹听着也有点儿来气，可是转念一想：这路平，你说他欺软怕硬吧，他真的面对四魄贯通的对手时，那气势和追打三魄贯通的蒋河时也没两样；你要说他不知进退吧，他明明又有欺软怕硬的心态啊！

"行了。"阮青竹觉得自己已经不能和这家伙对话了，逻辑都被他搅和得有点儿混乱了。

而这时，子牧总算是爬到了这边，看着眼前这一幕，他局促不安地欲言又止。

"我都看到了。"阮青竹这时冷不丁地来了一句。这话，不懂的人茫然，懂的人脸色瞬间就白了。再被阮青竹各自狠瞪了一眼后，蒋河和丁凤几乎都要站不住了。

"你们两个，守夜一个月。"她说道。

"是……"蒋河和丁凤低着头答道。这样的处理，已经让他们有些庆幸了。

"你们两个，回七星谷去好好修炼吧！"阮青竹又对路平和子牧一挥手道。

"啊？不用照顾一个月兔子了？"子牧惊喜万分。

"哦，你对这很感兴趣吗？"阮青竹说道，眼睛扫向了一直沉默不语的周崇安，"你，去给他们一人捉一只兔子回来。"

周崇安抬头，一脸愕然，但随即点了点头。四魄贯通的强者，这就捉兔子去了。

"带回去养着，一个月后的七星会试再还给我。"阮青竹一边走，一边头也不回地对路平和子牧说道。

啪！

这次是子牧自己给了自己一记耳光，真多嘴啊自己。

"哼，谁让你们吃我的兔子来着？"阮青竹说道，已经转身离去。问题一下又回到了原点，而这，才是她亲自给予二人的惩戒，如果这算得上惩戒的话。

四魄贯通的强者捉起兔子来一点儿都不比路平慢，不大一会儿，周崇安就已经回到山路上，一手拎着一只兔子。

阮青竹早已经离开，围观的其他瑶光峰门生也散了个七七八八。

这到底是怎么回事？大家并不完全清楚，但看阮青竹的处理态度，却也猜出了个大概。别看周崇安和路平各被她抽了一耳光，路平那一记似乎还要更重些，但是这两位的身份、地位各不相同，阮青竹这一耳光的意味可就大不相同。

周崇安是她的门生，地位不低，且已经开门授徒。这一巴掌，打的是他的颜面，扫的是他的威信。阮青竹若不是无法容忍，不至于让他在这么多门生面前下不来台。这一巴掌的伤害，比让周崇安重伤一个月还要来得难受。

倒是路平，不过一个新人，他即便拥有奇异特别之处，也是处于北斗学院的底层。这种地位，阮青竹以院士的身份，愿意给他一耳光教训几句，太多人恐怕都会觉得荣幸之至。更何况阮青竹巴掌是打了，但之后的教训，谁都听得出是在为路平操心。一个新人，让院士这样挂心，别说同为新人的子牧了，就连蒋河、丁凤都恨不得那一巴掌是抽在他们脸上的。

他们二人都只是周崇安的门生，虽在瑶光峰名下，但和阮青竹根本没多少接触的机会，更别提受她教诲了。

但是到最后，他们两个都只是被阮青竹瞪了一眼。阮青竹教训了周崇安，因为那是她的门生，而蒋河、丁凤两个，她就留给周崇安自己去教训了。

蒋河、丁凤两人垂头丧气地站在路边，眼见老师拎着两只兔子回来，面无表情地交到了路平和子牧的手中。他的心中纵有千般怒火，此时众目睽睽之下也无从发作。他知道，眼下还没散去、还在围观的，那就是在看他笑话的，他又怎么可能在这些人面前落下话柄呢！

所以他一句话都没有和路平、子牧说，把兔子交给两人后，扭头就走。蒋河和丁凤紧随其后。

周崇安回到住处，迈入厅门，看到颜真已经在这里候着。他和周崇安是同一年入的北斗学院，后来都成了七院士门生。两人关系交好，以兄弟相称。

颜真眼见周崇安为了帮他处理他和导师李遥天之间的一点小龃龉，在同门面前大失颜面，且让导师阮青竹心生恶感，处境比他还要难堪，不免露出苦笑："委屈周兄了。"

周崇安摆了摆手，没有流露出要责怪颜真的意思，这份担当，他总还是有的。只是坐到他待客的主位上后，他却依旧一言不发，只是面无表情地坐在那儿。

一路跟着他进来的蒋河和丁凤此时惶恐地站在厅中，看到老师也不讲话，心中极为忐忑。

"你们两个……"周崇安终于开口了。

"老师！"一直在心中揣摩周崇安心思的蒋河立即迫不及待地上前，"再给我一次机会，我一定能收拾得了那小子！"

蒋河思前想后，觉得以他所了解的周崇安，必然不会就此对路平罢休，所以他想戴罪立功。虽然那路平多有古怪，但是眼下蒋河对其已有了解，觉得还是可以对付的。

虽然蒋河并没有十足的把握收拾得了路平，但眼下不是计较这个的时候。他咽不下这口气，想来老师也咽不下，所以十分积极地请缨。

"你闭嘴！"周崇安脸色一沉，狠狠地瞪了他一眼。

蒋河哑口无言，难道这次老师是要认这个屈了吗？

"现在是做这些的时候吗？"周崇安道。

蒋河一听，心中却踏实了点儿，至少他没有揣测错老师的心思，老师并没有打算就此罢休。

"还请老师示下。"蒋河随即表现出一副惭愧的模样，说道。

"你以为阮青竹给他们两只兔子，只是为了多给他们找点儿事来惩罚他们吗？"周崇安说道。

一旁的颜真听着这话，心中顿时都一跳。

阮青竹……

周崇安竟然直呼阮青竹的大名，可见他心中对阮青竹相当恼火，已经有了不敬的心态。颜真纵然因为路平让李遥天对他有了不好的看法而不爽，可他对李遥天的敬意丝毫未减。

"周兄，这事，要怪我多事了，你就全当我没来过，好吗？"颜真慌忙对周崇安说道。周崇安这态度改观让他觉得有一些惶恐，他隐隐觉得事情再这样发展下去，恐怕要大大地失控。

而颜真这话却让周崇安有些上火，他霍然起身，身下那坐了数年都没有半点儿松动的结实木椅，竟然哗的一声散架了。

"颜真，你这话是什么意思？"对颜真，他也开始直呼其名。

颜真大为尴尬，他也知道自己刚才那话着实不妥。是他将周崇安拖下了水，弄得人一身狼狈后，他却又让人当自己没来过，这怎么看都很不厚道。

"是我说错了。"颜真连忙道，"我的意思是，这事可不能再这么下去了，院士那边恐怕还会盯着呢！"

"我知道。"周崇安说道，"她那两只兔子其实就是这个用意，她是给了那两个小子一个月的保护伞。你动了那两个小子，她的兔子就会出问题，她的兔子出了问题，她就会知道，那么她就会过问。她就是在告诉我：那两个小子，她会一直盯着，至少在这一个月里，别想耍什么花样。"

"一个月后，那就是七星会试了。"颜真说。

"是啊，七星会试。"周崇安的脸上，残酷的神色一闪而过。

"你们先回去吧！这一个月，你们也要好好修炼。"周崇安对蒋河和丁凤说道。

"是……"两人虽然好奇周崇安的打算，但是老师这样说了，也只好回去。

"你打算怎么做？"颜真问道。

"可以告诉你吗？"周崇安说。

"周兄，你这话……"颜真霍然站起，"这原本就是我的事，我怎么会退缩？先前我也只是想让你小心行事，既然你看得这么清楚，那我还有什么可担心的？"

"好，既然这样，就好。"周崇安点头道。

"只是……以我们两个，要收拾两个新人，竟然还要这样机关算尽，真是……"颜真一脸无语的表情。

"说的是，所以也根本不用太复杂。只要七星会试上，能有人把他们狠狠教训一下，你我的目的不就都能达到了吗？"周崇安说。

第 |308| 章
幽默感

　　周崇安和他的两个门生离开后，瞧够了他们尴尬的其他瑶光峰门生各自散去，最后就剩了路平、子牧两个。他们一人拎着一只兔子，被晾在了山路上。

　　"走吧。"路平对子牧说道。

　　"怎么走呢？"子牧嘟囔道。阮青竹没安排人给两人带路，往玉衡峰怎么走他俩倒是清楚，但是眼下他们要去的可是七星谷。

　　"边走边问吧。"路平倒是并不太在意。

　　可别又问出什么事了，子牧心中默默地想着。路平作为一个新人，实力很让人侧目，不过更令子牧印象深刻的是他闯祸的体质，他似乎对于他新人的身份和地位毫无自觉性。而且就冲他不知道李遥天之类的人物，子牧估计四大学院在他眼里也完全没有一般人心目中的那种地位。倒是他出身的那座说是已被毁掉的摘风学院，路平提及时会流露出几分尊重和怀念。

　　摘风学院吗……子牧心中嘀咕着，貌似是一座和他们天武学院排名差不多的学院。一想到这儿，子牧就下意识地将他出身的天武学院和北斗学院对比了一下。

嗯，怀念当然还是有一点儿的，毕竟是自己生活了四年的学院，有点儿对家一般的眷恋。但是子牧可以肯定，这份眷恋很快就会变淡。现在自己可是进了北斗学院，是北斗学院啊！用天武学院来比……子牧打了个激灵，只是冒出这个念头，他都觉得自己有些大不敬。别说天武学院了，大陆学院风云榜上根本就没有任何一座学院是和四大学院有可比性的嘛！这种念头在子牧心中是根深蒂固的，在很多人心中也是。而来到北斗学院，只是见识了北斗学院的冰山一角后，子牧的这种念头就更坚定了。

他可是东都出身，东都的天青、天峰两大学院都名列学院风云榜前五。子牧不是没领略过它们的风采，但和北斗学院比，只是这独占整个北斗山七个峰头的霸气，就把那两家比下去了嘛！子牧眺望远方，心中痛快地想着。

子牧在东都天武学院的时候，没少被天青、天峰两大学院的学生歧视。而现在他成了北斗学院的一员，大有资格俯视那两座学院的学生了。不过直至此时，他才有工夫体会这种优越感，洋洋自得的心态顿时也出来了，对日后返回东都顿时悠然神往起来。

"欸，我说。"子牧想想都有点儿小兴奋，忍不住就和路平分享起来。

"如果离开北斗学院的话，你会去做什么？"子牧问路平。

"去找人。"路平说。

"找人？找谁？"子牧问。

"几个朋友。"路平说。

"哦。"子牧对于路平的答案其实并不是非常关心，主要是他现在很有倾诉的欲望，"我也想去找人呢！"

他想找天青学院的、找天峰学院的、找东都所有十三座学院的，甚至他出身的天武学院的。那些对他好的、不好的，或者根本就无关紧要的人，子牧都想去找找。不过他也没太多的居心，无非就是想把自己眼下北斗学院学生的身份给对方看看，然后瞅瞅对方的反应。

子牧唾沫横飞地诉说着，说自己以前在天武学院时遇到的各种事，然后又畅想着自己现在成了北斗学院的学生后会遇到的各种事。子牧说得兴奋不已，而路平只是安静认真地听着，直到子牧说过瘾了，才忽然问了路平一句："你觉得怎么样？"

路平想了想，觉得有一个词适合形容子牧。

"暴发户。"路平说。

"怎么是暴发户呢！"子牧下意识地反对道。这可不是什么好词，不过细细一想……

"喀……也不能这么说。"子牧咳了一声，显然已经有些心虚了，但还是要拼命辩解几句，"这个……也是人之常情嘛！突然之间你说说……从天武学院，到北斗学院，这简直就是一步登天啊！这个……这个照理说你应该是了解的啊！"子牧说得都快哭了。照理说，路平从摘风学院到北斗学院，那心态就该跟他是一模一样的。但是路平对北斗学院没多重视，这让子牧十分不解。

谁想路平偏偏点了点头，说："嗯，我可能有点儿了解。"

"是吗、是吗？你怎么看？"子牧激动地道。

"我可是六魄贯通的天醒者啊。"路平说，没有什么比这还要"暴发户"的了吧。

子牧愣了差不多有一秒，这一秒看着路平那认真的模样，他险些就要信了。但是一秒过后，他到底还是大笑起来，道："原来你也是有些幽默感的。"

"是真的。"路平说。

"我信了。"子牧一本正经地点了点头，他觉得自己也挺有幽默感的。

于是路平也点了点头，没有再说什么。

两人继续沿着山路向北斗山深处走。子牧怕路平再生意外，路上遇到北斗学院的门人，都是他赶上去毕恭毕敬地问好、问路。一路相安无事，相继从开阳峰、玉衡峰下走过后，终于是两人还没见过的景象。在绕过天权峰后，七星谷的入口终于出现在了两人面前。

没有人守护，仅仅是一座写着"七星谷"的石碑立在一旁。从谷口向内望去，已经可以看到和谷外北斗山上大不相同的景象。

"这就是七星谷吗？"子牧惊叹道。北斗学院实在有太多传说里的东西了，数不清的人、事、物从这里出去，在整个大陆流传着。

"看来就是了。然后去哪儿呢？"路平也在向谷内眺望。

"我来问。"子牧忙道。

从瑶光峰到这七星谷，两人走了颇久，入谷后太阳已经偏西，谷口正对的天璇峰披着晚霞，反倒显得明亮了些。两人在谷内走着，很快就见到了谷内的修者，子牧上前一问后，对方给两人指出了去路。

"去观星台。"子牧说。

"观星台？"路平没听过。

"观星台在天权峰上。一般人都觉得观星这种事，站得越高越好，但是天权峰偏偏是北斗七峰中最矮最小的一座，你说奇怪不奇怪？"子牧对路平的各种无知已经见怪不怪了，此时他一副东都天桥说书人的口吻，给路平讲起了北斗学院的观星台。

第 309 章
星命图

"奇怪。"路平听着子牧的介绍，点点头。作为一个听书人，路平肯定是很不受人喜欢的那类听众，虽然也会听着内容，给出点儿反应，但是未必太平静了些。说书人当然希望自己所说的内容是可以打动听众的。

好在子牧不是一个真正的说书人，也习惯了路平这种平淡的态度，路平能搭腔他就已经很满足了。

"所以说！"子牧一拍大腿，一惊一乍地叫道，"北斗峰的观星台，必然有奇异之处啊！"

"怎么个奇异法呢？"路平问。

"这个……说法就多了。"子牧含糊其辞。天桥说书人那里，有关这个杜撰出了好多版本。眼下两人就在天权峰脚下，很快就要上到观星台了，转眼就会被戳穿的内容，子牧觉得还是不要卖弄为好。

"我们还是赶紧先上去吧，说是新人们都已经去了。"子牧说道。这是他打听来的，说是新人都被召集去观星台了。

两人随即赶到天权峰下，沿着山路往上走。从这里仰视，就可以察觉到天权峰是北斗七峰中的最低峰并非虚言。其他六峰的峰头全都隐藏在了云海之中，而这天权峰的高度明显差了那么一截。

如此一来，登山要走的路倒是短了不少。路平、子牧一路往上，发现这天权峰上的格局与他们去过的瑶光、玉衡两峰大不相同。那两座峰头，都是将山间的开阔处辟为住处，搭建房屋。但这天权峰自山脚开始，便有房屋时而出现在山间，竟不像那两峰一样有统一的规划。

此时天色渐暗，各间房屋亮起灯火，一眼望去，整座天权峰上像是落满了萤火虫，到处都有灯光浮起，而伴着灯光的还有袅袅炊烟。那景象，完全不像是一座学院用来修炼的峰头，倒像是一座日落而归的农家村落，亮起万家灯火，烧起了晚饭。

这段子，说书人那里可没有啊！子牧一路看来，也是大开眼界。

就这样，两人一直走到山路的尽头。天权峰的顶峰，一座巨石砌起，上窄下宽，台高可达数十米的古朴石台就这样出现在了两人眼前。

"观星台！"子牧脱口而出。北斗学院观星台的模样，倒和说书人讲述的甚是吻合。

路平望着观星台，有些发愣。他下意识想起的，是志灵城的那座点魄台，两座石台看起来一样陈旧古朴，却又各自散发着不同的魅力。

天权峰留下的那万家灯火的村落印象，在多看了这观星台几眼后，就奇怪地荡然无存了。让人下意识地就已经知道，这山之上，到底谁才是主角。

"过去吧！"子牧这时说道。路平点了点头，两人随即来到这观星台下。只见左右对称的两道石梯仿佛两条飞龙盘旋、簇拥着石台往上，为这巍峨的石台平添了几分生动。

路平和子牧选了左边的石梯，一路往上，终于到了石台顶端。就见本次召进的新人早已经到齐，台上热闹非凡，一点儿都没有两人所设想的庄严肃穆。

经过这几天的相处，新人们看来也都混熟了。他们有些本就是旧识，再有些来自同一座学院，或是同一个地方的，抑或是境界相仿的。总之可以看出已经形成了无数个小团体，他们在这观星台上各自聊得兴高采烈，竟也无人阻止。

而在台顶的北端，又有一个小高台，一个人站在上面，正望着西边，脸上露出几分不舍，也不知是在留恋着什么。但子牧再换了个角度，看到这位背上七颗北斗星以及当中最为明亮、显眼的天权星后，顿时不敢多看了。他连忙拉了拉身边的路平，给他介绍道："天权星，陈久。"他估摸着路平肯定又不知道。

路平果然点了点头，没有辜负子牧的好意。

这时总算有新人注意到了台上多出来的两人，微微有些惊讶。

他们两个可一直都算是话题人物，尤其是所有新人都来了七星谷，而他们两个却被点名叫去了瑶光峰。虽然据说是因为两人吃了阮青竹的兔子，被叫去受惩戒，但是，那可是来自七院士的惩戒啊！区区新人，竟能惹来七院士的留意，这实在不容易。就算是惩戒，也说不定能弄出个什么机缘来。所以对这件事，幸灾乐祸的有，嫉妒的也有不少。在很多人的心目中，七院士那是高攀不起的，能在七院士心目中留下个坏印象，那也总比完全没印象要强得多。

可是现在，这两人也来到了观星台，手中还各自拎着一只兔子，稀奇古怪的，但到底还是没人上前过问。

就在这时，远方的太阳彻底沉入地平线，夜幕降临。站在那小高台上的天权星陈久终于惆怅地转回身来，面对着诸位新人。很快，观星台上就安静下来。

在七院士面前，照理是没人敢这样闹哄哄的，可是之前陈久在小高台之上，交代了一句"大家随意"就去观日落了。七院士的话，众人哪敢不听？于是就索性随意了点儿，这才有了观星台上热闹的景象。此时眼见陈久回头，脸色看起来也并不太好，新人们立即纷纷安静下来，听院士新的指示。

"人，都来了啊。"陈久站在台上，无精打采地说道。他的首徒靳齐依然跟在他身后，此时只能苦笑。他的老师就是这样，对阳光如同有瘾一般地贪恋，每天太阳一落山后，整个人的状态就会变得很不好。

"老师，要不我来吧！"靳齐上前说道。

"来。"陈久只回了一个字，看起来话都懒得说。

靳齐躬身，将陈久让到自己身后，这才走上前。

"诸位。"靳齐振了振精神，说道。他目光一扫，看到了台顶角落，刚刚上来不久，手拎兔子还有些没回过神的路平和子牧。

"那两位。"靳齐微微皱了皱眉，道，"你们怎么把兔子都带上观星台了？"

"兔子？"路平和子牧还没答话呢，刚刚退后的陈久忽然又箭步赶了上来。原本夜幕降临后，他就一副生无可恋的模样，此时竟又生出了几分热情。

"是啊！谁让你们把兔子带上观星台的？没收！"陈久说道。

路平和子牧还没来得及回答之前的靳齐呢，没想到这个七院士竟然就冲上来要没收兔子。子牧已经傻眼了，到底还是路平镇定，他如实相告："这兔子，阮院士说让我们养一个月，然后再还给她。兔子不能带上台的话，先放在哪里呢？可不能跑掉了。"

"先放我这儿。"陈久说道，就要从那小台上纵身跳下。一旁的靳齐连忙拉住他，道："老师，老师……"

靳齐一边拦着陈久，一边朝台下喊："来个人，先把他们的兔子带下去照看着。"

路平和子牧上台来时，完全没看到四下有人，但是靳齐喊出这一声后，两人的身后忽然就多出一个人来。

"怎么照顾？"这人一说话，子牧被吓了一大跳，路平倒是因为听魄早有察觉，比较从容。

小台上，陈久向这人猛使眼色，一旁的靳齐却是一边扶额，一边挥手："好好照顾，完了还给他们。"

这意思可就明确了。那天权峰门生点了点头，竟然没有理会陈久的眼色，从路平和子牧手中接过兔子后就又不见了。

这莫名其妙的插曲看得新人们目瞪口呆，对这天权峰上的权力分化也有些看不懂。首徒靳齐的话，好像比天权星陈久的还要好使？可是看着靳齐毕恭毕敬地候着，陈久垂头丧气地退到一旁，真是让人觉得别扭至极。

等到陈久退开，靳齐这才重新站在众人面前，继续讲话。

"接下来，请大家听我的安排。"

"所有人分散站立，前后左右保持完全相同的距离，注意你们的脚下，应该很容易找到标记。"

所有人低头。之前谁也没觉得脚下有什么特别，此时听到提示再看，果真一下就看到了标记。每个人站立的位置，与前后左右保持着相同的距离。

新人们很快散开，路平和子牧两个自然是站到了最角落的位置。

"接下来注意，脚下不要有任何走动，不要交头接耳，也不要试图用异能传递信息，每个人都守好自己的本位。"靳齐神情肃然，望着众人，直至所有人都准备好。

"诸位，请抬头。"靳齐忽然挥手，指向上空。

魄之力！

敏锐如路平，马上就感知到了，上空竟然有魄之力的声音传来。声音很微弱，但嘈杂无比，路平的心神在这一瞬间险些被击溃。好在这些魄之力仅仅是飘浮着，并没有任何变化和意图。它们似乎很遥远，但是路平感知得出它们之间不尽相同，甚至有些有明显的强弱之别，而集中在正上空的……

一股、两股、三股、四股、五股、六股、七股！

有七股魄之力，碾压群魄，它们齐聚发出的声音是路平所听到的最强大、最独特的。而他如此集中注意力去感知这七股魄之力后，他的听魄竟然受到了干扰，频频被阻断。

路平已经习惯于用听来做判断，但是此时，他终于忍不住抬头去看。

星空！

抬头望去，刚刚降临的漆黑夜幕竟在靳齐那一句话间就换成了璀璨的星空。星空正中，北斗七星明亮夺目，被众星所环绕，如此一圈一圈，密布整个视野内的天空。

"你们所看到的，是北斗学院的星命图，也就是外人常说的七星榜。"台上的靳齐此时也在仰望星空，这般说道。

"加入北斗学院那天，你们的星命就已在图中点亮。"

"而你们现在要做的是感知到自己的那颗星，引星入命，和光同尘。"

引星入命

引星入命，和光同尘？

有的新人一脸了解的神色，有的新人却是一脸茫然。路平和子牧听到这里不由得互望了一眼，他们不约而同地想到了前些天把他们从玉衡峰带去瑶光峰的那位话极少的师姐。

活人在天，死人在碑。

沛慈用了这八个字来概括七星榜。死人在碑，两人当时就理解了，但是活人在天却一直没弄懂，直至此时方才释然。这活人在天，原来说的就是这星命图。每位北斗学院的修者对应一颗星的话，那自然是全被记录在天上了。

这时，一道星光忽然从天空中直坠下来。原本在路平耳中极为遥远的魄之力，竟在转眼间就向观星台冲来。观星台上，也有一道魄之力升起，似是迎向那星光，只一眨眼的工夫，星光与这魄之力就融合在了一起。观星台上，一名新人此时已经完全沐浴在了星光当中。

新人们惊讶地看着，认出了沐浴在星光中的正是林天表。就在所有人还在琢磨这奇异的星命图时，林天表竟然已经开始引星入命了。

"老师。"小台上的靳齐看到林天表竟然如此迅速地开始引星入命，脸上也露出惊讶的神色，回头唤了一声缩在后边情绪低落的陈久。

"哦？"陈久完全没有理会新人们，听到靳齐这一声喊，他抬头看去，这才发现竟然有新人已经开始引星入命。

"是谁？"陈久强打起了几分精神，不再缩在后面，朝小台前方走来问道。

"林天表。"

"青峰林家。"陈久的目光随即也落在了林天表身上。星光与点点微尘，正在他身边不住地环绕着。周围的其他新人只顾着惊叹，已经全然忘记自己该做些什么了。

林天表专心致志，不被周围的情况所干扰。星光笼罩着他，而他的魄之力也正在沿着这光柱缓缓地攀升，似乎要升到那九天之上。

"了不起。"陈久称赞了一声，"他多大年纪？"

"十七岁。"靳齐答道。

"不错，看他能坚持多久。"陈久说道。而后，他顺便用目光扫了扫其他新人，想看看是不是还有如此出色的苗子，结果却很失望。其他新人全都被林天表给吸引，全然忘了自己该干什么。

"专心致志。"靳齐不得不出声提醒一下所有新人，"不要管其他人怎样，专心做好自己的事。先找到自己的命星，然后用自己的魄之力去和它构建联系。"

"这要怎么找啊……"新人中传来抱怨声。这满天繁星，数不胜数，要从中找到自己的那颗？这不是大海捞针吗？

所有人都能肯定的只有一点，那就是正中的那北斗七星绝对不会是他们的，那毫无疑问是北斗七院士的命星。

但这居于正中的北斗七星就是星空中最明亮的吗？

是，也不是……

北斗七星确实极其明亮，光华远超其他诸星。可就有那么一颗，它并不像北斗七星那样居于正中，而是很寻常地和群星挤在一旁。其他诸星表现出的是一种畏惧北斗七星不敢上前的姿态，而它却没有，它定在那里，于是那里就成了它的位置。它的这个位置，似乎比北斗七星还要牢固。它没有北斗七星那么明亮璀璨，却存在感十足。北斗七星的光华可以让群星失色，但是唯独这一颗，它那普普通通的光芒，竟然不会因为变化而改变，它是这片星空中最稳固的一颗星。

吕沉风！

所有人心中顿时都有了名字，除了吕沉风，这还能是谁的命星呢？

不过算上这一颗，被排除的命星也不过八颗，根本于事无补，自己的命星究竟在哪里？

"集中精神去感知。"靳齐的声音又一次响起，"不要着急，每个人都可以找到。这和境界无关，和擅长的魄之力无关，和掌握的异能也无关。命星就是你自己，你们要做的，只是在这星命图上找到你自己。"

找自己吗？

新人们听了这个提示，渐渐有了感悟。很多人都集中精神，一心一意寻找起了自己的命星。于是渐渐地，又有星光开始落下，且有魄之力升起呼应。

有了这样的对比，新人们才算彻底了解到了林天表的不凡，他不只是比所有人先一步找到命星而已。原来每个人感知到命星后所呈现出的星光大不一样，就好像北斗七星是这片星空中最明亮的七颗，林天表引下来的星光也是这观星台上最为明亮、均匀，且能使他整个人都沐浴在其中的。

而其他新人引来的星光或断断续续，或晦暗不明，再没有一个人的星光能和林天表的相比。

观星台上，转眼已是星光闪闪，越来越多的人找到了自己的命星。但就在角落的位置上，两个家伙却始终没能引来任何星光，一个仰着头望天发呆，一个则急得脸都红了。

"保持耐心，不用着急。"靳齐这时又说道。还没引下星光的新人没剩下几个了，靳齐这话，多半就是对这两位说的。

"咦……"结果这时，台上另一处传来疑惑的一声。靳齐顺声看去，就见一名新人茫然地看着原本好好连接在他身上的星光忽然就断了，而后一点点地消散在空中。他已经掌握到了窍门，可是此时甭管如何努力，却依然无法阻止星光溃散，这让他焦急万分。

"不用急。"靳齐的声音很准确地朝他所在的位置传来，"你的引星入命已经完成了，恭喜你。"

"已经完成了？"那新人愣了愣，看了看左右，似乎还没有比他更快的，不由得有些兴奋，"我第一个完成了？"

"喀……"靳齐咳嗽了一声，脸上露出几分难为情的神色，似乎斟酌了一番后，这才说道，"这个不争先后。"

不争先后？

那新人又愣了愣，再看了看左右，再看其他人专心致志的神情，忽然就高兴不起来了。

不争先后，那是靳齐厚道的说法，显然这引星入命，太快完成根本不是好事。别的不说，就看那个林天表，他是第一个找到命星的，可是此时依然沐浴着星光，而且他的星光比最初引下时更好看、更明亮了。

这哪里是不争先后，这分明是争后恐先啊！

这新人有些懊恼，他又试着去感知自己的命星，倒是一下就发现了它的位置。它就在这满天星空的最边缘，摇摇欲坠地闪烁着，璀璨、明亮一类的形容词和它实在一点儿也不相干。正中北斗七星的光华，都已经无法照及这个边缘的角落。

新人一下子懂了。

七星榜，为什么就是星命图？因为从这星命图中命星的位置，就可以看出此人的实力以及在北斗学院中的排名。

正中，是北斗七星。吕沉风的命星，位置朴素而又超然。而他的呢？处于星命图的最外围，仿佛稍不留神就会划出这片星空。这不正说明了，他眼下在这北斗学院的七星榜上只是极其末流的一个角色吗？

但这不是不能改变的吧？一想到此，新人顿时有点儿热血沸腾，对挤进那明亮璀璨的星空正中位置充满了渴望。

就在这时，台上忽然传来一阵狂笑。

"哈哈哈哈，总算找到了！"欣喜若狂的叫声发出，跟着就见一道星光仿佛脱缰的野马一般，自空中奔腾直下。

狂暴、躁动，不像引星入命，倒像引星毁命。

小台之上的靳齐看到这一幕也不免大惊，失声叫道："危险！"

一边叫着，靳齐的人已待飞出。但他身后的天权星陈久却轻轻地按住了他的肩膀。

"不要紧的。"陈久说道。

话音未落，那道仿佛流星般坠落的星光已然轰到观星台上，轰轰烈烈地爆散着。"沐浴"这个词用在这里可就一点儿都不恰当了，他这星光仿佛被点燃了一般，而他就仿佛置身于火焰当中。

"他叫什么？"陈久问道。

"营啸。"靳齐答道，"雁北关比斗大会的第一。"

"雁北关？那边黑暗学院的势力很猖獗啊！"陈久说道。

"是。"靳齐点头道。

"年龄。"陈久只提了这么一句，就忽然回到正题。

"十九岁。"靳齐答道。

"他的引星入命，或许会是最快完成的一个。"陈久说道。

"我明白。"靳齐点头。

一般来说，引星入命太快完成并不是好事，但是营啸会被陈久着重指出最快，他这个快，自然是有其特异之处。其他人引星入命都讲究循序渐进，这也和一般人的修炼方式有关。引星入命，命星就是自己，所以星光的表现也基本和每个人的情况相符。而这营啸的星光竟是聚集在一起一次性爆发，星光所蕴含的魄之力极强，且充满了不安分、不耐烦的暴躁。

轰……

营啸的星光有着如此巨大的声响，早已经和天空中的命星断了联系，就只似一团火，围着他熊熊燃烧，但也没有持续多久。只是几个眨眼的工夫，火势就已经见小。

营啸站在火光中，脸上有些痛苦的神色，但在长出了一口气后，他却再度大笑起来："哈哈哈，痛快。"

"想不到这次的新人中竟然有两个可以引发异象的。"陈久说道。

"这个是？"靳齐问道。

"一步登天。"陈久看着营啸，道。这家伙虽然大喊大嚷，但身体老实得很。陈久看得出来，方才那一瞬间，他已经耗尽了全力。其他人哪里知道，他其实是从鬼门关里走了一道。

"还有一个呢？"靳齐又问道，目光已经转到第一个开始引星入命，却一直持续到现在的林天表身上。他那直冲云霄的星光已经越来越明亮了，可以无比清晰地看到从观星台一直延伸到了天空的那颗星。

"或许会是银河九天吧。"陈久说。

"银河九天……这两位，还真是恰恰相反。"靳齐说道。

就在这时，忽地又有一道星光落下。这道星光极不显眼、摇摇晃晃、极扭曲，可是它又和营啸那道星光有些相似之处。因为它没有一路从星空延伸过来，就只是这样，仿佛坠落的流星一样划下。

"这是……"靳齐一愣，想说一步登天，但是这气象和一步登天相比区别未免太大了。一步登天那流星般的星光中蕴含着无比澎湃的魄之力，但是眼下这个，魄之力微弱得让人担心它是不是能保持着落到观星台上。

陈久在一旁，看得也愣住了。他和他的首徒一起眼睁睁地看着这团晦暗到极点的星光落到台上的某人身上，竟然也发出了咣的一声响。这哪里像引星入命，简直像被高空坠物给砸了一下。

"我……失算了……"陈久看着那边角落呆若木鸡的子牧，道，"这还有个感知境的引星入命呢，我居然给忽略了。"

"他最快！毫无疑问。"陈久说。

靳齐在一旁沉默着，老师又开始展示他的幽默了，可惜这实在不好笑。这显然并不是异能，而是子牧的引星入命所能呈现出的星光就只是这样简单，他还停留在感知境的实力实在太差劲。

与此同时，靳齐也再次留意了一下和子牧站在一起的路平。

还没找到命星？

靳齐皱眉：连感知境的小子都已经找到了，这个家伙竟然还没找到命星？此时的观星台上，可已经没有其他人没找到了。

他的命星在哪儿？

靳齐想要帮上一手，他随即去感知路平的魄之力。星命图中命星的魄之力，和每个人的魄之力是完全一致的，所以才会有命星就是自己一说。感知自己的命星并不是太难的事，让旁人帮着去找，其实反倒更难些。再怎样，旁人也没有本人更熟悉自己的魄之力，不过感知个大概，靳齐自认还是可以找到别人的命星的。

谁想这一感知路平，靳齐的眉头顿时皱得更厉害了。

这是……

假象，一定是假象。

这应该是察觉到感知后，魄之力自动生成的伪装，这不是这家伙真实的魄之力。

这小子，这样的话，我怎么帮你啊？靳齐有些遗憾地看过去，结果却看到路平也在瞧他。

发现我的感知了……

靳齐心里清楚，对方既然都能察觉到感知并生成伪装，能做到这一点是毋庸置疑的。

疑似异能

　　所有新人都在认真感知着自己的命星。在和命星构建起联系后，所有人就都发现，这不仅仅是取得北斗学院的身份认证同时表现自己的实力那么简单。引星入命，这过程本身就对每个新人的境界都有所增益，能在这一过程中坚持得越久，收获的好处就越多。

　　但是有些新人已经相继结束了引星入命，他们试着再次和命星构建联系，虽然依然可以感知到自己和命星之间的关联，但是引星光降临己身却无论如何也做不到了。

　　这些新人心中不免有点儿不满，觉得陈久或是靳齐应该早早地对这种情况作说明。他们早有准备的话，一定可以再多坚持一会儿，眼下草草结束，着实浪费了这难得的机会。他们哪里知道，这种刻意的坚持，在引星入命中不会起到任何作用，因为引星入命还有另外四个字——和光同尘。

　　所谓和光同尘，最讲究的就是平和，在这种心绪下，才能引发引星入命的提升效果。而这种心境讲求自然，容不得半点儿刻意。所以这些新人所期待的这种说明，作了反倒不如不作。不作，新人们还能有点儿自然而然的心态，若作了说明，他们刻意去追求，反倒会削弱效果。糟糕点儿的或者就会如那感知境的子牧一样，引星入命如同扣下的锅盖，咣当一声便宣告结束。

但是，哪怕是像子牧这样引星入命只一瞬就完成的，也总比完全找不到命星的要强。

靳齐看出路平察觉到自己在感知他，却也没回避，他是出于想帮助一下这新人的目的，没什么见不得人的。但是路平作为此时观星台上唯一一位还没有找到命星的新人，神色间却没有半点儿焦急，这就让靳齐有些疑惑了。

这疑惑，不仅仅是出于对路平作为一个新人对引星入命的不重视，更重要的是，这种不重视正是引星入命所需的最佳心态，在这种状态下，竟然没有找到命星，这怎么可能？

靳齐着实有些不解，这得向一旁的老师请教一番。

他看向陈久，随即发现陈久竟然很认真地在看着路平所在的方向。这种神情，可是靳齐从来没有在太阳落山以后的陈久脸上看到过的。他本要喊出的一声"老师"，硬是没能叫出口。

认真的陈久，却立即察觉到了一旁靳齐的举动。

"你是想问那个新人吗？"陈久说。

"是的。"靳齐说。

"是有些奇怪。"陈久道。

"老师也这样觉得？"靳齐说。

"根本不是什么觉得好吗？是完全看不懂。"陈久说。

完全看不懂。这种评价，出于堂堂北斗七院士之口，或许比任何夸赞都要来之不易。

"那我们……"

"不要管，引星入命，还是顺其自然的好。你今天的话已经说得太多了，刚才的感知试探，更是不该。"陈久说道。

“老师教训得是。”靳齐点头道，随即不再多言。但他对路平的关注依然没有减少，只是没有再试图去感知、了解路平的魄之力。

至于陈久，他对路平的关注同样没有就此结束。观星台上已经出现了一个一步登天，还有一个很可能达到银河九天，这两个人都引发了陈久的关注，但是最终，还是路平让他牵挂得多一些。

看不懂！

着实看不懂。

陈久主持新人引星入命已经有二十一年，见识过各种天资卓越的新人，引发的异象多达三十三种。而在陈久主持引星入命之前，北斗学院有记载的引星入命异象还只有二十八种，是他，见证了五种全新的异象并为这五种异象命名。

这次，会是第三十四种异象吗？

陈久没有向靳齐说明这些，因为他确实完全看不懂。

无论是何种异象，引星入命的过程都避不开星光沐体这种表象，只是路平这边，却完全没有这等表象。而陈久的念头其实也和靳齐一样，路平这种平和的心态，着实适合引星入命。哪怕是一个比子牧还要差劲的感知境修者，也绝对不至于找不到命星。

难不成是这家伙其实已经找到命星，但是他们竟然完全没有察觉，路平的引星入命完全没有星光沐体这种表象？

很久以前的北斗学院先人在开创出星命图和引星入命时，一度认为可能引发的异象只有七种。但是数千年后的今天，北斗学院有过明确记载的异象却已多达三十三种，其中有五种更是在近二十一年中涌现的。

北斗学院早已经不会轻易断言异象的极限种类是多少，随着修者境界的不断提升，新型异象不断被开发，北斗学院星命图引星入命的异象也随之增加。

能引发异象并不直接代表战斗力强，但是能够诱发异象的学生，绝对有着非同一般的天赋。

这个路平，难道会引来第三十四种异象？

陈久好奇，但不着急。

有没有找到命星，有没有完成引星入命，他们看不出，但当事人总不会不知道，这之后问问路平就是了。所以他阻止了靳齐试图对路平提供的帮助，那或许不是帮助，反倒会破坏一个新异象的诞生。

完成引星入命的新人已经越来越多，但是第一个找到命星的林天表依然在继续。陈久对此没有太意外，血继异能的天赋血脉者更容易引发异象，这已经是北斗学院数千年引星入命的历史证明了的。林天表的表现没有超乎陈久的料想，他早早就断言这可能是银河九天，而林天表目前所散发出的那条星光距离银河可还有一段距离呢！

他更期待的，依然是路平。

靳齐之前没有完全猜出陈久的心思，过了许久后，终于也看出，老师是对路平抱着期待的。

他这时的注意力已经多在林天表身上了，对路平实在没有什么新发现，所以只是偶尔瞧上一眼。此时他又一眼看去，却发现仰头望着星空的路平忽然笑了出来。

"那小子在笑什么？"靳齐的老师，天权星陈久，跟着就嘟囔起来了。

另外一颗命星

观星台上，完成引星入命的新人这时大多没事干，不少人也都发现路平到现在还没有引下星光。有过之前的新人试炼，他们倒不敢因此小视路平的实力，但是眼下，他们倒颇有胜出一筹的感觉，一直都有的惧意似乎都减退了许多。

唯一十分焦虑的那就数子牧了。他对自己不敢有太高的期待，只敢有一些幻想，所以即使最后完成的引星入命仿佛笑话，他也认命了。但是路平，到现在连星光都没有出现，这让他焦虑万分，偏偏他又怕打搅到路平，不敢去问。

结果就在这时，仰望星空的路平忽然笑了出来，那是一种发自内心的笑容。

"找到了？"子牧顿时脱口而出。

路平的目光却好像舍不得离开那星空似的，头也没转地回道："找到什么了？"

"命星啊！"子牧已经可以肯定了，因为他刚刚找到命星的时候，也是像路平这样，眼睛都不敢眨一下，唯恐有一点儿疏忽，就又找不到命星在哪里了。

"是啊！"路平说道，"找到了，不过不是我的。"

"不是你的？"子牧很茫然，"这是什么意思？"

"因为我还发现了另外一颗命星。"路平说。

"另外一颗命星？"子牧更不懂了。一人一颗命星，这好像是说得很清楚的吧？怎么可能又找到另外一颗命星？

"是啊！是别人的一颗命星。"路平说。

子牧头有些晕了。这星命图上，除了自己的那颗，其他不都是别人的命星吗？找到一颗，有什么值得高兴的？除非……除非那颗命星——不，应该是说那颗命星所对应的人，对路平而言有什么不同寻常的意义吧。

"是谁的命星？"子牧这次终于问到了关键。

"我们院长的。"路平笑道。

是的，他在这北斗学院的星命图上，竟然感知到了郭有道的命星。因为郭有道留在他体中的魄之力在路平于星空中感知自己的命星时，忽然就有了反应，像受到了什么召唤似的，努力向外钻着。只是销魂锁魄的禁锢对它同样有效，一次又一次打断了它的企图。这也是路平没有引来星光的原因。

他施展魄之力只能是从销魂锁魄中钻空，但那微小的空当不足以持续和星命图上的命星发生关联。而他的命星也基本被黑暗所覆盖，唯有当他的魄之力稍有显露的时候，才会稍稍亮起。可惜只有这么一瞬，销魂锁魄禁锢魄之力的同时，星光也会灭去。

路平的命星，竟也和他的人一样，处在被销魂锁魄的封禁状态下。但在这过程中，路平察觉到了郭有道那股魄之力的不安分，终于发现了它竟也和星命图有着呼应，再然后，他在星空中找到了那颗星。

北斗七星的周围一圈，仿佛一片禁区，众星仿佛敬畏一般没有上前，哪怕是吕沉风的命星，也没有踏进这一区域。但是随着郭有道留在路平体内魄之力的不安分，这片禁区中忽然又亮起了这么一颗星，它一下又一下不停地闪烁着，正和路平的魄之力一次又一次地钻出销魂锁魄的节奏相吻合。这让路平确定了和它的关联，于是他由衷地笑了出来。

"你们院长……那不是死了吗？"这次可不是子牧不会聊天，他是清晰地记得路平如此说过。那依照"活人在天，死人在碑"的说法，已死之人的命星又怎么可能在天上？

"对啊……"路平说道，却还是笑着。

子牧顿时恍然，他终于明白了路平为什么能如此高兴地笑着。既然活人在天，那命星还在，岂不是说明，路平口中的那位院长其实还没有死？

子牧没敢打听这事的详细经过，只能挠了挠头。而路平依然望着星空，看着那颗星忽明忽暗地闪烁着。他其实也不敢确定这是否就意味着郭有道还未死，但这命星和郭有道的魄之力有关联，这一点是毫无疑问的。

而这时，对路平的笑容感到奇怪的人们，也都顺着他的目光望向星空。

星空极远，哪怕修者可以凭着冲之魄锁定人的视线，也没办法探寻这么远的距离之下的人的视线的终点。可是此时，星空之上，北斗七星周遭乱入闪烁的那颗星却极其显眼。

别说陈久和靳齐，就是新人们，都对北斗七星周遭那仿佛禁区一般的、干干净净的一大圈印象深刻，但是现在这里忽然出现了一颗星？

不会吧？

所有人神色都变了。

新人们在找到自己的命星后，都明白了星命图又被叫作七星榜的缘由。北斗七星位居正中，那就是七星榜的榜首，而他们这些新人的命星大多飘走在最外围，可见他们都处在七星榜的末端。而顺着林天表还在进行引星入命投射下的星光，大家也能看到他的命星所在，可以清晰地发现他的命星在向内圈不断地挺进。仅仅是引星入命，就已经让他在星空图上和一般新人处在了不同的位置。

但是眼下北斗七星旁边，竟突然出现了一颗星？虽然看起来它还极不稳定，一下一下快速地闪动着，好像随时都可能消失，但仅仅是能出现在这个位置，就已经非常不一般了吧？

很多新人顿时就将这颗星往路平身上去想了。

但是陈久、靳齐他们不是猜想，而是凭借感知，察觉到了这颗星和路平时不时流露出的魄之力的呼应。

不会吧？

师徒两个对视了一眼，眼中竟是一样的惊恐。

是的，不只是惊讶，而是感到恐怖，七院士之一的天权星陈久都感到恐怖。

一个新人，他的命星竟然直接冲到了北斗七星旁，而且还是没有任何先兆地、突兀地就出现在了这里。

靳齐是想问问老师的，可是看到老师这和他一样的眼神，他顿时也问不出口了。

就在这时，那命星的闪烁速度忽然变得更快，星光千变万化。

要开始了吗？

靳齐这时哪里还去看什么林天表，这边的引星入命似乎就要开始了。临近北斗七星的位置，千变万化的星光，这会诞生何种异象？而这新人，又是何等实力？

万众瞩目之中，那星光忽然锁定了方向，正对着观星台，闪烁不定，终是射了下来。

直至此时，很多新人才明白，这星竟然也是要进行引星入命的命星，他们这堆新人里，竟然有人的命星在星命图上接近北斗七星？

开什么玩笑！

没有人相信，但他们又不得不信，因为那命星的位置是那么清晰、那么醒目……

等等……

所有人还在惊讶那命星的位置，忽然就发现那命星好像离开了它本来的位置。

在向外圈移动吗？

所有人都下意识地这样想，但是紧跟着，他们发现不是。那命星，并不是在星命图上移动，而是脱离了星命图，带着闪烁不定的星光，直接射了下来。

观星小台上的陈久此时忽然惊叫着出声，他身旁的靳齐看到这一幕有些愣神，听到老师这声叫喊，顿时确定了自己的猜想。

"搞什么鬼！"站在台上的陈久竟然直接破口大骂起来。

"大家快快离开观星台！"靳齐叫道。

离开观星台？

新人顿时乱了起来，很多人此时可还在引星入命呢，包括林天表，如此离开，岂不是要硬生生打断重要的引星入命，是什么事比这还要重要？

和那命星有关？

不少人抬头看，就见那星光正在视野中不断放大，正在向他们急速靠近，这要真到了近前，覆盖整个观星台根本不是问题。

"混账小子，这是引星入命吗？这简直是星落人死！"陈久一边匆匆跳下小台，一边瞪着那边的路平骂声不绝。

第 313 章

星落

观星台上一片混乱。

所有人都已经确认，那星光绝不只是星光，而是那颗星就这样从星命图上跳出，向这观星台坠落了。

星命图到底是何种构成？似乎只是标记修者魄之力的命星，它竟然真的变成了有实质的流星陨石？

新人们心中纵有千般疑惑，此时也顾不得探询究竟了，因为每个人都看到七院士之一的天权星陈久一脸慌忙之色，飞快地从观星小台上跃下。他要做的事竟和靳齐一样——催促大家快快离开。

没有人敢逗留，虽然没有人能确认到底要发生什么，不过越来越强烈的魄之力正在向他们逼近，这一点人人都感知到了。

速度很快！

但是好在距离够远，他们总算还有时间应对。

新人们纷纷从四面跳离观星台，有的新人根本还没完成引星入命，而且也已经意识到了引星入命的作用和机会难得。可是连天权星陈久都如此惊讶、失态，他们也只能忍痛割爱。一道道星光在观星台上散去，这些新人不得不中断他们的引星入命，恨恨地向观星台外跑去。

比起匆匆跳走的天权星陈久，靳齐这个天权峰的首徒看起来要负责任得多。他此时还站在小台上，看着新人一个个离去，但是很快，他看到还有一位依旧在引星入命。

林天表。

第一个找到命星，开始引星入命的是他，引星入命持续时间最长的也是他。可是很遗憾，他没有办法坚持到最后，他的引星入命也同样无法完成。这让靳齐都有些痛心，这可是有机会成为银河九天异象的引星入命啊！可是偏偏遭遇了这样匪夷所思的意外。引星入命重塑魄之力的机会可只有这样一次，好好一个银河九天，就要这样被阻断了吗？

看着林天表与命星相连的星光，星星点点，真的如那银河一般。银河九天异象已成气候，可到底还是未能完成，还有很多发散在外的星光没有聚拢，没有凝聚成这仿佛银河当中颗颗斑点一样的星光。

靳齐守到这最后一刻，本打算有新人来不及逃离的话便出手相助。可是现在，新人们倒是都及时离开了，只剩下不肯退去的林天表，面对他，靳齐有些不忍下手。

"带他走。"

这时，早已经掠到观星台石梯前的陈久忽地说了一句。

"是。"心存犹豫的靳齐不再迟疑，从小台上掠身飞下，转眼已到了林天表身边。

"走吧……"望着林天表眼神中流露出的不甘，靳齐没有斥责，而是希望林天表可以理解。他能够感受到林天表心中的遗憾。这位出身名门世家的少年，肯定清楚北斗学院的引星入命意味着什么。尤其对于他这样一位可以引发异象的修者，这时候打断引星入命，那将极大地影响他未来的成就。

走吧！

林天表听到靳齐在对他说，也知道自己无法反对。陈久的授意，靳齐的举动，都已说明他们准备采用强硬的手段。

　　但是他不甘，他真的很不甘，比靳齐所想象的还要不甘。

　　他从出生至今就一直被视为完美的存在，可是现在，就在引星入命这个极关键、极重要的环节，竟然要他以这样不完美的方式收尾……

　　"我不想。"他说。

　　靳齐叹气。林天表当然不想，谁都不想，但是又能怎么办呢？

　　他伸手，准备将林天表强行带走，谁知林天表周身的星光竟在此时忽然消失了。

　　"我不想……"他还是在摇头说着，但是他的引星入命已经到此为止了。

　　靳齐很惊讶，这个林天表，真的太出乎他的意料了。如此完美出色的少年，有些骄傲自负那都是应该的，此时遇到这样的破坏，心里无法接受靳齐都能理解。但是林天表完全控制住了自己的情绪，心中的千般不甘只是化成了两句"我不想"，然后，未完成的引星入命就这样结束了，再然后，他扭头就走。

　　靳齐长出了一口气。

　　看来自己的担心有些多余。他站在小台上时，一度想过这样夭折的引星入命，恐怕会成为那些新人心中的一个阴影。心里一旦存了"如果当初自己完成引星入命，那就能如何如何"的念头，那恐怕会成为日后面对困难时的一个借口，成为他们修炼的一道枷锁。越是引星入命时表现出色的，越容易如此。

　　结果，出色得罕见的林天表应对的表现，也成熟得罕见。

　　林天表转身，向观星台外掠去，但是目光向一旁偏去。同样已准备离开的靳齐顺着他的目光看去，顿时一愣，那边居然还有一个家伙。

路平！

没有多少新人知道他和这颗命星的关联，只有陈久和靳齐可以感知到路平与这颗星在魄之力上的呼应。

人死星落，这应该是人死星落。

星还在落，人还站在那儿，眼睛还在眨也不眨地抬头望着那颗星。这到底是怎么回事？靳齐不懂，他的老师跑得特别快，竟然也没去理会。

"路平！"

石梯上这时倒是冒出了个脑袋，很快又跳上来个人，去而复返地大喊着，正是子牧。他听到靳齐催促大家离开后下意识地就走，但是跑下几级石梯后却没看到路平，转头一圈都没看到，于是他回身冲回台上，才发现路平竟然还在原地站着。

"你怎么还不走啊？危险！"子牧大叫着冲了回来。那坠落的星体此时已经庞大得无以复加，将整个观星台都照得亮如白昼。子牧是在路平的背后，但是靳齐在的这个位置，清楚地看到路平的眼中竟然泛着泪光。

"危险！"此时也容不得靳齐思索太多了。他一个箭步冲出，只眨眼已掠到冲回来的子牧身旁，拎起他就走，同时回身一掌，欲将路平直接轰下台。

靳齐已经没有时间再分身将两人一共照料了。

轰！

那明亮的星光此时已经彻底照耀在了观星台上。靳齐回身拍出的那点儿魄之力，连同路平的身形一同被彻底地吞没了。

"路平！"子牧挣扎着大喊。但靳齐哪会让他挣脱，拼命压低了身子向观星台下掠去。他可以感受到身后那股澎湃无比的魄之力，竟和他所感受过的七院士级别的四魄贯通之力相差无几。

亮如白昼的，已经不仅仅是观星台上了，以观星台上为中心，那光向四面八方照耀开去。光芒瞬间扫过整座天权峰，扫向整个北斗山、北斗学院。

无数人早就被这道星光所惊动，此时夺目的光芒更是引发了整个北斗学院的骚动。

各大峰头，学生纷纷找向自己的师长，再找各峰的院士探询究竟。距离天权峰两峰之距的开阳峰上，开阳峰门生找了一圈，最终才在他们开阳峰顶凸出山壁，仿佛要飞去的那株探云松上找到他们开阳峰的院士，开阳星郭无术的身影。

他就站在那里，没有理会聚集过来的众门生。他只是远望着天权峰峰顶，不知已经在这里站立了多久。

郭有道的命星

天权峰那边发生了什么?

整座北斗山此时没有一处是安宁的。北斗学院的导师、学生,纷纷走了出来,向天权峰的方向望去。就见整座天权峰都亮如白昼,仿佛有一轮太阳挂在天权峰上,照耀着北斗山的四面八方。

七峰之上,七星谷地都各有人被派出,前往天权峰一探究竟。不过最快抵达的,还是天权峰自己的门生。

最快抵达天权峰顶的几名天权峰门生,早在星光坠落时就已经匆忙向峰顶赶来。到峰顶时,正赶上星光快坠落到观星台,仿佛烈阳一般的光芒直射四方,即便是实力不凡的几位天权峰门生,这一瞬也被强光刺得有些睁不开眼,但是更令他们吃惊的还是这当中所蕴含的魄之力。

他们清楚今夜是新人们引星入命的时候,这股魄之力却强大得和七院士的不相伯仲,这,总不能是新人引星入命引发的吧?

几人惊疑不定地停在了山边,强光和那强大的魄之力让他们一时间上前不得。强光中模糊可见一些人影,此时东倒西歪,惊叫声此起彼伏。

好在这肆虐的魄之力并没有一直持续,那强光也在瞬间的爆发后缓缓地归于黯淡。

天权峰峰顶已是一片狼藉，新人们大多跌倒在地，面如土色。几人一眼看到他们天权峰大师兄靳齐，此时还护着一个新人，正呆呆地回身看着那被陨落的星光击中的观星台。

而靳齐护着的那个新人，此时跌坐在地，张大了嘴，似乎想要说什么，却半晌没出声。过了许久，他才突然从地上跳起，发疯似的向观星台冲去。

"路平！"子牧狂叫道。

结果靳齐一把将他拦住："等等，先不要过去。"

横生的异象让靳齐不敢掉以轻心，子牧又哪里能挣脱靳齐的阻拦。冲了几次，靳齐也有些不耐烦了，用力一掌，将子牧远远地拍飞。

"抓着他。"靳齐说了一声后，总在观星台左右，但寻常又看不到的天权峰门生立时跳出了一个，将子牧按倒在地。

刚上峰顶的几名门生看到这情景，哪里还有什么不明白的，显然观星台上有人没来得及逃开，正好被那星光轰着了。

这……恐怕是不能活了吧？几人望着观星台，心中想着。

数千年立于天权峰峰顶的观星台，因这一击都被轰塌了一半，区区一个新人，经受得了如此强悍的一击？

不过对这新人的生死，他们只是这样简单地判断了一下，并没有多去关心，他们更加在意的依然是这突如其来的异象。

就在这时，一道人影忽然从那已成废墟的一半观星台中跳起，落到完整的另一半上。他仰头望着那璀璨依旧的星命图，但在北斗七星附近，那颗之前闪耀过的星，终是再也不见了。

"路平！"被按倒在地、魂不守舍的子牧，看到观星台上那个人，立时激动地大叫起来。

峰顶之上，甚至整个北斗学院，所有人在关心的都只是那个异象，而把路平的生死放在心中首位的仅有子牧一个。此时看到路平安然无恙地跳出来，子牧自然是比什么都高兴。至于这到底是怎么一回事，他一时间根本没想着去理会。

路平听到子牧的叫喊，朝他这边看了一眼，笑了笑，而后又看向星命图，眼里满是惆怅。

子牧在担心他的安全，但是路平对此一点儿都没有担忧过。

他若想逃离观星台，轻易至极。他无比清楚那命星、那强大的魄之力是怎么回事。那是郭有道，院长会伤害自己？这种怀疑，路平连万分之一都不会有。

在看到那命星闪耀的一刻，路平一度以为郭有道没有死。哪怕郭有道那样彻底地消失在了他面前，但是，谁知道那是不是他偷天换日的把戏呢？路平很兴奋、很期待，但是紧接着，那命星向他坠落，带着强大的魄之力，然后他听到了陈久的声音：人死星落。

院长……终究还是不在了吗？

刹那间燃起的希望在刹那间再度熄灭，但也是在刹那间，路平又一次感受到了郭有道对他的良苦用心。

那股在生死之间仓促打入路平体内的魄之力，等待的就是这一刻啊！

北斗学院的星命图。

引星入命的修炼方式。

同种魄之力的相互呼应。

这一切的一切，郭有道是早就清楚的。

他的偷天换日骗过了所有世人，在他生命陨落之后，甚至又骗过了北斗学院的星命图。直至路平来到北斗学院，也进行了北斗学院特有的引星入命。郭有道那隐藏在星命图中的命星在这一刻苏醒过来，将他残留在世间的最后一份力量，彻底倾注到了路平的体内。

因为销魂锁魄的禁锢，路平根本没有办法引星入命，但是郭有道为路平铺就了一场轰轰烈烈的引星入命。

引的是他的星，入的是路平的命。

"院长……"

路平望着那星光。

以为郭有道还未死的那一瞬，他喜极而泣，而这一刻，他没有再哭。院长做了那么多，想看到的一定不是他总是哭哭啼啼的感动模样。

"小子。"这时，天权星陈久忽然不声不响地出现在了路平身旁。星落时，他跑得挺快；一切结束后，他回来得也相当迅速。

"你这是把太阳神给召唤来了吗？"陈久看着路平说道。

"你知不知道那颗命星是谁的？"路平问。

"你这么问，我只知道那肯定不是你的。"陈久说。

路平沉默了。

星命图上有郭有道的命星，他的推荐信也被北斗学院认可，看起来他是不被北斗学院排斥的。但是，他隐藏的另一身份"盗"，北斗学院知道吗？自己向北斗学院方面探询有关院长的信息，会不会招来什么麻烦？

"你如果知道，还是稍稍做个说明吧！"陈久似乎看出了路平的犹豫，他一边说着，一边踩了踩脚下，"你看看，这观星台可是被砸掉了大半啊。"

"郭有道。"路平说出了院长的名字。毕竟郭有道在推荐信上就有这签名，在摘风学院也是用的这个名字，看来是不需要瞒人的。

"哦？"陈久听到这个名字却好像意外了一下。

"你认识？"路平问道。

"不认识，但是这名字让我不由自主地就想起了某个人。"陈久说。

第|315|章
洗洗睡吧

"想起谁了？"路平连忙问道。他对院长的过去了解得实在太少了。

陈久不答，目光从路平身上移向了半空。路平顺着他的目光看去，就见一道流光划破天际，正向天权峰顶急速冲来。

"又来！"

不少人都注意到了这道流光，峰顶顿时乱作一团。对于新人来说，他们此时都还茫然着呢，完全不知这突然坠落的星光是怎么回事，又和路平有什么关联。只是见这星光破坏力如此强悍，此时又来了一道相似的，他们慌忙向四下躲避着。

结果这道流光却没有那么澎湃的声势，更无夸张的破坏，刚一到峰顶，流光便已消失，从中走出一个人来。

这是一个身材高大的老人，他满头银发，面容冷峻。落到峰顶后，他四下扫了一眼，目光便锁定到了还在观星台上的路平身上，随即大步向这边走来。尚没回过神来的新人，此时看着这人的背影，倒是立即认出了他的身份。

那院士长袍的后背上，北斗七星中的开阳星异常夺目。来人自然就是北斗七院士之一，开阳星郭无术。

北斗七院士中，要数郭无术年龄最长，据说已经过百。北斗学院的门生都知道七院士中数郭院士最难得一见，他平日只在开阳峰上深居简出，和其他六位院士，甚至北斗学院的院长徐迈都甚少来往。而且据开阳峰的门生说，即使是在开阳峰上，郭无术也几乎足不出户。开阳峰的大小事务，交给开阳峰的首徒白礼全权打理已经有四十余年了。

然而此时，数十年寸步不离开阳峰的郭无术，竟然踏足了天权峰峰顶。新人们不知这当中的隐情，惊讶地看着天权峰的门生个个都瞪大了眼，包括站在观星台上的陈久也是一脸见鬼的表情，盯着向这边走来的郭无术。

"看来不仅有关，而且很不一般啊！"陈久嘟囔道。

郭无术却完全没有理会他，径直走到台下后，提身一跃，便已经跳到了台上。他依然没和陈久打招呼，目光径直落在了路平身上，上上下下仔细地打量了一番后，没有露出任何神情。

"跟我走。"郭无术忽地说了一句后，一步踏前，探手便抓住了路平。紧跟着流光飞起，只眨眼的工夫，郭无术竟然已经带着路平从观星台上飞走了。

"欸……"

陈久这声"欸"，还是郭无术刚说"跟我走"时候的表态，结果才说了一个字，郭无术就带着路平飞走了。自始至终，同为七院士之一的陈久，在郭无术眼中竟然都只如空气一般。

"什么情况啊？"陈久站在观星台上，挠着头。那狼狈可怜的模样，实在无法让人将他和名震整个大陆的北斗七院士之天权星想到一起。但是北斗学院的人对他依然尊重有加，陆续赶到天权峰峰顶的人，一眼望去看到陈久后，都是先向他施礼，这才询问发生了什么。

"郭有道？郭无术？"陈久嘴里嘟囔着这两个名字。天权峰掌管北斗星命图，所以对于北斗学院的人员构成，天权峰的人更清楚一些。但是陈久成为七院士掌管天权峰不过二十一年，郭无术寸步不离开阳峰就已经有四十余年了。刚刚观星台上的那一瞬间，就是陈久成为七院士这二十一年来距离郭无术最近的一次，至于这之前，那就更不用提了。

对郭无术，陈久了解得实在不多，他从来不是一个好奇心很重的人，有打听八卦的时间，还不如多晒晒太阳。

可是眼下发生的一切，连对很多事不关心的陈久都被勾起了几分好奇。他站在观星台上又愣了好一会儿后，才发现全场都在等他示下，他无奈地道："都看着我做什么？主角都走了。"

"收拾收拾，洗洗睡吧！"陈久挥着手从观星台上跳下，意兴阑珊地说道。

新人们真有吐血的冲动，尤其是那些因为意外没能完成引星入命的新人，可一直等着能有个什么处置。对这突发状况的好奇，总也比不上他们对自身状况的关心。

结果呢？陈久手一挥，这事就要这么不了了之了？他们这因为外因未完成的引星入命怎么办？他们因此被耽误了的修炼算谁的？

没人答复。

陈久说完那句话，就自顾自地离开了，而新人们到底也不敢追着陈久去问。

其他赶来的天权峰门生，倒是把陈久那句"收拾收拾"听了个清楚，此时立即动手修整被毁坏的观星台。

"收拾收拾"是他们，那"洗洗睡吧"的，就该是他们新人了？

那些先一步完成引星入命，却因为进行得太快而惆怅的新人这时开始挤眉弄眼了。完成得太快，总比无法完成要来得好吧？

看到这群可以说是新人中实力较弱的家伙此时得意庆幸的模样，那些未完成引星入命的新人更加不服了。

他们没敢去找陈久说理，却把靳齐给围了起来。这位大师兄看起来倒是挺好说话，尤其还会奋不顾身地保护子牧那样的废物，对新人们的关心那还用说？

可面对新人们的质疑，靳齐只能露出无奈的苦笑。

"引星入命，只有一次。"这话无疑让新人们的心都凉透了。

"但是日后勤勉苦修，引星入命时的遗憾和残缺，也未必不能弥补。"靳齐接着又说道。

而这话安慰的性质又有谁听不出？就算日后真能弥补，那也要多费一番周折，不管怎么说，他们这些人在北斗学院修炼的起跑线上都被绊倒了，这一步落后的影响也已经存在了。

"天表，怎么办？"新人急得如同无头苍蝇一般，有人将林天表当成了救命稻草。他的引星入命未完成，显然连院士和靳齐都十分遗憾，或许为了他，学院方面会想出什么法子呢？若是那样，那么他们这些人自然也可以跟着沾沾光。可林天表看起来却不像他们那么着急，明明有机会引发异象的他未完成引星入命，想来应该是最为遗憾的。

"怎么办？"林天表被新人们围住，笑了笑，"洗洗睡吧！"

开阳峰峰顶

开阳峰，北斗山七峰之一。自北斗山门而入，过瑶光峰，接下来会遇到的，便是这开阳峰。

开阳峰脚下，路平之前有过一点儿不愉快的经历，不过这种事他从不会放在心上。而眼下，他置身开阳峰峰顶。

这山，和瑶光、玉衡、天权又有不同。

瑶光峰大开大合，处于北斗山脉的第一座，于是便成了北斗学院气势恢宏的山门。

玉衡峰是七峰之中最高的，险峻至极，是个易守难攻之地，于是山上便有了北斗学院七元解厄大定制，守护着整座北斗山和北斗学院。

天权峰则是七峰之中最矮的，任何一位北斗门人修炼的起点都可以说是从这里开始的。引星入命，是北斗学院特有的星命修炼方式的第一步。

而这开阳峰并不极高，也不太矮，不太险，也不太平。一眼望去，从它身上看不出任何特点。

路平此时就在这开阳峰的峰顶，四下不见任何灯光，整座山峰似乎与黑夜融为了一体，有些死气沉沉。

但是路平不觉得压抑。

那个高大的白发老人，路平并不认识，但是第一眼，他就觉得老人并不陌生。

他还没来得及打听这老人是谁，人就已经到了他身前，拎起他就走。只一转眼的工夫，他们便到了这开阳峰峰顶。

"在这儿等。"将路平扔在这峰顶，丢下一句话后，老人自顾自地离开了。

直至此时，路平才看到他的长袍背后院士特有的背饰和亮星，才知道此人是守开阳峰的院士。至于名字，路平没有子牧的见识，或者说连大众修者都有的常识都不具备，鼎鼎有名开阳峰院士的名字，他丝毫不知。郭无术出现在天权峰峰顶时，虽然人人都立即猜出了他的身份，但是也没有人把他的名字直接挂到嘴边上来。

眼下对方也没给他问一下的机会，但路平也不急。他就等在这儿，随意地四下看了看，感受了一下开阳峰和其他三峰的不同，然后就在一块石头上坐了下来。

路平仰望天空，再没有什么星命图了。但是郭有道的命星闪烁着从星命图上跳出，向他冲来的一幕，路平无论如何也不会忘记。

那股魄之力，在郭有道留在路平体内的魄之力的牵引下，很成功地冲入了路平的身体。但是这股魄之力远不如郭有道留下的魄之力那么乖巧，仿佛是发现自己走错了，发现自己冲入的身体并非自己的命主。强大的魄之力在路平体内横冲直撞试图离去，结果这时，销魂锁魄发挥了作用，它一视同仁地将这来自郭有道命星的魄之力也狠狠地禁锢起来。

连这一步，院长也计算到了……而这困兽一般的魄之力，大概就是他真正留给自己的东西。只是，院长这是希望自己怎么做呢？

事实上，早在观星台上，路平就已经尝试过了。但这股魄之力非但绝不受他的控制，还对路平本身的魄之力颇具敌意。而郭有道留下的那点儿魄之力，这时已经变得很微薄了。它们的使命，似乎就是在星命图上感召郭有道的命星。在那一刻，它们耗尽全力，此时只剩微小的一点儿，留在路平的体内。

路平很小心地爱护着这丁点儿魄之力，起初他很担心这点儿魄之力还会像以往那样，自发地感知外部魄之力并消耗自身来应对。但是很快路平发现，这丁点儿魄之力已经连这点事都做不到了。

不过这反倒让路平觉得安心。虽然新引入的魄之力更加霸道强横，但是这微小残喘的剩余魄之力，更代表着郭有道对他的殷切关心，路平希望它永远在，永远都不要消失。

路平静静地坐在那里，感知着体内这困兽一般的魄之力，想着郭有道的良苦用心。四下没有人，但路平知道有人在默默关注着他，他听到了那边传来的魄之力的声音，但他没有在意。

"察觉到我们了？"

"从一开始就知道吧？"

就在路平听到魄之力声音的方向，两个人正在针对路平进行讨论。

"从哪里发现的？"郭无术说道。

两人的周遭，一个由魄之力形成的密闭层将两人隔绝在内。他们的声音、气息、魄之力……所有的一切，都不会透出这密闭层流出去分毫。如此，路平居然还可以察觉到他们的存在，这让郭无术有些惊讶。

"这玩意儿，终归还是依靠魄之力而存在的吧？"另外一人的右手在身边划了划后，说道。两人周遭的密闭层是肉眼根本看不到的，但是这人右手划过的位置异常准确，显然非常清楚这密闭层的所在。

"这样的话，岂不是和你差不多了？"郭无术说道。

"差的或许只是经验吧，这小子，居然有这么快的成长。"另外一人说道。

郭无术沉默不语。

"看来你不喜欢他。"另外一人笑道。

"我有什么理由喜欢他？"郭无术反问。

"不管怎样，该去打个招呼了。"那人说道，手一划，已将郭无术设下的那层密闭层给切开，迈步走了出去。几步后，那人就已经到了路平所在的那片空地。

"少年，好久不见。"那人说道。

坐在石头上的路平早已听到有人过来，顺声回头，看到来人，却也忍不住微微惊讶了一下。

"是你？"路平说道。

"你这个惊讶的表情，可无法满足我。"来人微笑着说道。

文歌成，双魄贯通，却驾驭着大陆绝无仅有的异能"显微无间"，竟然出现在了这开阳峰峰顶。路平感知到那边有人，却怎么也没想到竟然是一个他认识的人。

"最近好吗？"文歌成一边走向前来，一边说道，好像这只是一次很寻常的偶遇。郭无术跟在他的身后，面容一如他在天权峰上出现时一样冷峻，一言不发。

"你怎么会在这里？"路平没有回答文歌成的寒暄问候，而是直接反问道。

"我一直在这里等你。"文歌成说。

"你怎么知道我要来？"路平问。

"我不知道的东西，总是特别少不是吗？"文歌成说。

无法知道的期待

"说说吧，你现在知道些什么。"文歌成说道。

"我？"路平愣了下后，摇了摇头，"我不明白你的意思。"

"比如说，为什么会来到北斗学院？"文歌成说。

"因为我受到玄军帝国的通缉，院长说只有四大学院是可以提供庇护的地方。"路平说。

"这是当然的。你们几个小鬼也真是够胆大的。"文歌成笑道，显然对于路平他们折腾出的事也有了相当的了解，但他颇不以为意，接着问，"除此以外呢？"

"除此以外？"路平茫然地摇了摇头。

"不会吧！"这下轮到文歌成愣住了，号称无所不知的他，发现这次事情好像并不是他以为的那样。他看了一眼身旁的郭无术，郭无术也正看向他，两人就这样对望了一眼后，郭无术开口道："有关北斗学院，郭有道和你说过什么？"

"没有什么。"路平答道。

这回答引来文歌成和郭无术的又一次对视。这一次，郭无术对文歌成的注视比较久一些，而文歌成，在对视了一眼后，就开始回避郭无术的目光，神色竟有几分尴尬。

"啊哈……原来是这样。"文歌成打着哈哈，他少有弄错什么而尴尬的时候，但在路平面前这已经不是第一次了。

"那什么……"文歌成说着，然后想着，结果就这样没了下文。他已经进入彻底无语的境地，心中纵有千言万语，可是面对郭有道的如此安排，这些话他竟然不知该如何在路平面前说出来。

"什么？"路平看文歌成要说什么的样子，反问起来。

"这就是你费尽心机的安排吗？"郭无术忽然来了这么一句。不是对文歌成，更不是对路平，他话中所指的，显然是郭有道。

郭无术扫了路平一眼，眼神中有悲伤，有失望，有不忿，而后他竟理都不理两人，转身就走，如同之前将路平丢在这里一般。只是这一次，被他丢下的人又多了个文歌成；这一次，他连半句交代都没有再留下。

"喀……"文歌成咳了咳，有意调节一下眼下的气氛，他也完全没了之前兴致勃勃的模样。

"到底怎么回事？"路平问道。

"从哪儿说起呢……"文歌成挠头。

"刚才这位是？"路平问。

"北斗学院七院士之一，开阳星郭无术，他的这个身份天下皆知。"文歌成说道，"不过天下人都不知道的是，开阳星的身边，真如天上的北斗七星一般，还有一颗辅星。"

"院长……"路平低声说道。在听到这开阳星的名字时，他的心中已然一跳。他顿时明白天权星陈久为什么会说听到郭有道的名字就会不自由主地想起某个人了。郭无术、郭有道，这两个名字碰到一起时确实很容易让人产生联想，现在看来，这个联想是合理的。

"没错。"文歌成点头继续说道，"你们的院长郭有道，就是这颗辅星，同时也是开阳星郭无术的亲哥哥。知道这一点的人我想应该是极少的，我也是无意间发现的，原因你懂的。"

路平点头。文歌成的显微无间能识别人的血脉，他能一眼看出西凡是燕家人，在先后见过郭无术和郭有道后，自然会发现这二人的血脉是相同的。

"嗯……至于郭院长离开北斗学院，四下游历，最后又跑去峡峰区开设了摘风学院的真正原因，我原本以为你已经知道了，这也是我在这里等你的原因，但是现在看来，你似乎并不知情。这样的话……"文歌成犹豫着，但他那眼神，分明是在等待路平的反应。

"我想知道。"路平毫不犹豫地说道。

"我可没觉得你有和我一样的好奇心啊！"文歌成笑道，对路平的反应分明觉得很满意。

"是没有。"路平承认这一点。

"那好吧！"文歌成倒真不纠结，很痛快地就要开口讲述，结果一道流光忽然在此时飞上峰顶，如同利刃一般，直朝文歌成劈了过来。

"哎哟！"文歌成惊叫一声，慌忙向一旁闪避。那道流光直劈而下，在峰顶坚硬的山石上留下一道深痕。不难想象，文歌成若没能及时避过，此时毫无疑问就被劈成两半了。

"无关的人不需要知道。"流光攻击中竟然还带了鸣之魄的传音，郭无术冰冷的声音在流光碎裂的同时传出，警告着文歌成。

文歌成面如土色，确实有点儿被吓到。这一击，显然郭无术是留了余地的，否则文歌成根本不会有闪避的机会。他的显微无间虽然神奇，在实战中也常能发挥料敌机先的作用，但是双魄贯通的境界却是硬伤，面对郭无术这种四魄贯通顶尖强者的攻击，他纵然料敌机先，也完全没办法应对，就如路平的听魄对上秦琪的流光飞舞一般。

“这个郭无术……比他哥哥难打交道多了……”文歌成缩着脖子，倒还是敢点评一下郭无术，但是郭无术阻止他说出的事，他终于不敢再提半个字。

“好好活下去吧！”文歌成拍着路平的肩膀，“这大概就是郭院长对你最大的期许了。”

是这样吗？

路平苦笑了一下。

好好活下去，这分明只是他和苏唐最大的愿望而已。院长所谓的期许，终究不过是顺从了他的意愿。他没有忘记在志灵城时郭有道对他说过的话，院长对他是有更多期许的，只是到最后院长完全尊重了路平自己的心愿。

而这，或许就在文歌成原本要说的内容当中，但是被郭无术给打断了。以前他拒绝了院长对他的期待，现在他想试着达成一下院长的期许，别人却不给他这个机会了。

“我想知道。”路平再一次说道，不是冲文歌成，而是冲那道流光飞来的方向。

流光再次飞起，比起之前更加凌厉，而这一次，它劈向的是路平。

“快躲！”文歌成惊叫道。这流光，已经快到他完全无法应对的地步了。

路平不动，昂首迎向那道流光，很坦然。他是真心实意地想知道。

那道流光就这样凌厉地劈下，穿身而过。

路平依然站着没动，文歌成这次也没有大呼小叫，毕竟是拥有显微无间的人，最后一瞬他就发现那道流光已经有了改变。变得就只是光，而没有什么物理杀伤力了。

路平依旧望着那边，那边一片沉默。

文歌成开始有些期待。半晌后，流光没有再来，而是以鸣之魄捎来了一句话。

"滚下山去。"

"唉。"文歌成期望落空，叹息了一声，"我就说吧，比他哥哥难搞多了。"

第 |318| 章
仅此而已

路平依然不甘，正准备再坚持一下，就见两道人影一前一后闪上了峰顶，落到了他和文歌成的面前。两人都是一身夜行黑衣，且蒙着面，看着实在不像好人。路平心中一惊，下意识地向后闪过一步，魄之力开始去钻那销魂锁魄的空当。

谁知这早已被路平练得无比娴熟的驾驭技巧，这次竟出了问题。被销魂锁魄锁在他身体内的魄之力，一见有了这样的空当，竟也立即要向外钻，顿时就和路平本身的魄之力撞在了一起。只这瞬间的耽搁，原本要钻的空当已经关闭。

路平微微愣了一下，但他对魄之力驾驭得极好，只一瞬就又向另一空当钻去，结果再次遭遇捣乱。郭有道的命星轰中了路平体内的魄之力，居然又一次纠缠过来。

转眼，路平又尝试了三次。

不行，依然不行。被困在他体内的这股魄之力彻底扰乱了他对魄之力的调度，他竟然无法像往常一样驾驭魄之力。

魄之力横生此异变，却也没有让路平变得慌张，他依然记得眼前不像好人的来客，只是他无法驾驭魄之力，实在难以应付，只好继续再退再作应对。结果那两个人却没有赶上来，只是站在原地开口道："两位，请离开。"

路平一愣，听这两人说话的意思，倒像是来执行郭无术的指示。如此说来，那他们就是北斗学院开阳峰的人。只是，学院的人打扮成这样，着实让路平费解。

文歌成看起来对这两人倒是不以为怪，反倒对他们说的话很有意见。

"两位？难道不该是一位吗？"他的口气很理直气壮。

"两位，请。"那两人对文歌成的质疑根本不解释，语气虽还算客气，却也有一份不容置疑在里面。

"混账，居然敢赶我走，我去找他算账！"文歌成很生气，朝郭无术离开的方向迈步就走。结果人影一闪，当中一位已经拦到了他的面前，手向另一个方向一伸，示意道："下山的路是在那边。"

文歌成停住脚步，一手伸出，指向了拦在面前的黑衣蒙面人。

"我跟你说你不要拦着我啊！我动起手来也是很可怕的。"文歌成气势汹汹地说道，却也不全是恐吓。他虽只是双魄贯通的境界，但实战能力确实极强。显微无间能感知对手魄之力的流动，如同路平施展听魄一样，瞬间判断出对手的攻击意图和方式。而且他见多识广，经验远非路平可比，使用这种方式战斗自然事半功倍。

郭无术四魄贯通，境界远在他之上，自然能碾压得他束手无策。但就眼前这黑衣人，在文歌成的显微无间下，没动手他就已经基本看穿了对方的境界和实力，自然更加自信十足了。

结果对方还没表态呢，文歌成就十分果断地举起了双手，做投降状。

"好嘛，我走！"文歌成气哼哼地说道，却不是对他眼前这人说的，而是对着郭无术离开的方向。在其他人还没有任何反应的情况下，他显然已经感知到了那边郭无术的攻击，显微无间的感知能力确实天下无双。

文歌成无奈地转身，望向路平，道："走吧，你连魄之力都施展不了，等着被人扔下山吗？"

路平微微一愣，但想到对方的能力，知道自己方才几次驾驭魄之力不成功已经被文歌成察觉。叹了口气后，他遗憾地点了点头。

两人下山，那两个蒙面黑衣人随即不见了踪影。但文歌成是何等的感知能力，自然知道那两位其实还在暗中相随。

"再跟着，我死在你们面前啊！"文歌成忽然停步，跳脚叫道。

此时路平的魄之力已经完全不听话，听魄自然也施展不了，毫无感知能力，也不知道那两人有没有就此离开。他只是想了想后，说道："就算死了，也会被他们扔下山吧？"

"你这孩子，你哪边的！"文歌成气道。

"就事论事。"路平说。

文歌成似乎又施展了一下他的显微无间后，无奈地道："你说得对，他们真是准备扔尸了……"

"那两个是什么人？"路平问道。

"开阳峰的暗行使者。开阳峰的人对整个北斗学院的人有监察之责，若你做了什么丧尽天良的事，那么来把你干掉的，就多半是开阳峰的暗行使者。你们郭院长身边也跟着一位。"文歌成说道。

"郭停！"路平脱口而出。虽然没与郭停打过什么交道，但是对郭有道身边的这位所谓的仆从，路平还是有些印象的。

郭停看起来很寻常，但路平早知道他并不简单，毕竟路平可不是学院那些还在感知境或者仅仅单魄贯通的导师们。虽然他那时还没有掌握听魄这样的技巧，但即使只是粗暴地使用魄之力，他那六魄贯通的魄之力带来的基本感知也远非一般的修者可比。

"嗯，好像是叫这么个名字，他现在怎么样？"文歌成问道。

"不清楚。"路平摇了摇头。郭停当时和莫森老师一起被苏唐伙同一帮人给救走，之后如何，路平就不清楚了。

"唉……"文歌成叹了口气。

"你回过峡峰城？"路平问道。

"是的。"文歌成点了点头，"但是，已经没有摘风学院了。"

"我知道。"路平说道，眼神中闪过一抹痛苦。

"赶超四大的摘风学院啊……"文歌成感叹道。

"到底是为什么要赶超四大？"路平忍不住问，他还是非常想知道。

"别问。"文歌成说道。他又回头看了看某个方向，而后转过来，无比郑重地望着路平。

"答应我。"他很严肃地说道，"有一天你打开了定制的话，一定要回来狠狠地揍这个老东西一顿，然后我再告诉你。"

路平无语，完全没想到文歌成无比郑重要交代的会是这些。

"那时的你，无论什么都承担得了。"文歌成说道。

路平一愣，忽然隐隐意识到了一点儿什么。

院长不想让他担负什么，所以仅仅是做出了保护他的举动，没有如文歌成他们所想的那样，对他有什么嘱托。

郭无术呢？这个看起来冷酷无情的老头，在知道郭有道命星陨落的一刻立即出现在了路平身边，而在发现郭有道并没有对路平托付什么后，他就无情地赶走了路平。

郭无术有失望、遗憾、愤怒，但是无论怎样，他最终还是遵守了郭有道的安排。哪怕路平已经主动表现出了想知道、想承担的意愿，他也毫不犹豫地拒绝并驱赶了路平。

郭有道遵照了路平的意愿，而郭无术，最终遵照了郭有道的意愿。

仅此而已。

开阳峰山脚。

路平和文歌成一路下来，一直都没有再说话。直至到了这里，眼见要分开了，文歌成终于忍不住了。

"喂！"他叫道。

"嗯？"路平看向他。

"你怎么不问一下我去调查的组织的事？"文歌成说。

"哦，对。"路平显然这才想起来，马上就问了起来，"怎么样？"

文歌成哭笑不得，这个当事人竟然比自己这个好奇心强的人还要不在意，他真是不知道说什么好了。当然，事实上，他也没有太多可说的。他只是比较纯粹地好奇路平怎么一直没问，结果路平也是十分纯粹地忘记了而已。而现在，在他好奇心的驱使下，路平终于问了出来。

"暂时还没有什么线索。"文歌成也只能实言相告。

"不过从老郭那里拿到的已知线索来看，那个位置就是在这青峰帝国境内，极北之地的舟山雪原。"文歌成一边说，一边观察着路平的神色，然后补充，"当然，这个老郭早就和你说了。"

"嗯……"路平点头。

"舟山雪原，暗黑学院的势力出没得比较多一些。"文歌成又说。

"嗯……"路平还是一样点头。

"好了，我还有事先走了。"文歌成果断地转身便走，显然这两点情报路平早就知道。本来嘛，这几乎就是尽人皆知的事情。当年郭有道从那边路过，这两个线索，说实话文歌成没有亲自前往，郭有道也一样和他说了。

"那你还会继续调查吗？"路平在他身后问道。

文歌成果断把身子转回，道："好小子，总算你还有一点儿期待。"

路平又点头，如同之前一般，这模样有点儿打击文歌成的热情。但他这样做并不是因为路平的期待或是什么，他对于这个不知来历的，被销魂锁魄禁锢着的六魄贯通天醒者本身的好奇，就足以驱动他做出任何事了。

"我会继续。一定。"他说道。

"谢谢，费心了。"不管对方是什么初衷，路平终究要道一声谢。

"你……"文歌成又多看了他一眼，"你现在的问题，恐怕还是和那老家伙分不开。"他一边说，一边向开阳峰瞟了一眼。他所说的老家伙是谁自然不言而喻。

"老郭做这样的安排，肯定是有他的道理。"文歌成说道。

"我相信也是。"路平说。

"加油。"

"是。"

匆匆一见，匆匆相别。如同上次相见一样，两人其实没有太多的交流。但或许是文歌成能看穿太多东西的缘故，他总是可以轻易给人留下很熟悉的感觉。

路平站在山脚，目送着文歌成向北斗山外走去，忽然见他举起手挥了一下。

"不用目送啦，我还有朋友要拜访，没说就要走，没准儿过两天我们就又见面了呢！"文歌成喊道。

"好吧……"路平说道，默默地转过了身。

他又看了一眼开阳峰，随即沿着山路向北斗山里走去。他其实并不太清楚自己应该去哪儿，但是，既然是从天权峰被带离的，那么回到那里去，总该没什么问题吧？

天权峰上，天权峰的门生们整理着被轰塌了的观星台，在各种异能的施展之下，重筑速度非凡。不大一会儿的工夫，观星台竟然就被修复得和之前一模一样了。

北斗学院之中各种能人众多，这种事实在不值得大惊小怪。因此新人们也就没有太过惊讶，以免显得自己见识浅薄，更何况他们当中的绝大多数此时根本没有工夫顾及这些。

七峰还有七星谷里来一探究竟的北斗门人相继到了天权峰上，他们有的是出于自己的好奇，有的则是奉了七院士之命来一探究竟的。好奇者没人上去招呼，而七院士派来的门生，这时正和天权峰的院士陈久还有首徒靳齐聚在一起，讨论着此事。

"开阳峰没人来吗？"玉衡峰陈楚的洞察力出众，第一时间就看出凑在这边谈论正事的各峰来人独缺开阳峰。他甚至朝四下暗影处扫了几眼，谁知道开阳峰来的是不是暗行使者，正隐蔽地躲在某个位置呢？

没有，没有开阳峰的门生，也没有开阳峰的院士才能调动的暗行使者。而这时靳齐也回答了陈楚。

"我之前看到开阳峰上有人朝这边过来啊，好像是……"来自瑶光峰，阮青竹的首徒邓文君说道。在他们瑶光峰的方向，他看到过开阳峰上一闪而过的流光。

邓文君心中已有猜想，只是不太敢确认，毕竟那位已经太多太多年没有离开过开阳峰半步了。或许，只是开阳峰的哪位同窗也练就了那个异能吧？

结果靳齐马上回答了他们："开阳峰的人来过了。"

"啊，人呢？"陈楚又开始重新张望。

"郭院士亲自过来，带走了新人——摘风学院的路平。"靳齐说。这会儿工夫，路平的背景他们已经了解一遍了。

"郭院士？"陈楚愣住了，他甚至反应了一下郭院士是哪位。

玉衡峰和开阳峰是近邻，他这玉衡峰首徒那就是玉衡峰的二号人物，照说见任何一峰的头号人物七院士都机会多多，但是这位郭无术，他都记不清多少年头没见过了，一度快忘了"郭院士"这一称呼，差点脱口就问"哪位郭院士"。

而一旁的邓文君也证实了自己的猜想，那道流光果然是郭无术院士。

"天涯咫尺……"他说道。这正是开阳星郭无术的独门控制系异能，看来暂时还是没有开阳峰的门生掌握，能施展出的，依然只是他郭无术。

其他天玑、天璇、天枢三峰也各有人来，七星谷里也有师长关心这边的情况，招呼了门生上来。此时听到多年不下开阳峰的郭无术竟然亲自走了一趟，还施展了他的天涯咫尺穿过了两峰的距离，这份急切，着实让大家觉得不可思议。

"那，然后呢？"有人问道。

"然后就直接带走了。"靳齐无奈地道。然后……他们也没机会问然后啊，郭无术过来连陈久都没理，他这首徒就更别提了。

"那这……我们还需要过问吗？"众人看向陈久。

"方才是星落无疑，"陈久说道，"怎么会突然发生，并落向这里？那或许与新人路平有关，但不能完全确定。落下的命星星主叫郭有道，如实回报吧！"

消失的魄之力

　　急急忙忙赶来天权峰的各处门生，来得快，去得也快。因为最重要的当事人眨眼间就已经被带走，而且还是由七院士之一的开阳星郭无术带走的。这事件既然已经有如此分量的人亲自介入，他们的过问顿时就显得没什么必要了。他们只要将这个情况向各自的师长报告，那就是一个很可靠的结果了。

　　随后一行人下了天权峰，到了山脚，各走两边。瑶光峰首徒邓文君和玉衡峰首徒陈楚是同一方向，两人结伴而行，聊天的话题很自然地就落到了路平身上。

　　本批新人当中，最出众的，无论从哪个方面看都是青峰林家的林天表无疑，但路平却是制造话题最频繁的一个。

　　"他一拳洞穿了消失的尽头。"陈楚感慨道。

　　"他吃了我们院士放养的兔子。"邓文君也感慨。

　　"他在玉衡峰上感知到了七元解厄大定制。"陈楚神情郑重。

　　"他在瑶光峰上弄了个兔圈。"邓文君不动声色。

　　"啊？"陈楚神情错愕。感知到七元解厄大定制，这种事至少还在修者的行事轨迹上，但弄了个兔圈，感觉故事一下子就跳脱了。

"还不知道吧？"邓文君继续讲道，"周崇安还因此挨了老师一记耳光，当着很多人的面哦！"

"到底是怎么回事，你快说说。"陈楚来了兴致，道。这是今天刚刚发生在瑶光峰上的事，还没有传开。

邓文君当时虽不在场，但了解得很详尽，如此这般地说了一番。

陈楚听后，眉头微皱："周崇安和这小子有过节？"

"谁知道呢？"邓文君耸了耸肩，"理论上不应该。"

一个刚刚入门的新人，和任何人都没有瓜葛，想和周崇安这种级别的北斗门生产生过节，说实话那也是很有难度的。若说周崇安只是想为吃兔子的事出口气，显然做得过火了，阮青竹那一耳光就是最好的说明。邓文君不认为周崇安连阮青竹的这点儿脾性都摸不透，他如此做，总该是有别的原因。可惜谁也不知道原因是什么，眼下也不好意思去问。

"那是为何？"陈楚同样也想不通，"这小子怎么这么有能耐啊！这才几天，已经和四位院士有过瓜葛了吧？我相信这四位院士都绝对记住他这个新人了。"

"这难道就是传说中的机缘？"邓文君半开玩笑说道，他们这些修者可是不信这种东西的。

"真是……"陈楚开了口，结果想了一圈，也没琢磨出个合适的词来形容。

这两人步子颇快，说着聊着，不大会儿就到了玉衡峰下。陈楚正准备和邓文君告别，却见邓文君直勾勾地望着前方。

"怎么？"陈楚下意识地扭头看去。

"我们的大机缘新人。"邓文君嘟囔道。

陈楚一看，可不是吗？前方沿着山路走过来的，不是路平是谁？

两人顿时都站住不动了，就这样望着。路平那边，依稀也见这边山脚下有两个身影。但他的魄之力此时被扰乱，半点儿都施展不出，没有冲之魄的作用，目力和常人无异。直至又近了许多，他才在这不太暗的夜色下看清二人。

一个，不认识。

另一个，不正是那个有些危险的家伙吗？

路平开始从一旁绕过，但是他的眼神、表情早落到了两位四魄贯通首徒的眼里。

"我说，我怎么觉得他有点儿嫌弃你啊？"邓文君说道。

"我可没得罪他啊！"陈楚叫屈，但是说完这话，两人互望了一眼。

什么情况啊？

堂堂两位七峰首徒，此时在因为一个新人的嫌弃而郁闷吗？

"喀！"邓文君咳了一声，正了正神色，然后就见路平从他们身边绕过，竟然没有停下来和他们说话，甚至招呼都没打。

"哎呀，好嚣张的小鬼啊！"邓文君叫道。

"得了吧，人家根本不知道你是哪位好吗？"陈楚说道。

"知道了也不会怎样吧！你看他嫌弃你的眼神！"邓文君说道。

陈楚一听，顿时不忿，决心要搞清楚。

"路平！"他叫道。

唉唉，又来了……

路平心中叹息着，无奈地转身、回头。

"你看，多讨厌你啊！"邓文君观察着路平的神色，说道。

"你闭嘴。"陈楚沉着脸。

"有什么事？"路平问道。

"你没事吧？"陈楚反问道。

"欸，你对他到底是关注还是关心啊？"邓文君插嘴问道。

"你烦不烦啊！"陈楚都快跳起来了，邓文君的嘴碎在北斗学院是相当有名的。

但是发完脾气，他的神色忽然一怔。

在问"你没事吧"的时候，陈楚习惯性地就已经用洞明观察起来了，结果他发现路平身上竟然毫无魄之力，一点儿都没有。他飞快地又确认了一遍，确实如此。

"没事。"路平回答道。

魄之力都没了，这叫没事？

陈楚惊讶地看着路平，邓文君注意到陈楚惊讶的眼神后，也意识到了点儿什么。他对路平做了一下感知，立即也发现眼前这个新人竟然完全没有魄之力。

"什么情况？"他问陈楚。

"我怎么知道？"陈楚回了他一句后，还是望着路平，道，"你的魄之力……"

"出了点儿问题。"路平说。

"一点儿问题？"陈楚真的有点儿佩服路平了。在这种情况下，他竟然还能这么平静淡定。魄之力没有了，那能叫一点儿问题吗？对于一个修者而言，除了死，还有什么是比这个问题更重大的？魄之力，那就是修者的根源，是修者和普通人的区别所在啊！

"是的。"路平却还是很平静地点了点头。因为他坚信院长不会坑他，院长这样的安排肯定是有什么用意，所以自己使不出魄之力不过是一个小问题，一定能解决。

"我真的有点儿……看不透你。"陈楚说道。

"不是吧？"这下，邓文君跳起来了，"能让你说这话真的很不容易！"拥有洞明的陈楚，洞察力相当惊人。看不透？这话对陈楚来说，那可是很深的羞辱，结果现在他却自己说了出来。

"你现在要去哪儿？"陈楚不理邓文君，问路平。

"回天权峰啊。"路平说。

"回去干什么？"陈楚问。

"我也不是很清楚，我应该干什么？"路平反问道。

天权峰那边，引星入命应该结束了吧？回去该做什么他真的不知道。

"郭院士把你带过去做什么？"陈楚已经越问越茫然了。

"什么也没做，就把我赶下来了。"路平遗憾地说道。

"这到底是怎么一回事啊！"陈楚有点儿悲愤，他的洞明完全弄不清楚这件事情的脉络。

"总之……"路平开口，陈楚和邓文君顿时安静下来，准备聆听。

"如果没事的话，我就先走了。"路平说。

"我……"邓文君显然不满自己安静下来听到的居然是这种话。

"小鬼别走，老实站着。"他对路平说道。

"你是谁？"路平问。

"我是瑶光峰的邓文君。"邓文君自我介绍道，然后从路平脸上看到的是一脸茫然的神情。

七院士名声鼎盛，七峰首徒，说实话名气和他们的老师也差不了多少。路平这个无知的神情让邓文君有些受伤。

"呵呵，他原本可连李遥天都不知道是谁。"陈楚说。

"李遥天？"邓文君疑惑了一下。

"我的老师！"陈楚的脸黑得快消失在夜色里了。

"哦，天呐，你是从哪儿来的？"邓文君大叫道。他当然不可能不知道李遥天，只是在北斗学院，他们又哪会随便直呼七院士的大名，直接蹦名字出来，确实让他迟疑了一下。

"摘风学院。"路平回答他。

"那是什么地方？"邓文君扭头问陈楚。

"玄军帝国峡峰区的一座小学院。"陈楚说道。

"呃……"这样一座听都没听过的学院，邓文君都不知道该去了解些什么。

"一座声称要赶超四大的学院。"陈楚说。他对路平的背景，显然是做了一些功课的。

"可是他们却连北斗学院七院士的名字都没听过。"邓文君说。

"是我不知道而已。"路平说。

"不要用很平常的口气说这种令人惊讶的事好吗？"邓文君叫道。

"哎呀，你不要吵了！"陈楚烦得不行。

"你们到底有没有事啊，没事我要走了。"路平其实也很不耐烦。

"一时间我也不知道该从哪儿问起了。算了，你先走吧！"陈楚摆手示意路平离开，他被邓文君吵得有些头痛。

"哎哎！"邓文君还不肯罢休，却被陈楚一把拉住了。

"既然郭院士找过他，或许我们不该鲁莽过问。"陈楚神色郑重地说道。他用洞明察觉到了，路平说话是有保留的。事关七院士之一的郭无术，他们俩在这儿刨根问底，可就有些不合适了。

邓文君愣了愣后，点了点头。

"你说得对。"他说道，"但是，他确实没怎么把咱俩放在眼里。"

"再见！"陈楚头也不回地回玉衡峰去了。

邓文君在那里停了一会儿，看着这两个各去了各的方向，这才无奈地走向返回瑶光峰的路。

天权峰，依旧是万家灯光一般的景象。

各峰赶来的门生都已经离开了，被轰得坍塌过半的观星台变得完好如初。新人们规规整整地站在观星台上，神奇的星命图飘荡在他们的上空。每个人这时都已经在上边找到了自己的位置，但是心情各不相同。

陈久一本正经地站在新人们正对的小台上。对于每一年的新人们而言，引星入命都是极其重要的，甚至可能影响他们一生，今年却因为这么一出意外搞得十分狼狈。尤其那些被迫打断引星入命的新人，脸上愤愤不平的神色犹在，这让陈久也有些尴尬。

引星入命，只能开启一次。

如此重要，甚至可以影响新人一生的仪式，并不如新人所见的那么随意。观星台外，就有天权峰的门生暗中守台，禁止任何无关人等乱入；观星台内，有主持引星入命二十一年之久的七院士之一陈久亲自坐镇，还有他的首徒靳齐，这还有什么让人放心不下的呢？

但是这次……

我怎么会知道竟然会在这时候发生星落这种事，而且还是距离北斗七星那么近的强悍命星？

陈久心中也有些窝火，无论怎样，这次很多新人的引星入命被迫中断，都要算他天权峰的严重失职。

都是那个混账小子，陈久恨恨地想着。他可以感知到路平和那星落有着千丝万缕的关系，只是完全不清楚这种关系是怎么构建的。另外，那个小子……

陈久对着星空细细感知了一遍，对星命图，整个北斗学院都不会有人比他更加熟悉。但是，一遍过去，陈久赫然发现星命图中竟然没有路平的命星。

"老师……"靳齐这时候凑了过来，提醒陈久。对完成引星入命的新人，总也是有些话要说的，之前的一句"洗洗睡吧"不过是陈久郁闷之余的随意发挥。眼见老师站在小台上一副魂不守舍的样子，靳齐唯恐他再一次因为心烦手一挥，就让众新人洗洗睡了。

"喀。"陈久咳了一声，回过神来。该主持的大局，终究还是需要他来出声的。

"这次的引星入命，很遗憾，发生了无法预知的意外。我们不排除这是个别人别有用心的恶意举动！"陈久说道，眼神冷厉，但是目光终究没有所指，他所说的"个别人"此时并不在场。

"对于因为意外，引星入命被影响的新人，我深表同情。但是你们也不妨想一想，这是自星命图和引星入命被开创以来，都从未有过的意外。你们赶上了一个机会，这可能是最坏的机会，也可能是最好的机会。而这一切，就要靠你们自己的勤奋和努力去改变！"

万籁俱寂，只有陈久的声音在观星台上回荡着。新人们有的兴奋，有的茫然，有的则是愕然。站在陈久一旁的靳齐有些站立不安，不自觉地微微向后退着，似乎羞于与他为伍。

"引星入命，并不是修炼的全部！"陈久还在继续他的讲话，"其他三大学院没有星命图和引星入命的修炼方式，照样可以造就强者，没能完美地完成引星入命，一样可以造就强者。就比如他！"

陈久的右手忽然向旁边一指，就指到了靳齐。正微微向后退的靳齐吓了一跳，怎么还有自己的事呢？

"我这首徒，资质平平，呆头呆脑。引星入命？说起来就搞笑了，他在这台上站了三天三夜，饿了个半死，总算勉强找到命星，完成了引星入命。但是他现在呢？四魄贯通。来，靳齐，给大家露一手。"陈久说。

虽是自己最敬爱的老师，但靳齐这番也实在不能忍了。道理说得都没错，那些没能利用好引星入命的新人，接下来也就只能如此了，但问题是自己引发的三天澄映的异象，怎么就成了饿了三天了？还要自己在这台上露一手，当这儿是东都天桥吗？

"呵呵……"靳齐当然不会真的表演什么异能，只能傻笑着迎上来，"老师的意思，我想大家应该都明白了。"

"好，明白了就好。那就散了吧！"陈久手一挥，这次可就真的是洗洗睡了。

新人们各怀心思，在观星台上散去。结果恰有一人，此时刚刚迈上了观星台，一见众人在散开，脱口就问了一句："散了吗？"

路平！

眼下要说还有哪个新人不认识、不知道路平，那是绝对不可能的。这个名字，怕是没过几天整个北斗学院都要传开了。星落没轰死他，开阳峰的郭院士带走了他，而现在，他若无其事地又回来了。他站在石梯口，一句自然而然、由心而发的"散了吗"，简直让人忘了他们到这儿干吗来的了。

"路平！"子牧冲了出来。一切发生得太快了，他这个原本站在路平身边的人都没反应过来，路平就已经被郭无术带走了。

"嗯？"路平很寻常地和子牧打招呼。

"你没事吧？"子牧冲到了路平身边。

"还好。"路平点点头。虽然在陈楚他们看来，用不出魄之力是出大事了，但想到这是院长的安排，路平就不以为意了。

至于其他新人，没有一个关心路平的。那些引星入命被打断的，心中更是积蓄着恨意，若不是有陈久、靳齐在，且路平是被天阳星带走过的人，他们此时杀了路平的心都有。

各种复杂的情绪在人群中弥漫着，原本就要散去的人群，居然就此止住了。所有人都开始好奇对于去而复返的路平，陈久会有个什么说法。他之前可是说过"不排除这是个别人别有用心的恶意举动"，这话里的"个别人"指的是谁，大家都心知肚明。

陈久和靳齐很快从小台上下来，来到了路平身前，只一眼……

"你的魄之力呢？"陈久已经发现了不同寻常之处。

"出了点儿问题。"路平说道。

一点儿问题？所有人这时都连忙感知着路平，发现他身上竟然半点儿魄之力的迹象都没有。他们的反应和陈楚如出一辙，对路平这不以为意的口气都有些惊讶。

同时，他们也意识到了：眼下的路平，那就是一个普通人？

新人中有不少人的眼神顿时变得不一样了。

没有魄之力？

说者无心，听者有意。很多新人立即就有很想和路平"交流"一下的冲动，不过考虑到眼下的情形，他们无论如何也不可能冲上去就打。但是如果因此，路平就被赶出北斗学院的话……

眼神中不怀好意的新人着实不少，大部分是因为引星入命被破坏想要泄愤的，另几个是来自玄军帝国护国学院的学生。

护国学院出身的学生，对玄军帝国的忠诚高于一切，会被推荐到北斗学院深造的尤其如此。对路平这个玄军帝国的通缉犯，他们怀有很强的敌意，若不是顾忌北斗学院的院规，早就一拥而上了。

而眼下，路平竟然没有了魄之力，接下来的命运或许会有什么转折。五个人下意识地就站到了一起，互相看了一眼后，目光聚集在了他们五人中为首的卓青身上。

卓青出身的卓家世代忠于玄军帝国，五人中也数他实力最强。此时听到路平没了魄之力，卓青心里生出的也是一样的念头。他的目光微微向观星台外瞟了一眼，左手边的两人立即心领神会，立即离开观星台向天权峰下走去。余下的卓青三人，不动声色地继续紧盯着路平。

"出了点儿问题？"陈久重复着路平刚刚说的话，忽地又抬头看了一眼星命图。

就在所有人等候陈久对路平做出一个宣判时，陈久却只是打了个呵欠。

"睡觉。"他说道，竟然就这样从路平身旁走过，走下了观星台。

新人们愣了愣，但看到靳齐随即跟上后，那些不怀好意的家伙相视一笑，从人群中挤出，朝路平围了上来。

卓青三人，再次互打眼色。他们知道这些人顶多是教训路平，给他吃些苦头，而他们要做的是混在其中伺机下杀手。三人怀着一样的心思，当即也混在众人中朝路平围了上来。

结果动作最快的却是子牧，他早就留意到了那些不怀好意的眼神，再想到路平竟然没有了魄之力，怎么会不知道要发生什么？

子牧在东都除去有广博的见闻，被十三学院学生欺负的经验也着实丰富，一见这些人围上来，立马箭步冲到路平身边，拉起他就走。

"我们走。"子牧故意大声说道，却是有意要引起陈久和靳齐的注意。他知道有这院士和首徒在场的情况下，那些家伙终归不敢太放肆。

听到这一声刻意的大喊，陈久和靳齐果然下意识地都回过头来。子牧拉着路平差不多算是夺路而逃，后边尚有人迈步想追，此时却恰巧和陈久、靳齐回过头来的目光对上，立即收步，变成没事人。

子牧拉着路平却已经抢到了陈久、靳齐前边，慌乱中还不忘向两位行礼以示歉意，同时也希望引起两位的注意。路平却在这时开口了，指着身后那些人说："那些人好像想对付我呢！"

还在石梯上方的新人们听得清楚，脸都绿了，全然没想到这个家伙居然会直接向院士告状，这么没出息。

靳齐当即愣住了，显然没想到路平竟然会冒出这么一句话。他看向陈久，不出他所料，陈久不以为意地扫了一眼那些新人，点点头说："很正常，他们的引星入命因为你被破坏了，换作是我，也会想要狠狠教训你一顿。你现在没了魄之力，可要多当心。"

"快走！"子牧一听陈久这回答，心中一沉。陈久若真坐视不理，那些家伙蜂拥而上，凭他哪有能力保护路平逃走。但是无论如何，他总归不能束手就缚，尽力而为吧！

子牧这样想着，却不料拉着的路平那边传来些抗力。他愕然回头，看到路平正向陈久点了点头，说："你说得有道理。"

路平的回答让陈久愕然，然后他就见路平的目光迎上了石阶上的那些人。路平朝他们挥了挥手，说："抱歉了，我也不知道会发生这种事。"

新人们再次愣住了。刚刚他们还因为路平向院士告状十分鄙夷他呢，结果一转眼，路平却已经意识到了问题所在并向他们致歉。若说故作姿态吧，看这家伙诚恳的模样实在不像，可是只有一次机会的引星入命何其重要，由这家伙一句道歉就这么轻飘飘地过去了吗？

新人们心中纠结，不少人偷眼向陈久看去，想从院士的态度上得到一点儿启发，结果陈久显然也没意料到事情会这样发展。

影响了别人，因此道歉，如此寻常合理的事发生在眼下却成了令人大跌眼镜的状况，因为确实没有人认为引星入命被破坏是一句道歉就可以弥补的事。

这时，新人里走出了一位，他一边下石梯，一边开口道："是啊，谁也不知道会发生这种事。"

新人们再次愣住了，没想到有人这么痛快地就站了出来，似乎是要原谅路平。等再看清这人是谁后，众人更是无话可说。

林天表。

新人中最出色的一位，他的引星入命可是被陈久视为会引发银河九天异象的，但是也被破坏了，连陈久、靳齐都觉得惋惜不已。而现在，竟然是他第一个站出来对路平表示谅解。

其他新人面面相觑，哪怕心里再不痛快，也不敢出言反驳。有林天表做出了表率，他们若再在这里不肯罢休，可就落了下乘。

迟疑间，林天表已经走到了路平身前，望着他说："更何况，你的情况比我们要糟糕得多。"

"你是说没有魄之力吗？我觉得还好。"路平说。

"这样都觉得还好，那我们这又算得了什么呢？"林天表一边说，一边望向其他新人。

"是啊，那小子的情况已经很糟糕了。"终于有新人也站出来说道，神情也变得释然起来。

"反正再怎么样，也只能如此了。"有人说。

"院士都说过了，引星入命也不是修炼的全部嘛！"

"就这样吧！"

"走啦走啦！"

越来越多的人表示着对林天表的赞同，对路平破坏他们引星入命一事变得不以为意起来。纵然心里依然有忌恨的，在这种状况下也不敢生事，以免成了众矢之的。

"我们一起继续加油。"林天表说道。

"加油加油。"附和的人更多了，甚至有一些引星入命顺利完成，根本与此无关的人，也高高兴兴地响应着林天表。

"你也加油。"林天表对路平说道。

"当然。"路平点头。

混在人群中的卓青三人，眼见一场风波被这样化解，也只好先藏起他们的杀意。

机会有的是。卓青用眼神向两位同伴传递着信息。

第 |323| 章
小团队

　　新人们簇拥着林天表，一个个都是心悦诚服的模样，先前还险些被群起攻之的路平，被晾到一边彻底无视了。纵然有人心中还是不爽，却也不敢在此刻表现出来。

　　"嗯，了不起。"天权星陈久这时点了点头，负手继续向观星台下走去，靳齐紧随其后。林天表朝路平点头示意了一下后，随即也向台下走去。其他新人跟上，路过路平身旁时，目不斜视的有，趾高气扬的也有，挤眉弄眼、幸灾乐祸的也有。路平没有了魄之力，一想到这点，不少人心中倒是暗爽起来。

　　不大会儿，观星台的石梯上就只剩了路平和子牧两个人。望着那些人走向山路，子牧露出几分不屑的神情。

　　"哼，虚伪。"子牧说道。

　　"嗯？"路平望向他。

　　"那个林天表啊！"子牧说道，"你不要以为他是存了什么好心，这种大家族的家伙，最喜欢装模作样了。事已至此，他很清楚在你身上也找不回来什么，不如借机表现一下自己，在所有人心里博个好名声、好印象。我呸。"

"你怎么知道？"路平问。

"这种人我见得多了。"子牧说道。林天表他是没资格结交的，但是东都那边像这样世家出身的子弟他见得多，对他们的印象相当糟糕。

"就算是这样，也没什么不对。"路平说道。

"啊？"子牧愣了愣，发现自己竟无法反驳这一点。

"但是很虚伪啊！"他依旧朝走下山路的人群露出不屑的表情。

"那也不一定是坏事。"路平说。

"你的想法……很怪。"子牧挠了挠头，说道。

"大概吧。"路平仰头，又看了看天空。众人散去后，星命图逐渐淡化消失，所有的命星消失不见，天空恢复了本来的样子。

"我们走吧！"路平说。

"问题是，去哪儿呢？"子牧说道。

他们两个从瑶光峰回来就到了这里，根本不知道新人们这些天在哪里居住。看眼下的情形，两人似乎有被孤立的趋势，说实话对此子牧觉得很不安。在这些优秀的新人里，被欺负，他倒是可以想象，被孤立，这待遇让他着实觉得有点儿高级，有些消受不起，但是他绝不会丢下路平，去向众人示好。

"跟着走就是了。"路平不以为意地说道。

"好吧……"路平这大大咧咧的性格，子牧已经慢慢习惯了。

于是两人不远不近地跟在了众新人的身后，新人们也很快注意到了这一点，却也没有人来向两人招呼。

"卓哥……"玄军帝国护国学院的易锋凑到卓青身边，向他示意着身后。此时陈久和靳齐已经先一步离开，一路除了新人再无旁人，找路平麻烦，似乎正是好时机。他们和那些新人不同，是不可能轻易放过路平的，除非有来自玄军帝国方面的指示。否则就算是在北斗学院，他们也会想办法克服困难对付路平。

"不要。"卓青看了看左右，果断拒绝了易锋的示意。

"怎么？"易锋有些不解。

"没你想得那么简单，这里是北斗学院，天权峰。"卓青说道。他毕竟出身较好，见识自然高人一筹。即使他没发现附近有什么不妥，却依然知道这绝非出手的良机。观星台上陈久、靳齐呼之即来、去之不见的那些天权峰门生隐身何处，他们一概不知，谁知道这一路上是不是也有同样的部署。

"从长计议。"卓青说道，让易锋打消眼下的念头。

"那让关寻和罗勤先回来？"易锋问道。

"嗯。"卓青点头。关寻和罗勤是在他的示意下先一步离开的那两人，他们两人暂时在山路上等候。若路平因为没有魄之力要被安排往别处，就由他们两人伺机而动，眼下看来是没有这个必要了。路平依然会和他们在一起，只是这样近在咫尺，反倒没那么容易下手。

从长计议。

易锋将这作为信息，用他们护国学院特有的传信方式传送给了两人。

而后新人们下了天权峰，一路转回七星谷，路平和子牧就在后边这样跟着。终于到了谷内新人们居住的地方，是靠北山脉下的一片木屋，新人们住在最西侧的一个大院之中。自西向东，如此的大院还有很多个。

此时灯火未熄，不少北斗学院的门生在外面闲逛。看到新人们回来，不少人打着招呼凑了过来，看来几日下来新人们都已经在这片混熟了。隔着一段距离走在最后的路平和子牧顿时显得更加形影相吊了。

"哦……"子牧看着那些和新人们交谈的北斗门生，忽然来了这么一声，随即望着当中一位叫出了名字，"屠向东。"

"你认识？"路平问。

"我认识他，他不认识我。"子牧自嘲地笑了笑。他的目光扫过，接着又发现了一连串熟悉的面孔，接连说出了好几个名字。

"都是东都出来的学生，他们是去年加入的北斗学院。"子牧一边向路平解释，一边继续四下寻觅着。

东都十三院在学院风云榜上都处前列，每年能来四大学院的优秀学生着实不少。子牧这样数下去，发现去年的、前年的，甚至再前一年的东都优秀学生着实不少。他们都成功加入了北斗学院，而且都在这片居住。然后再看这连排的大院，子牧顿时也都清楚了，一年一年的新人，是依次居住在这里的。他们这次的新人住在最西的大院，而一旁紧邻的，就是去年入学的学生居住的大院了。

看明白这一点后，子牧继续寻觅着他可以认出的面孔。东都每年都有哪些人进入了四大学院并不是秘密，这些优秀的学生在东都也有名声，子牧大多都能认得。

这一数之下，子牧又看出了一些情况。那些原本同一学院出身的新人旧人，此时各自扎堆，成了一个又一个的小团体。小团体之间的来往可就不见得亲密了，一些原本关系就不佳的学院团体，更是互相离得远远的。

而这一幕，让子牧再次不安起来。

"哎。"他叫着路平，"你们那个摘风学院里有加入北斗学院的吗？"

"好像有一个吧？"路平说道。他实在不是很清楚，只知道摘风学院史上有四位进入四大学院进修的学生。是不是四大学院每家一个，路平不清楚，所以北斗学院是不是有一位，路平也不是很确定。

"咱俩可真惨啊！"子牧感慨道。眼见一个又一个大大小小的热闹小团体，而他和路平看来只能两人抱团了。

路平笑笑，没说什么。他也在看着眼前这一幕，很快就注意到了对他极其不友善的目光，而对方也一点儿都不掩饰这一点。

卓青、易锋、关寻、罗勤……

不只是这几个新人，玄军帝国护国学院，学院风云榜上名列前五的学院，每年都有一批优秀的少年被送往四大学院进修。护国学院，在北斗学院中自然也就有了稳定的势力。

此时院外，护国学院的小团体聚集了十多个人，卓青在当中自然不再算什么头目。此时他正朝着路平指指点点，向来自护国学院的旧生们介绍着路平。敌意，很快在那十多个人中弥漫开。无论新人还是旧生，他们对玄军帝国的忠诚，都是完全一致的。

"原来不止五个啊……"路平想起了陈久之前的提醒，喃喃自语道。他数了数眼前，就已经有十三人了，这恐怕还有没凑上来的。按护国学院每年都能送来五人来算，四年就有二十人，十年就有五十人，二十年的话，就有一百人。

一百人的话，有点儿多吧？

路平想着，然后望向了子牧。

"那个……"路平问道，"北斗学院的话，要几年才能毕业啊？"

屈辱

"哥……"子牧脸上全是崇拜的表情，"我真的特别好奇，你们那个摘风学院，到底是教些什么啊？"

虽然明知道提出身学院会让路平伤感，但是这次子牧实在控制不住自己的好奇。他真的无法想象这到底是怎样一座学院，能把学生教出对学院外界近乎一无所知的感觉。这学院实施的是很封闭的教育吧？子牧想着。

"这个我知道得不多。"路平很老实地回答道。摘风学院的教学课程，他初到时听过一点点，但发现对自己毫无用处后就完全放弃了。对于子牧的这个问题，他还真是说不太清楚。

"这……自学成才？"子牧说。

"大概算是吧！"路平想了想，觉得自己还是挺符合自学成才的。

"好吧！"子牧点了点头。路平看起来对这学院还是很有感情，这次的话子牧就决定藏在心里不说了。他真的有点儿觉得，这学院吧……被夷为平地可能是个正确的决定。

"北斗学院是这样的。"子牧开始给路平普及知识。

"一般来说，我们所知道的学院都是四年毕业的。呃，你们也是吧？"子牧说道，忍不住又怀疑摘风学院有什么不一样之处。

"是。"路平点了点头。

"好吧！我们的学院都是一样，不过北斗学院，还有其他三大学院并不存在我们这种期满学成的概念。你想毕业，每年都有出师考核可以参加，通过就准许毕业。不参加，那么就可以一直在四大学院修炼。不然的话，你能说吕沉风到现在还不能从北斗学院毕业吗？那当然不是不能，只是不想罢了。"子牧说道。

"哦。"路平明白了，忍不住挠了挠头。这样的话，护国学院的别说一百人，两百人、三百人都是有可能的啊！

如此想着，路平向这山底的连排大院望去，自西向东，大院好像也就有五六个吧？这样算的话……

"怎么了？"路平正算呢，子牧却好奇路平为什么忽然问这个。

"我在算，"路平说道，"会有多少麻烦。"

"麻烦……"子牧左右看了看，因为两人太不成群，此时在注意他们的人着实不少。不少同期的新人在向自己的前辈指指戳戳地介绍着二人。

"怕是会有不少吧。"子牧道。就他这出身和实力，说实话，他太怕在北斗学院这样的地方招惹麻烦了。但是他一来就和路平打成了一片，然后麻烦就如影随形，而且还特别引人注目。比如惹到了七院士，子牧一想起来，发现居然还觉得有点儿自豪。

"别在这儿站着了。"子牧拉着路平往最西的大院里走，在这里继续这样引人注目，好像不是什么好事。

"申师兄……"护国学院小团队这里，卓青对同样出身，比他高三个年级的申无垠沿用了在护国学院时的旧称。最终能到四大学院的，在护国学院时自然都是院里的风云人物，卓青虽有不错的家世，却也不忘长幼有序。看路平和子牧离开，他当即唤了一声申无垠，请他拿个主意。眼下北山新院这块儿，护国学院的小团队以申无垠为首。

“别急。”申无垠不慌不忙地道，“你在天权峰上的决定很明智。你想到的没错，天权峰不会如你们所见的那样毫无任何防备。同样，北山新院这边，一样会有眼睛。”

　　“所以，不要轻举妄动，你们先盯好他。我们慢慢来找由头对付他，尽量不要因为他还搭上我们当中的任何一人。”申无垠缓缓地说道，字里行间却也表露出了某种态度：如果是万不得已的情况，那么即使牺牲个人，他们也要为玄军帝国完成通缉。

　　“如此最好。”众人纷纷点头。

　　“那我们也先过去了。”卓青说道。

　　“去吧！”申无垠点头道。于是卓青带着护国学院另外四个新人，也朝他们居住的最西头的一院走去。

　　“卓哥。”路上，关寻看了看身后，见申无垠那伙人也回了他们的大院，随即回头唤着卓青说起话来。

　　“你对申无垠还真是客气。”关寻说道。

　　“师兄嘛。”卓青淡淡地道。

　　“但是三年了，他还在这个地方，真是……”关寻忍着没有说出那句评价，到底还是念了一下旧情。

　　卓青沉默不语，他明白关寻的意思。他们这些对北斗学院有了解的人都知道，北山新院，居住在这里的基本可以说是北斗学院最末流的学生。新人们初来，住在这片无可厚非，但在这里住得越久，那就越显得有些不济了。

　　能进北斗学院的，那都是些自命不凡、骄傲的主儿。眼见申无垠这个已经来北斗学院整整三年的老生竟然还在这北山新院厮混，关寻自然就有些看不起了。尤其他们刚入护国学院时，这申无垠刚好护国学院四年级，被誉为学院最强，这种实力，少不了人嫉恨，结果现在……

"啧。"关寻忍着没说不中听的评价，却还是连连摇头，表现了一下自己的惋惜和不屑。

"我们一定要争取尽快离开北山新院。"易锋说道。

"最快的机会，就是之后的七星会试。"罗勤说。

"所以，这期间，我们最好还是抓紧时间修炼。"易锋这样说道，却看向卓青，话里的意思其他人都听明白了。他是希望他们先不要在路平身上耽误时间，先在七星会试上拿到一个好成绩。

"好。"卓青点了点头，没有多说什么。看着那三人露出欣喜的神情，然后又看了一眼最后一位，一直没有说什么的于然此时眼中闪过几分鄙夷。

五人说话间就已经转入院内，结果偏偏这么巧，正撞到路平和子牧两个。这两人早一点儿回了一院，眼下还在院中站着。眼见大院里一圈房屋，两人不知道该去哪里。

"喂，你们两个。"之前一直没说过话的于然大步流星地迎了上去。其他四个一愣，刚刚约好先不要去找事，这个家伙怎么……

不过一想到路平现在也没有魄之力，那么于然无论做什么，都没什么大碍，只要他不要太过火。

想到这儿，四人不由得扫了一眼四下。他们在这里已经住了几天，但是听申无垠的意思，这里发生的一切也都逃不过四大学院的眼睛。暗中注意着他们举止的人，究竟是在哪里呢？为何他们从来都没有察觉到过？

这半会儿的工夫，于然已经到了路平、子牧面前。

"不知道该住在哪里吗？"于然从二人表现出来的迟疑猜出了他们的问题。

"对啊！"子牧欣喜应对。东都那边的人他都认得，玄军帝国这边的他又哪里会识得。眼见这人虽然凶巴巴的，但毕竟是在对他们二人的处境表示关心，子牧心中还有点儿高兴，他当然希望他们不要那么被排斥。

"这位大哥，我们两个今天才过来这边，应该住在哪里呢？"子牧打听道。

"迟来的，当然是那里。"于然伸手一指，道。

那里？

子牧抬眼望去，卓青他们四个却已经笑出声来。

那里根本不是什么住处，只是大院角落的一间破柴房，房里堆放着一些无用的物品。

于然一脸理所当然地看着路平和子牧："废物嘛，当然就应该住在那里了。"

子牧发怔。在看到那边的破柴房时，他还以为自己看的方向不对，但在听到对方这句充满侮辱的话后，自然明白对方就是存心羞辱他们来了。

子牧心中愤怒，但又无可奈何，这样的羞辱，在东都他就体会过不止一次。虽然他在天武学院还算优秀，但始终是东都十三院学生们鄙夷的对象。对他这种天武学院所谓的优秀学生，那些家伙尤其喜欢变着法儿地羞辱。

"那里，怎么能住人呢……"明知对方是在羞辱自己，子牧却只能这样应道。这样的情景，他已经不知道经历多少次了。

"怎么不能住人……"于然佯怒道，他还打算继续借题发挥，谁想接着话就已被打断。

"那就住吧。"路平说道，拉着子牧朝那间破柴房走去。

五人都愣住了，连子牧都觉得不可思议。他是当弱者当惯了，可是路平，竟然也能忍受这样的屈辱？

"你……"子牧看着路平，心想路平心里一定难受得不行，顿时不知道说什么好。他只恨自己实力太弱，以至于从来都无法帮到路平什么。

"我怎么了？"谁想路平却真的和没事人一样，听子牧只说了一个字，随口就接着问道。

"他们欺人太甚。"子牧说道。

"唉，没办法，现在打不过。"路平说。

"唉，你这样让我说什么好呢？"子牧有些无语。

"所以只好住这里了。"路平说。

两人真的就到了这间破柴房前，一推门，不知积沉了多久的灰尘顿时呼啦啦地落下来，一股潮湿腐败的气味迎面而来。子牧差点儿就吐了，路平却是神情自若，在卓青五人目瞪口呆的注视中，迈步就走了进去。

"东西有点儿多。"进屋后的路平说道。

"这个是重点吗？"勉强跟进来的子牧掩着鼻子，不住地咳嗽着。

"要收拾一下呢！"路平说。其实他并不觉得这有多糟糕，比起他生活了十多年的，只头顶高处有个巴掌大气孔的石室，这算得了什么？

"何止是收拾。"子牧说。

"子牧。"路平的口气忽然变得无比郑重，目光从柴房的破窗向外望去。

子牧也从那儿向外望去，就见窗外卓青五人一副幸灾乐祸的模样，正和过往的其他新人指着这边介绍呢！

"我知道！"子牧的神情也变得郑重起来，"今日的屈辱，他日必将十倍奉还！"

是的，路平怎么会无所谓？他只是故作平静，想让我觉得好受一些罢了。子牧心想。

"不是。"谁知路平却摇了摇头，"我是想说，兔子，我们忘了拿回来了。"

"对哦！"

子牧顿时跳了起来。

"这么重要的事怎么能忘了，赶紧去拿！"他说完，就和路平匆匆从破柴房里冲出，然后在所有人惊讶的注视中，火烧眉毛般地从一院冲出。

比起阮院士交代给他们的兔子，那几个小角色带给他们的屈辱算什么？这一刻，子牧忘了方才心里的难过，和路平一起向天权峰那边飞奔。

第 |325| 章
五院

新的一天。

第一缕阳光刚刚穿过山缝照进七星谷里，北山脚下的北山新院立即就热闹起来。

新人们初到北斗学院，不敢有丝毫惰性。至于二院、三院、四院这些在新人面前可以算是旧生的北斗学生，却是没有资格懒惰。他们处于北斗学院的末流，若长期无法取得被学院认可的进步，堂堂北斗学院，可不是只进不出的。

如此一来，从一院到四院，越往后，意味着来北斗学院的时间越久，学生的心情也就越发沉重。至于连排居东，最末的第五院落，相邻的四院老生个个都仿佛躲避瘟疫一般远远地避着。

第一年，一院；第二年，二院……到了第五个年头，还没有离开北山新院的，就得搬进五院。

从这一刻起，他们在北斗学院的日子，很可能就只剩下最后一个月了。因为每年新人入院一个月后，便是北斗学院的七星会试。有关七星会试有很多典故，当中有一句和北山新院最为相关。

七星会试，辞旧迎新。

新，是新人的新；辞，是辞退的辞。

每年一度的七星会试，是五院学生最后一次证明自己的机会，若再没有令人满意的表现，他们就将永远地离开北斗学院。

四年零一个月，便是北斗学院留给每位学生证明自己确实配得上北斗学院的时间。这个时间对于绝大多数人来说都算充裕，但是凡事终有例外，总还是有个别人在四年零一个月的时间里都无法突破瓶颈。而等进了五院，那就只剩下一个月的时间，很多人在进入五院的那一刻起，就彻底陷入了绝望。

五院，在北山新院的学生眼中那就是鬼门关一般的存在。四院的学生此时纵然离进五院还有一年之期，却也完全无法轻松起来。紧迫感，就数他们四院的人最为强烈了。

而一院的新人此时虽也起得很早，却还没有如此显著的危机感。相比起四院的学生，个个都显得有些慢条斯理。

卓青此时站在院内，望着角落的那间破柴房。易锋打着哈欠，来到了他的身后。

"那两个小子回来了吗？"易锋问道。

昨晚路平和子牧两个忽然急匆匆地就冲出了一院，很久也没见回来，弄得几人一头雾水。最后想来他们俩怕是到底无法忍受这样的屈辱，宁可到外面随便找个地方露宿，也不愿意住那破柴房。

谁想今天一早起来，卓青一留意那间破柴房，就立即察觉到了——有人！

如此说来，那两个家伙昨天跑出去后，最后还是回来了？还是住进了那间根本不是人住的破屋？

此时易锋问他，卓青自然是点了点头。很快，关寻、罗勤、于然也都聚集过来。五位护国学院的学生，都很在意那间破柴房。

"我去看看。"于然说着，就要向那边去。嘎吱一声，那扇破烂不堪的木门被拉开了，子牧睡眼惺忪地走了出来，伸了个懒腰后，他的身后路平也走出了木门。

"你的兔子。"路平一只手伸出，却是拎着一只兔子递给了子牧。

"是你的兔子吧？"子牧看了看路平递过来的那只。

"我的这只这里有一撮灰毛。"路平拎起他另一只手里拎着的兔子给子牧看。

"哦。"子牧显然并没有注意区分两只兔子，漫不经心地又打了个呵欠后，从路平手里接过一只，抱在怀里。

"不要总是这样拎着，感觉它们并不喜欢这样。"子牧说。

"是吧？"这次却是路平并没有留心这一点，不过他很快也学着子牧的样子将兔子抱在了怀里。

"该去给它们找吃的了。"路平说。

"我们俩还没吃呢！"子牧说。

"北斗学院应该管饭吧？"路平问。

"这个……应该吧？"子牧回答得竟然有点儿没自信。

北斗学院的传说很多很多，但是，管不管饭，这种细节好像真没有哪个传说里详细描述过。

于是两人开始观察院里的其他学生，很快就看到正敌视着他们的卓青五人。子牧现在也已经听路平说了这五人敌视他们的缘由，自然不会再上去套近乎。想来这帮家伙也不敢在光天化日下做出什么过分的举动，所以子牧理都不理会他们。他观察其他学生，很快发现吃上早点的学生大多是从院外归来的。

子牧随便找了一位一问，便知道了北斗学院是有饭堂的。于是他招呼着路平就要过去，这时院门外却迈步进来一人，那人铁塔般的身子往那儿一站，整扇院门都被他挡住了。所有新人看到这一幕，起身的起身，行礼的行礼，对刚进来的这位礼数有加。

"纪师兄早。"声音从院里的每一处传来，甚至有人急急从房间里跑出来，向这位纪师兄问好。

纪师兄一脸严肃，瞪着双眼，目光慢腾腾地在院里扫了一圈，却没有回应任何一位新人，而是突然厉声叫道："路平、子牧！"

这一声厉喝，让很多人都是一哆嗦。被点到名的子牧，更是险些没抱住怀里的兔子，情不自禁地紧张、畏惧起来。他看了一眼路平后，怯生生地又望向纪师兄。

"我是路平。"路平回答道。

"我……是子牧。"子牧开口，发现自己的牙齿竟然有些打架。

纪师兄瞪着两人，对子牧畏惧的神色似乎比较满意，而路平平静的模样则让他忍不住皱了下眉。

他冷笑了一声，指了指两人，道："你们两个，收拾东西。"

"啊？"子牧疑惑。

"我们没有东西。"路平说道。来北斗学院的新人，大多都有自己的行李，只有路平孑然一身，而子牧压根儿没以为自己会留在北斗学院，所以也没准备行李。两人都是两手空空地就进了北斗学院。

"没东西？那怀里的是什么？"纪师兄的口气越发严厉起来。

"是兔子。"依旧是路平回答。

"谁允许你们带这种东西到新院来的！"纪师兄右手一抖，一根竹鞭从袖中滑到他的掌心，他随手拎起，将那根竹鞭在他的左手掌心中敲得啪啪作响，等待着路平的回答。

"阮院士？"路平的口气有点儿不确定。因为阮青竹只是交代他们两个要养兔子一个月后再还给她，这当中是不是包含可以将兔子带来北山新院里养，路平不太敢肯定。

但是纪师兄的动作就这样停了，像卡壳了一样。路平口气中的不确定他听出来了，但即便如此，他也不敢去捉路平的话柄。交给这两个小鬼兔子的居然是阮院士？那还是不要再在这两只兔子上纠缠的好。

纪师兄微微定了定神，竹鞭扬起，点了一下路平，又点了一下子牧。

"你们两个，搬去五院。"

"什么？"路平没什么反应，但五院的来头子牧是清楚的。他们两个人居然要搬去五院，这是什么意思？是要像五院的学生一样，一个月……不，现在已经不到一个月了。在不到一个月的时间，他们就有可能要被赶出北斗学院了吗？

院里的其他新人也都十分惊讶，刚入院的新人被分去五院，好像从来没有听说过这种事啊！虽然如此，却还是没有人出声，整个院里都是静悄悄的。过了一会儿，才有人脸上露出幸灾乐祸的神色。

"怎么，还不服？"纪师兄冷笑道。

"一个没有魄之力。"他扬鞭指了指路平。

"一个还不到贯通境。"他扬着竹鞭又指了指子牧。

"让你们去五院，已经是很大的仁慈了好吗？至少，你们还有二十六天的时间。"纪师兄摆出一副施舍的样子，说道。

不归路

啪。

子牧这次是真没抱住手里的兔子。兔子跌到地上，打了个滚后，起身蹦蹦跳跳，看起来很欢乐。此时的子牧，心里却异常难受。

他知道自己没什么天赋，所以对未来没有抱过太多期待，只想凭着修者的身份，日子能比绝大多数普通人过得优越一些，这就已经足够了。

但是北斗学院一行，让他一下子对未来有了幻想。他之前怎么也没想过自己居然可以通过北斗学院的新人试炼，所以无论在北斗学院里遭受什么，他都不会真的在意。能站在这里，对他来说就已经是无法想象的幸福了，这是他做梦都没有梦到过的机会。

但是现在……

一个月——不，准确地说是二十六天。在北斗学院的时间，还有二十六天。

二十六天，自己能做到什么？

完成贯通？

子牧苦笑。先不说能不能做到，即使做到了，单魄贯通，这是一个可以说服北斗学院的水准吗？在可以说是北斗学院实力最差的北山新院这边，有几个人是单魄贯通这种境界的？

初晨的阳光，让子牧觉得有些刺目。他刚刚才有的幻想、期待以及希望，在刹那间就湮灭了。他就好像一直躲在阴暗处的小雪人，阳光一到，就立即融化了。

都结束了。

失望、绝望充斥在心间，子牧呆呆地站在那儿，如同傻了一般。这时，一道身影忽然站到了他面前，刺目的阳光一下子都被遮住了。

"你的兔子掉了。"

路平将从子牧怀里摔到地上的兔子拎到了他面前。因为子牧说过拎着耳朵不太好，所以这次路平拎了兔子的一条腿，这让兔子更加难受，不住地挣扎着。路平有点儿失措，微微皱起了眉头。

这家伙，都这个时候了，还在意什么兔子啊？眼下我们的境地，和被护国学院的几个家伙羞辱、敌视可完全不一样啊！

此时的子牧真是连苦笑都笑不出来了，路平却还若无其事地将兔子拎到了他的面前。

"你最好快点儿抱过去。"路平说，"我看这个样子，它好像也不怎么舒服。"

子牧愣愣地接过兔子，然后看到路平朝他笑了一下。

"你这家伙！"纪师兄这时可是相当不爽的。这个叫路平的，一副对他的话不以为意的样子不说，居然还拿后脑勺对着他。

纪师兄挥起了手中的竹鞭，重重搭上了路平的右肩，而后贴在了路平的右脸。

"马上搬去五院听到没有？是想让我抽烂你的头吗？"纪师兄喝道。

路平转过身，极其自然地，那竹鞭就从他右脸旁边移开了。

"是。"路平简洁地应了一声，依然没有露出什么表情。

而后他转过头，招呼起了子牧："我们走吧！"

走吧，只能走吧。

子牧知道也不会有什么改变，点了点头后，默不作声地跟在了路平的身后。

子牧这颓废、绝望的神情，让纪师兄觉得有些痛快，但是那个路平淡定的模样却让他觉得有一股邪火无处发泄。

纪师兄严厉的目光飞快地在一院内扫视着。正在为路平和子牧的遭遇感到惊讶或是幸灾乐祸的新人发现这找事的目光后，连忙收起各种表情。一些人故作自然地就想退回房间里，以便逃过纪师兄的目光。

但是纪师兄雷鸣般的声音紧接着就已经在院子里响起："你、你、你，还有你！你们四个，我有没有说过不许将汤汁洒到地上，是想我们打烂你们的头吗？"

竹鞭挥舞着，瞬间点出了四名新人，释放了他的那股邪火。新人们纷纷缩头缩脑，不敢有半点儿反抗。他们已经在这里住了四天，纪师兄的为人早就领教过了。

院里不得安宁，院外的一些新人自不会上赶着去触霉头，纷纷像没事人一样的就在院外晃荡着。然后，他们就看着路平和子牧两个，一人抱着一只兔子，向北山新院的最东头走去。

最东边……那是太阳升起的地方，结果，却是自己在北斗学院的终点。

子牧望着最东头那寂静无声的五号院，心情低落得不行。走在前边的路平却在这时忽一转，变了方向。

"欸？"子牧惊讶地叫了声，路平回头。

"去哪儿？"子牧问。

"吃早饭啊。"路平说。

"早……早饭？"子牧抬头望了望，路平新换的方向可不就是北山新院饭堂的方向吗？这方向还是自己刚刚在一院向人打听到的。只是现在，他哪里还有心情吃饭？这路平，怎么这个时候还想着吃早饭呢？

不只子牧，院外的好多新人此时可都有点儿佩服路平。他们虽然没进院，可院里发生的事听得很清楚。这两位就要被派去五院了，结果路平还不慌不忙地惦记着吃早饭？

这家伙，是傻瓜吗？

所有人都忍不住怀疑，包括子牧，他真的弄不清楚路平的心里究竟在想些什么。

"我没什么胃口，你去吃吧！"他说道。

"好吧。"路平点点头，自己就去了。

"欸……"子牧郁闷，这家伙还真就自己去了？就不能像个正常的可怜人一样和自己抱团取暖、互相安慰吗？他去吃早饭，难道要让自己先去五号院？

子牧向东头又看了看，发现自己实在没这个勇气。

"我还是去吃吧。"他叫着，连忙又追向路平。

"你又有胃口了？"路平说。

"陪你而已。"子牧说，其实是他自己现在需要人陪。

"我不用陪。"路平耿直地道。

"哥，求你让我陪你。"子牧想哭。

"好吧……"路平只好同意。

饭堂。

子牧确实没什么胃口，虽然也随便拿了个面饼，但嚼在嘴里只觉得比路平在瑶光峰上采来的野果都要难吃。

想想那几天，虽然做着被人故意刁难的事，吃着涩到极点的野果，但是心中终究怀着无限的希望。可是现在呢？一想到这儿，子牧嘴里的面饼越发苦涩了。

"吃完了吗？"路平已经神色如常地用完了早餐。

"好了。"子牧扔下了面饼，他也只勉强咬了三口。

路平看了一眼子牧剩下的面饼，没有说什么，抱好兔子，起身。

"走吧，去五院。"他说道。

刹那间，无数的目光聚集过来。

在饭堂用餐的学生都还不知道一院里发生的事，此时听到路平和子牧两个竟然要去五院，从一院到四院，所有的新人、旧生，包括负责制作饭堂食物的北斗门生，目光统统聚集了过来。

五院？

所有人在心中嘀咕着，看着路平和子牧两人走出了饭堂。不少人索性跟出来看，结果看到两人竟然真的是朝五院的方向走了去。

"他们去五院做什么？"有人疑惑地问道。

"是那两个小鬼吗？"这时，一名四院的老生忽然说道。

"嗯？"有人不明白他这话的意思。

"没有了魄之力，和境界很差，不到贯通境的那两个新人小鬼。"这名四院老生说道。

"对，是他们两个。"立即有一院的新人出来证实了路平和子牧的身份。所有人望向这名老生，他似乎知道点儿什么。

"所以说喽，"老生一脸"那还用问"的神情，"没有魄之力，不到贯通境，这样的水准，有什么资格留在北斗学院？"

"可没有魄之力是因为昨天晚上的意外，至于不到贯通境，但终究也通过新人试炼了啊！"一名新人说道。

"哈哈哈。"那名四院老生大笑道，"新人试炼，那不过是跨入北斗院门的第一步而已。只凭这一步，你以为就可以在北斗学院里站稳，或者是迈出多远吗？快点收起你们的天真和幻想吧！布满荆棘的严苛道路这才刚刚开始呢！"

新人们听到他这教训，顿时都沉默了。他们当中是有许多人在通过了新人试炼后就期待起了美好的未来，觉得自己的前途已是无限光明，但是现在看来远没有那么容易。接下来的日子他们稍有松懈的话，很有可能就像那两个家伙一样。

新人们看着路平和子牧走向五院的背影，纷纷露出一脸引以为戒的神情。在清楚五院是个什么地方的人眼中，路平和子牧踏上的，可是一条不归路。

这时，饭堂里冷不丁地就有声音接着那名老生的话响起。

"老寒，那条布满荆棘的路，你走了几步啊？"

"哈哈哈。"笑声顿时在饭堂里响起。

四院老生，此时距离五院也只一年之期。作为三年都未能离开北山新院的人来说这番话，确实非常欠缺说服力。

但是听到这话的四院老生，也就是被称为老寒的这个家伙，却没有露出羞愧的表情。声音是从哪里来的，他判断得出，但他没有去找。他只是笑了笑，淡淡地道："那倒也是。坐在这个地方的人，谁也没资格去教训别人。"

饭堂里的笑声顿时止住。

是啊！虽然四院老生处境不佳，可是三院、二院的又能强出多少呢？无非是五十步和一百步的区别。但凡是还留在北斗新院的，那就已经落后于北斗学院的其他学生了。在这里，确实谁也没资格出来说教谁，大家统统该去做的，除了努力，只有努力。

至少他们还有机会。至少他们还没有沦落到五院。

◆ 第 |327| 章 ◆

五院的有钱人

北山新院，五院。

路平和子牧走到了院门外。子牧神色不安，路平平静如常，看到院门关着，伸手就要去推。

"等等！"子牧连忙叫道。

"嗯？"路平扭头看他。

"让我整理一下心情。"子牧说。虽然一路走来他一直在调整心态，但他到底还是没办法做到像路平那样，北斗七峰崩于前而色不变。

路平停下不动，看着子牧在那儿深呼吸。

周围四院、三院、二院甚至一院的人，也在远远地看着。两个新人被直接发往五院，这个消息已经飞快地传遍了北山新院。

"好了吗？"等了好一会儿，路平问。

子牧咬了咬牙，知道无法逃避，知道终究还是要面对。他闭上了眼，使劲点了点头："走吧。"

吱。

院门被路平推开了，他毫不迟疑地便走了进去。子牧在路平身后又磨蹭了一会儿，这才跟着走了进去。两人一起站在院子里，四下张望起来。

和一院比起来，五院在构造上没有什么不同，只是要小很多。院里空空旷旷的，一派荒凉的景象。两人看了一圈，没见到人，围在三面的房屋，也看不出哪间是有人居住的。

"有人吗？"路平喊道。

吱的一声，背北朝南那排房屋，正对着二人的一扇窗被推开了，一张睡眼惺忪的面孔凑到窗前。

"谁呀？"那人努力睁开眼，看着二人。

"新来的。"路平说。

"嗯？"那人好像一下子也精神了些，对于这个时间居然有人被发来五院显然也有些意外。

"哪来的？"他问道。

"一院。"路平说。

"这么嚣张？刚入学院就被发来五院了？"那人的睡意似乎彻底消失了，瞪大眼瞧着二人。跟着没等二人回答呢，他自己就嘟囔出来了："没有魄之力？感知境？"

"你俩是怎么混过新人试炼的啊？"那人看着二人，露出几分佩服的神色。

子牧神色尴尬地望向路平，不知道怎么回答。那人的脑袋却已从窗口消失，很快房门打开，就见他一边提着裤子，一边噔噔噔跑到了两人面前。

"还真是。"他似乎又感知确认了一番。

"我叫孙迎升。"来人一只手抓着裤子，另一只手指了指自己后，说道。跟着他的手挥舞过来，拍了拍二人的肩膀："这一个月，就让我们好好相处吧！"

"好的。"路平说。

"等离开了北斗学院，如果没去处，可以跟我混。"一只手还在拎着裤子，眼屎都没擦干净的孙迎升，居然摆出了一张骄傲脸。

孙迎升？孙迎升？

子牧在脑海里反复念叨着这个名字，这名字很熟，可他一时间却怎么也想不起来。他可以肯定自己一定是听过这个名字的，只是眼下的遭遇让他的大脑有些混乱。

"你们自便吧，我还得再睡一会儿。"和两人打完招呼的孙迎升，转身就要回他的房间。

"我们应该住在哪里？"路平问道。

"随便啦！加上你们五院一共也就六个人，房间有的是。"孙迎升头也不回地说道，不大会儿就已经走回他的房间，关门、关窗。院里瞬间就又恢复了之前空旷、宁静的景象。

"孙迎升！"子牧此时突然惊叫着跳了起来。

"怎么？"路平愣住了。

那刚刚关上的窗，又一次被推开，孙迎升的脑袋又探了出来，他道："干吗？"

"孙家的那个孙迎升？"子牧继续惊叫道。

"还能有哪个孙迎升？"孙迎升反问，"如果只是惊讶的话，我就接着睡了。"

"打扰打扰。"子牧的口气顿时变得恭敬起来。

"什么人？"伴随着窗子关上，路平问道。

"有钱人。"子牧说道。

"哦？"

"孙家是这个大陆最有钱的家族，比三大帝国的皇族还要有钱也说不定。孙迎升就是孙家这一代的长子，未来家主的第一候选人。"子牧语速极快地介绍道。

"哦。"路平点了点头表示了解，却没有发出多大的惊叹。对钱这个东西，他的概念并不深刻，要说对钱切身有体会，那还得是从峡峰城到北斗学院这段逃亡生涯里才有的。但是身无分文、开始跑路的他也没有因此产生多少局促，他对物质的要求实在很低。

对于路平这种不表示惊讶的态度，子牧也见怪不怪了，他不知道到底什么才能触动路平的神经，让他流露出强烈一点儿的情绪。

"挑房间吧！"路平说道，但事实上他也没有挑，只是很随便地走了个方向，然后推开了一扇门。

房间不大，落满了灰尘，不知有多久没有人居住了。从一院到五院，人数从来都是递减的。大部分很快都会搬离北山新院，一直停留，乃至搬到五院的人是极少的。孙迎升刚刚也说了，算上路平和子牧，眼下也只有六个人。也就是说，当初那一批的新人，只有四人眼下面临被踢走的危机。这个退学率还是很低的，毕竟能进入北斗学院的没几个平庸之辈。

路平很随意地就选好了房，至于子牧，眼下哪还有心思在这上面挑挑拣拣，很顺手地就住到了路平的隔壁。路平里里外外地开始打扫房间，子牧却没这个心情，躺在满是灰尘的床上，发了整整一个上午的呆：想自己在天武学院的过去，想自己刚到北斗学院山门，在那群英荟萃的新人堆里的震撼，再到认识路平，到得知通过新人试炼那一瞬间的惊讶和激动……

这一切的发生才不过几天，而对子牧来说，这几天无论发生了什么，无论尴尬还是难堪，他的心底都是雀跃的，因为他加入了北斗学院。

而现在，激动和欢喜他尚且没有消化，却就已经结束了。子牧想着，眼泪不由得就流了出来。

当当当。门响了。

"谁？"子牧慌忙擦拭了一下眼泪，叫道。

"该吃午饭了。"路平叫道。

"我……来了。"子牧本来想说自己不想吃，可是又一想，自己总是这么一副意志消沉的样子给谁看呢？加入北斗学院，本就是他意料之外的惊喜，自己没这资格，这不是早就已经有过认识的事吗？现在不过是回归平常，自己哪来的回哪儿去，在这儿唉声叹气的，实在太不大气。

子牧用双手用力地拍打了一下自己的脸颊，从床上跳下来。他决定洒脱一些，哪怕是装的。

"来了来了。"他大声说道，跑去开了门。路平正在门外等着，看他出来，就朝院外走去。

"你还带着兔子？"子牧看到路平怀里的兔子。

"这样放心些吧？"路平说。

"呃……"如果是在一院，子牧也会担心有些坏家伙对他们的兔子使坏，可现在他们都到了五院，还用在意这一点吗？

虽然心里如此想，但是子牧也还是回去将他的兔子给抱上，和路平一起去了北山新院的饭堂。

正赶上饭点，饭堂里热闹非凡。但在二人走进饭堂的一瞬，饭堂里的喧闹明显停顿了一下，所有人的注意力都投到了二人身上，紧接着，话题一致地转向了对二人的议论。

子牧的鸣之魄是六重天境界，听到了不少内容，但眼下他没心思去理会别人对他们的议论。两人去打了饭，找了张没人的桌子坐下。周围的人无所顾忌地围观着二人，对他们指指点点。

"喂！"正在这时，一人端着饭盘，落座到了二人身边。路平和子牧抬眼一看，是和他们同期的新人营啸。他的事迹在新人里也很抢眼，新人试炼时直接击败了引路的玉衡峰门生，引星入命时引发异象，显露出了极强的实力。

两人一起望着营啸，不知道他想干什么。这人的性子极其火爆，可不像是会来嘲笑两人的人。

敢不敢这样

"五院那边怎么样啊？"营啸一边朝嘴里填了一口饭菜，一边问道。

这算什么问题？奚落吗？这人竟然也这么无聊？子牧有些鄙夷，顿时不想理会。眼下的他倒也什么都不怕了，有点儿破罐子破摔的意思。

"比一院好些，有空房间，人少，安静。"路平一本正经地回答道。

"哈哈。"子牧觉得路平这样正经地回答，倒是非常能让这种奚落他们的人无语，顿时苦中作乐，笑出声来。

谁想营啸却对路平的回答点了点头："那真不错，我也要搬过去。"

"什么？"子牧以为自己听错了。

"既然有更好的环境，干吗不住？"营啸说。

子牧目瞪口呆，不知道该说什么，居然有人主动要搬到五院来住？

路平点了点头，说："那就来吧！"

"收拾东西去。"营啸说道，端起餐盘就又走了。

子牧半天回不过神，路平却在神色如常地继续吃饭，吃完就走，好像什么事也没发生。

"那家伙，居然主动要来五院？"回去的路上，子牧忍不住要和路平讨论一下。

"是啊。"路平说。

"真不知道他在想什么。"子牧说。

"有足够的实力，在五院也无所谓吧？"路平说。他现在也清楚五院意味着什么了。

"这么说的话，也是。"子牧想了想，道。营啸那可是新人试炼就彻底击败北斗学院老生的人，从这来看，他就完全有资格被北斗学院认可。住在五院，对他来说自然也就不是什么压力了。

一想到这儿，子牧忽然又心念一动。路平的实力，那也是没问题的，只是因为魄之力在被那命星砸过后没有了。路平这么平静，是不是因为他清楚自己的魄之力很快就能恢复？

如果是这样的话，那真是太好了。子牧没有多余的想法，只是单纯地为路平感到高兴。路平当然比他有资格留在北斗学院，毫无疑问。

"你的魄之力什么时候能恢复？"子牧随口问道。

"不知道啊！"路平说。

"不知道？"子牧愣住了，原来自己猜错了吗？路平也在前途未卜的情况下，但他还是这么从容。

"那要是到时候都不恢复怎么办？"子牧急问。

"那……应该就会被北斗学院赶走吧？"路平说。

"什么应该，那肯定啊！"子牧说。

"那个有钱人说，离开北斗学院的话可以跟他混，他那边是做什么的？"路平问。

"哥，你还真考虑啊！"子牧说。

"他这样说啊！"路平说。

"你对北斗学院，真就这么无所谓？"子牧说。

"无所谓。"路平说。

"我……服了。"子牧说。他是真服了，路平这简直就是看破一切的世外高人啊！

正说着，两人就看到一行五人从一院那边正朝他们两人走来。近些才看清，正是护国学院的五位新人，将两人挡在了五院门外。

"你们想做什么？"子牧一点儿都不示弱。

"没你事。"对方却看都不看子牧，只是望向路平。

"了不起啊，新人直接进五院，这在北斗学院历史上可是空前的，估计也会绝后。"五人中的易锋一脸嘲讽地说道。

"不会。"路平说。

"什么不会？"易锋一愣，路平的这个回答让他摸不着头脑。

"一会儿就会有人来了。"路平说。

"来什么？"易锋还是没反应过来。

"来五院。"路平说。

五人面面相觑，这路平，是不是傻了？

而这一本正经的回答，也让发出嘲讽的易锋很难受，有种拳打到空处的感觉。

卓青对这样的口舌之争没多大的兴趣，只是踏前一步，逼到了路平的面前。

"这二十五天，就是你的余生了。离开北斗学院那天，就是你的死期。"卓青说道。这话绝非恐吓，而是他们的真实用意。在北斗学院里下手终归还是麻烦，但路平现在被赶到了五院，那么他们一点儿也不介意等过完这段时间再去北斗学院外处理了路平。

"你以为死亡才是最可怕的吗？呵呵，好好体会等死的日子吧！"于然冷冷地说道。这正是他们的计划，发出死亡通知，让路平在煎熬中度过这二十五天。

"呵呵。"路平却不以为意地笑了笑，这是真正的不以为意。

"早就等过了呢！"他说道。他从记事起，就是活在等死中呢。

"还嘴硬。"于然他们哪知道这些，自以为是地继续嘲笑道。

路平不理会他们，迈步就要从他们身边绕过回院。

"你这小子！"于然有些恼怒。他们和路平本没什么私怨，只是出于帝国的立场，一定要除掉路平。但是路平对他们总是不以为意的无视态度，屡屡让他们恼怒不已，否则他们何至于还要过来发什么死亡通知来折磨人？他们就是看路平不顺眼，想他多受些煎熬。

结果，路平对此也同样不以为意，而且表现得特别真实，让他们都不由得信了。

然后，就是再度无视。

于然彻底忍不了了，盯着绕过他们身边的路平，抬腿就是一脚。

"别！"卓青话出来时，已经迟了，于然这一脚准确地踹中了路平。没有了魄之力的路平自然没能力躲过这一脚，顿时直接撞开院门摔了进去，扑倒在地。

其他人惊慌失措地打量着四周。于然忍无可忍动手，虽然没有直接取了路平的性命，但是这行为，不知放在北斗学院眼里会怎样。

"路平！"子牧叫道，已经追了进去。卓青他们五人对子牧是不理会的，此时四下扫了一圈，果然看到纪师兄在瞪着他们这边。五人心里顿时有些慌乱，踢出那一脚的于然更是后悔不已。谁想纪师兄突然神情一变，竟然咧嘴朝他们笑了笑。

纪师兄也不待见那个小子。五人一看，这还有什么不明白，顿时大喜过望。这一脚看来就是白踢了，只是不知道追进去再狠揍路平一顿的话，会怎么样呢？如果也是这样无视处理的话，那这二十五天可有得乐了啊！

五人心中正踌躇，不知道这样得寸进尺有没有问题，院里面，摔在地上的路平却是趴到了一人脚边。路平撑起身，先抬头看了一眼，一名面色苍白的青年搬了张竹椅正坐在那里，也正低头看着他。青年手里摆弄着一张纸，竟然是在……折纸。

"这么不给力啊，老兄？被人踢进来的？"那青年看着路平说道。

"没办法啊，没有魄之力。"路平起身，回应道。

"哦。那你有魄之力的话，敢不敢这样？"那青年说道，双手将那手中的白纸一搓，顿时卷成细细一根纸管，抬手忽然向外面一甩。

正从门外跑进来的子牧，顿时就觉得似有一道劲风从脸旁飞过，划得他脸生疼。

院门外，于然睁大了眼，瞪着院内。

他正在为那一脚感到痛快，和兄弟们商量着要不要冲进去接着狠揍路平一顿，忽然就见一道白光飞来。他还没看清是什么东西，就觉得脑门一痛，像被针扎了一下。

怎么了？

于然想说话，张了嘴，却没能出声，他发现眼前的景象突然蒙上了一层殷红。

搞什么鬼？他还在想着，他的身旁，其他四人却都已经见鬼一样吃惊地看着他。

于然的脑门赫然多出来了一个洞，鲜血不断渗出，瞬间已经模糊了他的视线。于然不解地看着他们四人，向后倒下。

"于然！"四人惊叫道，却没人敢上前去扶。四人一致地向旁边一跃，先躲开了那个门口。

这是什么情况？

这可是北斗学院啊！光天化日之下，一个新人就这么被干掉了？

四人面面相觑，心乱如麻，完全不知道这到底是怎么一回事。

第 329 章
五院的人

来自玄军帝国护国学院的卓青四人，此时全都闪到了一旁，下意识地缩着身子，一副如临大敌的模样，齐齐望着已经倒地的于然。

于然的身子抽动了两下，就彻底没了动静。

死了……真的死了！

额头的洞他们看得清楚，运用魄之力的感知也发现于然确实没有了生命迹象，但是他们还是不敢相信。

这里可是北斗学院，怎么可能抬手就杀人？如果真能这样，那么路平早在进入北斗学院的山门时就是一个死人了。

四人目瞪口呆地愣了那么一会儿，终于想起了什么似的，齐齐扭头寻找着什么。

纪师兄！

他们在找纪师兄。

北山新院这边是没有导师指导修炼的，被老生们称作纪师兄的这位就是这边的话事人。眼下这种事，那自然就该交由纪师兄来处理。

可是刚刚还在兴高采烈看着他们收拾路平的纪师兄，此时竟然就不见了。那边只有一大片空地，真不知他是施展了什么异能才能让自己这么快就消失的。

四人顿时都没了主意，五院的院门依旧敞着，那是于然一脚端飞路平时撞开的。印象里，撞开的院里好像坐着一个人？就是那个人吗？那个人是谁？

四人就是再想知道，也不敢凑上前，只好缩在一边。

"我去找申师兄！"四人中的关寻突然说道，转身就朝四院跑去。

就在昨天晚上，关寻在人后还直呼申无垠的大名，对这位在北山新院待了三年的护国学院师兄有些鄙视。但是现在，关寻遇到了处理不了的棘手状况，申无垠顿时又成了申师兄，他上赶着就贴上去了。

"我和你一起去。"易锋叫道。去找谁并不重要，重要的是快些离开这里。

两个家伙一前一后都已经跑了。罗勤脸色惨白，望着一旁似乎并不准备离开的卓青，心里七上八下的，暗骂那两个家伙机灵狡诈，自己的反应居然慢了。现在继续用这个借口逃开就有点儿不合适了，他只好硬着头皮和卓青共同进退。

五院里。

子牧被那飞出的纸管划过了脸庞，一时愣在了原地。等他回过神来扭头去看时，就见于然额头冒着血，而后倒下了。

这是……直接把对方干掉了？

子牧当时腿就软了，有夺门而出的冲动，却怎么也挪不动脚。然后他就听到竹椅上的那个家伙冲着自己道："喂，那个小鬼，你进来怎么不关门啊？"

关门？啊？关门？

子牧愣是想了好一会儿才反应过来关门是什么，手忙脚乱地回身把被路平撞开的院门给关上。再望向那人时，他终于从路平脸上也看到了惊讶的神色，路平，终于变脸色了！但是此时的子牧已经无暇顾及这一点了。

"嗯。"那个人看到子牧把门关好后，点了点头，然后，一道血线像小虫一样从他嘴角爬了出来。

"你在吐血啊？"路平看见说道。

"没有啊！"那个人不张嘴，像嘴里含着什么东西似的说道。

"还说没有？含了一嘴的血吧？"路平说。

"哇！"那个人终于张嘴，身子向前一倾，一大口鲜血顿时喷出，洒了满地。本就面色苍白的他，脸上顿时连一点血色都没有了。一抹痛苦的神色从他脸上一闪即逝，他重新直起了身子，靠回了竹椅上，长出了口气后，说道："取人性命，辛苦得吐一口血也没什么吧？"

"你的脸色不好。"路平说。

"因为我刚刚累到吐血啊！"那个人说道。

"怎么称呼？"路平问。

"霍英。"对方说。

路平看出霍英此时明显有些疲惫，于是闭嘴不再多言，子牧这时也壮着胆子慢慢走了过来。看看地上吐的鲜血，看看面色惨白的霍英，然后又望向路平，他一点儿都想不明白这到底是个什么情况。

吱！

门响了，早上和两人打过招呼的孙迎升伸着懒腰从房间里走了出来。他正张大嘴打哈欠，忽然抽了抽鼻子，然后一眼望向这边，迈步走来。

"又吐血了？"他一边走，一边问道，那口气，就像在问"吃了吗"似的。

"好久没吐了，有点儿怀念这种感觉。"靠在竹椅上的霍英说话都是有气无力的，偏偏还是一副很享受的样子。

孙迎升这时也走到了他身边，看了看地上，忽然又抽了抽鼻子，目光投向院门。

"你还吐到那么远了？"他问。

"你闻清楚了，那是我的血吗？"霍英说。

孙迎升还真的又认真抽了抽鼻子，而后确定地道："原来不是。"

随后，孙迎升望向路平和子牧，道："你俩别傻站着了啊，把这里打扫一下，快点儿。"

子牧傻眼了，着实跟不上这事的节奏。

这时候还是路平沉稳，他真的就在院里找了工具打扫起来。

"打扫得干净点儿，不然某人看到又要崩溃了。"孙迎升一边说，一边埋怨地看着霍英，"你为什么不拿桶出来？"

"临时起意。"霍英说。

"那你该吞回去。"孙迎升说。

"本来是这样打算的，但是被看出来了，不吐就不洒脱了。"霍英指了指路平，道。

孙迎升顿时用埋怨的目光望向路平，路平连忙表态："我下回注意。"

一旁的子牧有点儿抓狂，眼见路平似乎已经开始融入这诡异的氛围中，连忙也想找一下存在感。

"那什么，你刚才说的某人是谁？"子牧问道。

"是……"孙迎升刚要说，院子外面忽然传来一声歇斯底里的尖叫，刺耳至极。

"谁！是谁?！"一个尖锐的女声，就在院门外尖叫起来。

"就是她……"孙迎升一脸头痛的模样。

"是不是你们两个？嗯？"然后就听着院外的女声喝问道。

"不是，不是我们！"罗勤的声音传来，满是惊惧。

"不是你们是谁，还有谁?！"女声不依不饶地道。再然后，就听见院外传来一阵噼里啪啦的抽打声，夹杂着罗勤的讨饶声。

"门外看来被搞得相当脏啊……"孙迎升一脸听不下去的表情。

"这是……"子牧已经听傻了。

"唐小妹有非常严重的洁癖，"孙迎升说道，望向地面，"所以，打扫得再快点儿。"

"啊！"子牧听着院外的惨叫声，连忙也开始和路平一起打扫。

"你也该去洗脸了。"霍英对孙迎升说。

"是是是。"孙迎升慌忙往房间跑，同时不忘提醒霍英，"你也擦擦嘴。"

"哦。"霍英忙擦嘴。

这都是些什么人啊？子牧心惊胆战地想着。

另有原因

　　路平和子牧清理着地面上的血迹，就听得院外的惨叫一声接过一声。子牧面如土色，额头见汗，路平的思绪则是回到了很久以前，那是他开始记事的最初阶段，印象里就是各种各样不限于肉体疼痛的痛苦。那时的他也经常被折磨得这样失声惨叫，不过……

　　"这没用啊……"路平嘟囔道。

　　"什么没用？"子牧茫然地道。

　　"我是说外面的。"路平指了指外面，"这样叫，痛苦也不会减轻多少，只是浪费体力罢了。"

　　"那该怎么办？"子牧连忙求教。他开始担心接下来在五院的日子里，自己也随时有可能遭受这种待遇。

　　"分散注意力，是个不错的办法。"路平说。他那时忍受折磨，经常就会努力这样做，只可惜能让他将注意力分散出去的事物都少得可怜。直至后来遇到苏唐，他总算有了这么一个朋友，于是终于有了一点儿寄托。

　　"好……好吧。"子牧结结巴巴地说道。他想求教的是如何解除痛苦，结果路平告诉他的只是如何忍受痛苦。

　　就在这时，门外的惨叫终于止住，传来唐小妹的训斥声。被她教训的人看来还有行动力，因为唐小妹正在咆哮着让他们把院门外清理干净。

"快快快！"子牧听到这儿都急了。外面话都说尽了，人不就马上要进来了吗？可这地上的血迹还没完全清理干净呢！

吱！

院门这时已被无情地推开。一个年纪很轻，面容姣好的女孩走了进来，但是那一脸怒容，让任何人都绝无可能对她产生搭讪的心思。

"完了完了。"子牧看看地上，无论如何也来不及清理干净了。想想之前听到的那番惨叫，他连忙这就准备开始分散注意力了。

唐小妹几步就已经走到了这边，看看地上，果然很生气，但是她没有找路平和子牧的麻烦，而是指向了霍英。

"又吐血！"她指着霍英叫道。

"是啊！"霍英闭着眼睛回答。

"我给你的桶呢！"唐小妹说。

"一时情急。"霍英说道，"再说了，你给我的那桶也实在太大了点儿，携带很不方便。"

"那就是怕你不小心吐偏了。"唐小妹说。

"你是想我干脆就坐在那桶里吐吧？"霍英说。

坐在桶里吐！那桶是有多大？路平和子牧听着这边的对话，心中想着。

"要不是看你本来就快死了，真想一巴掌拍死你。"唐小妹骂道。

"高抬贵手，谢了。"霍英淡淡地说道。

霍英快死了？

路平和子牧听到这里，一起惊讶地看了霍英一眼。这么一看，气色极差、有气无力的霍英，确实像极了一个垂死之人。但是只听他说话，又有谁察觉得到这是一个生命将尽之人，顶多觉得他身体不太好，病恹恹的而已。

唐小妹这时却已经不再理会霍英，而是望向路平和子牧。看到两人卖力打扫地上的血迹，她似乎有点儿满意。

"你们两个，就是从一院直接被派到五院来的废物吗？"她问道。

"是我们。"路平点头，然后又摇头，"但不能说是废物吧？"

"被派到五院来的还不是废物？"唐小妹说。

"没准儿是有什么误会。"路平说。

"老弟，你连魄之力都没有，哪里来的自信啊？"唐小妹说。

"暂时没有，但一定可以找回的。"路平这话说得很坚定。他只是不确定需要多久而已，但他相信院长的安排，总不可能真的把他变成一个无法使用魄之力的废人。

"反正也不关我的事。"唐小妹不耐烦地说道，"总之来了五院，就一定要遵守五院的卫生条例。"

"卫生条例？"路平没听过这样的名词。

"眼不见为净。"唐小妹说。

"什么？"路平有点儿没懂。

"意思就是说，你们可以不爱干净，但是绝不能让她看到。"霍英说道。

路平和子牧互望了一眼。这个奇妙的卫生条例，霸道之余，竟然又藏了些许体贴，至少没有完全剥夺别人的自由。

"明白了。"两人点头道。

"明白就好，地上快点儿弄干净。"唐小妹说着便已经离开，转眼进了她的房间。

她这边房门一关，那边孙迎升的门就又开了。孙迎升的头钻出来左右一看，有点儿遗憾地道："早知道我就不洗脸了。"

说着，他就又回到了这边，望着路平和子牧，道："看你们的样子，似乎有什么想问的？"

"是。"路平点头道。

"你问吧！"孙迎升大度地批准道。

"你们为什么会在五院？"路平问。

"你问题抓得很关键嘛！"孙迎升对路平表示欣赏，"是因为那家伙说来五院的都是废物吗？"

"是的。"路平点头。

唐小妹方才直言不讳地说到五院来的都是废物，但如果这样讲的话，他们几个用了四年还到五院的人，岂不是比废物更差劲？看唐小妹那激烈刚猛的性情，怎么也不像是会这样自轻自贱的人吧？至于霍英，抬手就干掉一人。孙迎升背景不凡，更能从血液的气味上就把人给区分开，这不是感知境就能有的能力，肯定是贯通异能。这种异能路平没听说过，但是异能可以看破血脉的文歌成是什么地位他很清楚，孙迎升这异能或许不如显微无间，但总感觉也有几分来头。

所以，路平觉得这几人并不是因为四年都无起色，所以沦落到五院的。营啸的举动也给了他启发——也许这几人也只是出于其他原因才在五院的呢？

孙迎升的回答，马上印证了路平的猜想。

"你猜得没错，我们几个都是出于其他原因主动搬到五院的。"孙迎升说。

"我快死啦！"霍英这时睁开眼睛说道。他虽然还是那种满不在乎的口气，但是睁眼望向天空的那一瞬，神色间还是闪过了一抹萧瑟。

"而我呢，是确实要离开北斗学院了，我得回家争夺家产。"孙迎升说。他说的是"争夺"，而不是继承，但是依然说得很坦荡。

"至于那位，当然是为了干净。"孙迎升指了指唐小妹的房门。路平和子牧一想，顿时了然。五院人少，她可以眼不见为净，但若是在一院、二院那种人多且杂的居住地，她非得抓狂不可。

　　"另外还有一位，"孙迎升又指了指某个房门，"他要安静，因为那家伙喜欢白天睡觉。你们如果夜里没睡的话，可以和他多打打交道。"

第|331|章

一院来的

　　“所以说，五院实际上一个四院升上来的学生都没有？”子牧这时终于敢说话了。他发现五院里的人虽然古怪，但是似乎并不难相处，哪怕是那个让他胆战心惊的、立下“眼不见为净”的规矩的、名字叫唐小妹的师姐，也稍稍有点儿可爱。

　　“现在有两个了。”孙迎升说。

　　“我们是一院来的。”路平说。

　　“你是想让我们称赞你俩了不起吗？”孙迎升翻了个白眼。四院升上来说的也就是个意思，路平却和他在四院还是一院这种字眼上较起真来，好像这是件值得骄傲的事似的。

　　“那不敢。”路平回答道。

　　“以正规途径四年升到五院的人，事实上是极少的，毕竟这是北斗学院。”孙迎升正经地说道，口气中微微带了几分骄傲。

　　“事实上不只是五院，四院、三院，人数都是相当少的。北斗学院的新人考核，由七峰轮流负责，招进来的新人若真的那么不争气，那对负责考核新人的峰头来说也是很没有颜面的事。”孙迎升继续介绍道。

　　说到这里，他忽然想起了什么，望向两人问道：“今年负责新人考核的是哪个峰头？"

"玉衡峰。"两人还没回答呢，那边躺在竹椅上、闭着眼睛的霍英已经回答了。他看起来像是睡着了，原来一直还在听着几人的对话。

"玉衡峰？"孙迎升愣了愣，"那有你们两个一进来就被直接放入五院的，玉衡峰的脸肯定是丢尽了。李院士居然会看走眼到这种程度？有点儿不可思议。"

李遥天在七院士中最为认真，极少出现失误，由他考核的新人向来是北山新院这边最终表现最好的。

"也或者就因为是李院士，所以才会有这么两位。"霍英又插嘴道。

孙迎升想了想后，点头道："也是。"

"什么意思？"子牧有点儿不懂。

"意思就是说，换作其他院士，你们两个可能早在新人试炼里就被淘汰了。但是李院士这个人特别认真，他肯定是在你们身上发现了什么值得期待的东西，所以他给了你们一个机会。从一院升到五院，说明你们的资质距离北斗学院的要求还很远，而北斗学院对你们的耐心，就只有这么二十多天……呃，二十多天？"孙迎升说到这儿，忽然又想起了什么，"欸，你们怎么今天才搬过来？早几天呢？"

新人早就入住了一院，若真按孙迎升的猜测，两人早几天就该被送过来了，但是偏偏过去了几天才过来，似乎有什么隐情。

"早几天我们在瑶光峰。"路平如实回答。

"瑶光峰？做什么？"孙迎升纳闷，新人入院不在北山新院而是直接去峰头，没这等规矩啊。

"去照看兔子？"路平的口气略有点儿迟疑。他看着子牧，不知道这样的描述算不算准确。

"兔子？"孙迎升更茫然了，不过他马上想起来，这两位确实是一人带着一只兔子来的，这兔子又是怎么回事？

于是子牧将他们来北斗学院区区几天的经历原原本本地讲了一遍，听得那边霍英都睁开了眼。这两个新人着实厉害，这才入院几天，就和七院士中的四位都有了一点儿瓜葛。哪怕是闯祸，那这祸事的档次也不低，不是一般人可以闯出来的。

"你们……"孙迎升正准备说点儿什么，忽然又抽了抽鼻子，目光立即转向了院门方向。然后他就听见咣的一声响，院门已经被人撞开，却不见人，只见高高垒起的包袱挤进门来。

"路平，来帮忙，东西多！门口那是干啥呢？"包袱后面有声音传来，是从一院搬来五院的营啸。

路平慌忙上去，帮他接过了几个包袱。营啸这一堆包袱垒得也太随意了，硬是把他这么一个强者都给难住，险些就抱不过来了。

孙迎升看着这一幕有些发愣，有气无力的霍英眼中都闪过一丝惊讶。

"这是营啸。"子牧给两人介绍道，"一院的，他听说五院人少安静，也想搬来，应该没问题吧？"

"这个……只当这里是个居所的话，确实没什么问题，但是一个新人……"孙迎升想说这新人胆子实在够大，规矩到底怎样也不打听清楚就敢搬来，就不怕一入五院就要像被分到五院的人一样，一个月后的七星会试不通过就出局吗？

结果营啸的样子全然不像在担忧这个，他这一进院大着嗓门喊了几句，整个五院的气氛都不一样了。

"我住在哪里？有没有帮我找好？"营啸正冲着路平嚷呢。两人之前几乎没有什么交集，彼此知道名字也是因为对方都是相当惹人注意的人，结果现在营啸对路平说话就像老朋友一般。

"你没有说要我帮你找啊。"路平说道，口气如常。

"你住在哪间？"营啸问。

"那间。"路平指了一下。

"好，我住你隔壁。"营啸大步走上前。

"那间有人了。"路平看他走的方向是左边，但那是子牧的房间。

"那就这间。"营啸改方向，朝路平右边房间的方向走去。

"那间也有人。"这次说话的是孙迎升。

"你说五院人少？"营啸望着路平，顿时怀疑起来了。这么大个院，这么多间房，随便一间左右都是人，这叫人少？

"巧合，我不知道那间也有人，这边隔壁是子牧。"路平说。

"那这间总没有人了吧？"营啸说着向子牧左边的房间走去。

"没人。"孙迎升答了他一句。

"好。"营啸说着已经走上前推开了房门，然后也不嫌房间很久没人住以至于全是灰。他压根儿就没怎么仔细看，双臂一撑，大堆的包袱被他推进了房间，堆在了地上。

"放进去，放进去。"营啸让开门，向帮他拿包袱的路平示意着。

路平也学他的样，将包袱直接甩在了那边的地上。营啸长松了一口气，似乎对这样乱七八糟的处理满意至极。

"好了，现在可以说说，门外那是怎么回事了。"营啸说道。

第 332 章
龟息术

五院门外，卓青和罗勤两个正在鼻青脸肿地清理地面，罗勤的脸上甚至还挂着泪花。

肉体上的疼痛他不怕，但眼下他接连受到的精神冲击实在可怕。

学院里朝夕相处的伙伴眨眼间就死在他们面前，而他们还没从恐慌中回过神来，就被一个女人一顿狠揍。而她关注的重点，竟然不是死了一个人在院门口，而是于然流出的鲜血把地给弄脏了。

这到底是北斗学院，还是什么暗黑学院？罗勤都有些怀疑了。

卓青表现得比罗勤要稍稍沉稳一点儿，至少他没有流泪，但是他的手一刻不停地在颤抖。他想施展异能去清理地上的血迹，但是连续四次异能竟然都施展不出。他的心已乱，哪里还能对施展异能所需的魄之力进行精准控制？

好不容易控制住了情绪，两人就看到营啸抱着大堆的包袱来了五院，然后大呼小叫的。再然后，路平、子牧两个家伙连同营啸一起来到院门口，观看他们两人打扫地面。

两人心里都有火，但是想到那个女人，却根本不敢发作，更别说这院里还有人举手间就干掉了于然。

这事，总不至于没地方说理去吧！

两人心照不宣地想着，但是跑去找申无垠的关寻和易锋，却迟迟不见回来。

两人心里七上八下的，被路平他们这样围观着，就只当没看见，默默地打扫清理着地面。

子牧看得意兴盎然。在东都，他可是经常被十三院的学生欺负，他无力反击，只能自己幻想着那些家伙受气狼狈的模样。而这次，可算是实现了他一个梦想，比较遗憾的是这两位不是他期待中的主角。

一旁的路平看了没几眼就对两人失去了兴趣，而后目光落到了尸体被移到一旁的于然身上。

"那小子还不醒？"营啸忽然说道。

"醒？"子牧不解。

"你们不会以为他死了吧？"营啸说。

"难道他没死？"子牧惊讶地道，然后望向路平。

路平摇了摇头，他现在魄之力都用不了，什么感知能力都丧失了。

"当然没死啊！"营啸走上前去。他们的对话落入了卓青和罗勤的耳中，两人以一脸难以置信的神情望过来。

卓青和罗勤都感知过于然，确定他是死了，难道是他们心慌意乱之下感知错了？

两人连忙又感知了一下，可是和前次一样，于然身上确实感知不到什么生命迹象。

"是被封禁了生命体征嘛！"营啸走到于然身边，看着说道，"难不成只是在脑门上开了个洞？这种小事用块砖都可以做到的嘛！"

路平和子牧这时仔细看去，发现于然额头那个洞是放了不少血，但此时血迹凝固住，露出的伤口不像是深不见底的样子。子牧正想凑近些再看，营啸却已经俯下身，摸了摸于然的腰间。

"哎哟，这个伤才叫重吧，肋骨断了得有三根。"营啸说道。

路平和子牧顺着他的手再看，就见于然腰间有个清晰的脚印，不由得向卓青和罗勤望去。但转念一想，这两位不至于对自家兄弟的尸体这么凶残，这一脚八成是之前唐小妹回来的时候踹的吧？

"你说他没死？"子牧问。

"你多摸他胸口一下，肯定还是能感觉到心跳的。"营啸说。

子牧听了还真的就去摸了，那边卓青、罗勤都紧张地望了过来。他这手在于然胸口停了好一会儿，终于感觉到了于然的心跳，虽然就只一下，也不甚强，但足够清晰。

"哎哟，还真是。"子牧看着营啸，有点儿佩服。这个看起来粗鲁的家伙，见识倒是很不一般嘛，比自己这个来自东都的学生都强。当然，也可能是自己境界太低的缘故。这种可以把人的心跳降低到如此频率，封禁人生命体征的异能是……子牧在脑中拼命地搜索着，他依稀觉得自己应该是知道的。

"龟息术？"

结果他还没想出来呢，那边卓青竟已脱口而出。

"想必是的。"营啸点头说道。

子牧这时稍稍松了口气，虽然他对这些玄军帝国护国学院的学生半点儿好感也无，死了也不会觉得怎样，但是，没死，那至少意味着霍英还有五院不是那么残暴，意味着这到底是北斗学院，而不是暗黑学院那种将人命视为草芥的地方。

不只是他，卓青、罗勤在确定了这一点后，先顾不上为伙伴感到庆幸，而是自己稍稍心安了一些。

"那现在呢？"子牧说道，却是望向了路平。护国学院这帮人，主要是针对路平的。

卓青、罗勤顿时又惶恐起来。虽然他们依然不会把路平放在眼里，但谁知道五院里莫名其妙的家伙会不会又出手维护他？他们两人的实力明显逊色太多，他们甚至对自己的前途感到悲哀。区区五院，北斗学院最没前途的学生聚集的地方，竟然打得他们两个毫无还手之力。想离开这北山新院，看来比他们想象的要艰难得多啊！

而眼下，虽没死，但情况显然也很糟糕的于然就落在了路平脚边。这家伙会趁机做出什么事来他们两个无法想象，更踌躇着要不要上去阻拦。

一想到这儿，两人反倒不看路平，而是偷偷朝五院里看了一眼。院门此时大开，院里霍英就躺在竹椅上，闭目微微摇晃着。卓青和罗勤看他却如看鬼神一般，他们之前匆匆一眼，瞧到的正是那个坐在竹椅上的家伙出手一击解决了于然。

两人不敢轻举妄动，心中纠结万分。路平此时望着他们两人，开口道："我从来没想要怎样，关键是你们想怎样？"

"你是玄军帝国的通缉要犯，我们是玄军帝国护国学院的学生，这是我们的立场。"卓青说这话时，身子直起了很多。虽然他的手还在微微颤抖，但是这话说得毫不迟疑含糊，这让一旁的罗勤流露出了更多的不安。

"你们是想杀我。"路平说。

"如果这不是北斗学院，你早就死了。"卓青说。

"如果这不是北斗学院，谁死还不好说。"路平说。

他没有像卓青一样很傲然、很自信地说"你早就死了"，他只是说"谁死还不好说"，这显然更中肯，更加符合事实。还没有发生的事，谁敢那么百分百地确定呢？

明知道此时路平没有魄之力，但是听到路平这样平静、中肯地说话，卓青不由得有点心寒。杀人这种事，说实话他们这种学院出身，还没正式步入大陆的修者不会擅长到哪儿去，倒是路平，在这种事上比他们要有经验得多。志灵区院监会、峡峰城主府，长串的名单，可谓是战绩颇丰。想到这儿，卓青忽然觉得自己自信可以除掉对方简直是没道理的事。

他正不知该如何应答，忽然一群人匆匆向这边走来。

关寻、易锋、申无垠，还有数名从护国学院进入北斗学院的老生，再有一位……

"我说，你是不是得解释一下，怎么又是你啊？"玉衡峰的首徒陈楚看到路平，一副头痛的模样问道。

大师兄

　　众人看到陈楚都很惊讶，七峰首徒的地位那可是很高的。这事，竟然还把他给惊动了？昨天还对申无垠有些不以为意的关寻、易锋，此时跟在申无垠身后，再没有了这样的神色。陈楚是申无垠找来的，能和七峰首徒直接说上话，这在他们看来相当有手腕。

　　看到陈楚一来就质问路平，护国学院的几位都松了口气，顿时起了看戏的念头。

　　路平却对此不以为意，他只是用目光扫了一下卓青几个，对陈楚说："你不是都知道吗？"

　　护国学院的学生会对他不利，这还是陈楚提醒过他的。

　　那几位听了，顿时心又狂跳起来。

　　都知道？知道什么？他们面面相觑。

　　陈楚翻了翻白眼，他是早就知道啊！这不就是随便说了个开场白，类似"怎么又见面"了一类的玩笑嘛，结果对方一本正经地给你解释为什么"又见面了"，着实无趣。

　　跟着陈楚不理会路平，去察看于然。他有异能洞明，自然一眼就看出状况。

"龟息术。"陈楚说道，跟着无奈地苦笑了一下，"这我可是没办法解除。"

卓青等人大惊。

定制系异能是玉衡星李遥天最为擅长的，他教出的学生自然也在定制系异能上最有心得。但是陈楚，李遥天的首徒，四魄贯通的强者，却说对这个龟息术没办法？

卓青等人正发呆，陈楚已经走向五院，路平几人跟在了后边。

卓青他们走到了门外，犹豫再三后，终究还是没敢踏入，就这样停在院外，小心仔细地留意着院里。

院里，霍英还是那般模样躺在竹椅上，似乎已经睡着了。陈楚走到他旁边，才开口叫了一声，所有人就惊得扶墙。

"大师兄。"陈楚叫道。

什么大师兄？

哪来的大师兄？

跟进院里的路平三人目瞪口呆地望向霍英，陈楚正对着叫唤的人，可不就是他吗？

至于院外的护国学院这批学生，则面面相觑。卓青几个新人纷纷把目光投向申无垠，可申无垠也是一脸震惊之色。

五院和他们四院只一墙之隔，却是两个世界。照理来说，五院的人也应该是他所认识的高一年的旧生，但是早有前辈告诫过他们，和五院要保持距离，和进了五院的人要划清界限。因为进了五院，大多就已经身陷绝望，他们自认已经没有更重要的东西可以失去，什么事都做得出来，所以就算是实力比他们强的人，也不敢轻易去招惹他们。

所以申无垠也只是这样告诫新来的师弟们，哪里知道五院里竟然有这么有来头的人。至于他和陈楚，其实也并没有关寻他们以为的那份交情。

他只是把这边新人出事的消息飞快地送去了玉衡峰，因为这批新人是玉衡峰新人考核后纳入的，所以玉衡峰眼下这阶段会对他们特别在意一些。从某种程度上来说，这也算是玉衡峰的颜面，他们不会不理会。申无垠在北山新院三年，这一点他倒是挺清楚。

结果消息送到以后，陈楚竟然亲自赶来了，说实话，申无垠自己都吓了一跳。现在听到陈楚对院里人的称呼，申无垠更是吓了一跳，不过陈楚为什么亲自赶来好像就不难解释了。院里这个人，居然被玉衡峰首徒称作大师兄？那就是用膝盖想，也知道这个人绝不是混了四年即将被驱逐的角色……

而霍英在听到这声呼唤后，微微睁开了眼，看了一下陈楚。

"你怎么来了？"他说。

"你都快把人打死了，我怎么能不来？"陈楚苦笑。

"我有分寸。"霍英说。

"你的分寸，小家伙们哪里看得出来？"陈楚再度苦笑。他收到的消息可是有新人在五院这边被打死了。

"你来了，那就你处理吧！"霍英说道，就又想闭眼了。

"龟息术我可解不了。"陈楚说。

"你怎么会解不了？"霍英眼皮都不抬一下，"你捧我而已。"

"我……"陈楚挠了挠头。在霍英面前，这个七峰唯一没有开门授徒，最自在潇洒的首徒居然变得有些局促。

"你去弄吧，让我省点儿力，多活个几分钟，总是好的。"霍英说。

陈楚听霍英这样说，心中忍不住一酸，很想说既然这样又何必出手，但终究还是没说。

"最近怎么样？"他也不急着去管于然，跟霍英拉起了闲话。

"还好。"霍英说。

"下回和严歌一起来看你。"陈楚说。

这名字路平听过，是新人试炼完，过来他们住处给子牧看身体，一头银发，很有礼貌的那位。

"忙就不用来了。"霍英说。

"哪里会忙呢。"陈楚笑道。

"不忙就开门授徒吧。"霍英说。

"这个，再说吧，我去看看那个新人。"陈楚似乎想逃开这个问题，忽然就去关心于然了。霍英也不多说什么，只微微"嗯"了一声，就重新闭上眼睛开始养神。

陈楚急忙向外走，站在院门外的护国学院学生连忙给他让路。陈楚走出来后蹲到于然身旁，手掌贴上他那被开了一个洞的额头，眼中光芒闪烁。

陈楚一边用起洞明全力感知查看，一边将魄之力缓缓导入，就这样，过了好一会儿后，于然才忽然叫出了声。

陈楚起身站到了一旁，于然却在地上惨叫个不停，打起滚来，他之前受伤的疼痛，竟然延迟到现在发作了。

陈楚瞥了卓青他们一眼，申无垠极会看眼色，连忙和人上来将于然安抚住。于然一脸惊恐，全然不知道这段时间里自己是怎么回事。他一眼扫过，看到路平也站在一旁，而他的护国学院同学们就在旁边，竟毫无动作。

"他……"于然伸手指着路平。

"如果这不是北斗学院，你就死了！"子牧引用之前路平和卓青的对话，他看得出护国学院这帮人已经有些蔫了。霍英挺了路平一把，然后引来的陈楚竟然还要叫霍英大师兄，这个他们一时间也搞不清的人物关系，反正是让护国学院的这些家伙不敢乱来了。

"是的，这是北斗学院。"陈楚这时接过了子牧的话。

　　"我希望大家都能很好地记得这一点。"陈楚说道，望向护国学院的一帮人。

　　"我们也并没有想怎么样。"卓青慌忙辩解了一下。他们很清楚这一点，所以一直还是很克制的，至少在他们自己看来是这样。他一边说着，一边望着申无垠，再怎么说申无垠都是前辈，处事肯定比他要有经验一些。结果申无垠听着陈楚这话，目光只是闪了闪，并没有像卓青这样慌张畏惧，很平静地答了一句。

　　"我们会注意。"他说。

安静些

陈楚看向申无垠，目光也在闪烁。熟悉他的人都知道，这是他在施展异能洞明，这可以让他察觉到很多旁人察觉不到的细微之处。

"您放心。"申无垠被陈楚这样看着，却还是很坦然地接着表态，"我们一定不会做出出格的事。"

陈楚的眼神变得意味深长起来，因为他清楚，这话要反着听。

"一定不会做出出格的事"的言外之意是，这事他们还是一定要做。

就知道会是这样，陈楚心中感慨。

申无垠他不认识，但是来自护国学院的学生他不是没打过交道，否则也不会有之前对路平的那番提醒。

进了北斗学院，并不意味着马上就会抛弃过去的身份，以北斗学院的一员自居。

世界没这么简单，人心也没这么简单。

北斗学院，在很多人眼中也不过是个镀金的场所，他们内心真正追寻的东西和北斗学院并无关系。

好累。

对于这些庞大、复杂的用意和关系，陈楚一直觉得很累。

所以他不开门授徒，不自立门户。这并不全因为他这个玉衡峰首徒是原首徒霍英病重要求离开后替补上去的，还因为他对于这种派系的经营和竞争真的毫无兴趣。

　　可在绝大多数人心中，却非如此。学院向来是影响大陆局势的重要派系，四大学院尤其是。

　　想到此，陈楚微微苦笑，摇了摇头。然后他看向路平，也很坦荡地用手指指了一下护国学院的学生。

　　"继续提防他们。"他对路平说。

　　"好的。"路平点头。

　　"诸位，告辞。"他对所有人点了点头。

　　他能做的，也只有这么多了。

　　因为他虽讨厌派系、讨厌斗争，但终究还是派系中的一员。他只是没有开门授徒罢了，终究还是玉衡峰上除院士李遥天以外最重要的角色，他是现在玉衡峰的首徒。

　　陈楚离开了。

　　卓青几个将于然扶起，他虽未死，但眼下还是很虚弱。

　　卓青几个在被陈楚警告时有些惊慌失措，却没想到申无垠意外地冷静和强硬。此时他们不由得都望着他，等他示下。

　　"走吧！"申无垠只是招呼几人离开，眼中好像没有路平这个人。

　　路平对此也不理会，没有这些麻烦，他求之不得。长出一口气后，他和子牧、营啸一起回到院内。

　　霍英还是躺在竹椅上，孙迎升站在一旁。陈楚进来叫霍英大师兄，把所有人吓了一跳，只有孙迎升一点意外的神情都没有，显然他早就知道这一点。

　　路平他们自然又有了好多问题想问，结果这次却是营啸大大咧咧地走上前先开了口。

"欸？那个家伙叫你大师兄，这是怎么回事？你这个快被开除的怎么会是他的师兄？你们是哪座学院来的？"营啸嚷嚷道。

他没把霍英往玉衡峰上想，只以为他和陈楚关系有旧，觉得是以前同一学院出来的师兄弟。

"谁总是在吵？！"结果这次霍英和孙迎升都还没说话呢，路平房间右边的房间里传来一声怒喝。

营啸是个大嗓门，自他来了以后，五院里的声音就提高了不少。而这五院的第四人，照孙迎升的说法，昼夜颠倒，喜欢白天睡觉、夜晚活动，所以他注重白天的安静。

而这，终究是被营啸打破了。

"是我。"营啸还在大着嗓门回答。

"你进来。"那房间里的人说道。

"好！"营啸大步流星，走到那个房间前，推门就进。

路平和子牧互望了一眼，看霍英，他还睡着；看孙迎升，他也不为所动。

那房间里很快传出乒乒乓乓打斗的声音，持续了大约十几秒。

一人赤身裸体地拉开了房门，手臂一抬，营啸被扔了出来，在地上打了好几个滚。路平一看，营啸竟然已经被人捆成了一个粽子，嘴里更是塞着一团烂布。

"不要再吵了。"那人说了一句。路平和子牧都没来得及看清他的模样，门就已经砰的一声再度被摔上。

营啸在地上滚了几圈后，终于支起了身，坐在那里发呆。

不过他身上捆缚的只是普通的麻绳，这显然不足以制住一名修者，营啸可是三魄贯通的境界。

在路平和子牧走到他身边前，他已经双臂一用力，挣断了身上的麻绳，随后他站起身，将嘴里的烂布也掏了出来。

营啸鼻青脸肿地看着路平和子牧，伸手挠了挠头，不小心碰到了伤口，却也只是微微皱了下眉。

"这是个啥地方来着？"他问路平和子牧。

"北山新院，五院。"路平回答。

"我知道，但我来时听到的介绍不是这样的。"营啸此时慢声细语，音调不高，显然刚才房内的十几秒吃到的教训让他印象深刻。

"那个是在常规状况下。"子牧说。

"那现在呢？"营啸说。

"现在的几名住户都是自发住进来的，所以不符合常规状况。"子牧说。

"就像我一样？"营啸说。

脸都被打肿了还说人像你一样呢？子牧心中想着，却没有说出来，只是点了点头。

"这真是……"营啸挠了挠头，不知道说什么好。

"如果我们是你们，现在可不会这样浪费时间。"这时孙迎升忽然开口，对三人说道。

"五院的常规设定，那可不是一句玩笑。"他说道。

"明白。"路平点头。

子牧却露出苦恼的神色。经历了这么一个乱哄哄的早上和中午，接受了大量新的信息，他几乎都快要忘了这一点。

然而事实上呢？发生了这么多，他们的处境根本没有任何变化。

二十五天，他和路平只有二十五天的时间，来争取留在北斗学院的机会。可是这二十五天他又能做什么呢？如果二十五天就可以让他破茧重生，那他何至于这么多年都没能突破贯通？

靠自己，终究不会改变任何事。就连通过北斗学院的新人试炼，他靠的都不全是自己，他清楚这一点。

可是现在，路平的状况怕是比他还要糟糕，哪怕路平表现得很平静。

子牧的目光最后落到了孙迎升和霍英的身上。

"你们……可以帮我们吗？"他犹豫着，终于还是开口了，因为这是他心中最后的机会。

孙迎升笑了笑。

"帮你，或许还可以。"他说道，随后望向路平，"但是帮他……"

孙迎升摇了摇头，而后看了一眼霍英。

一直闭着眼睛好像睡着了的霍英，偏偏什么都知道。孙迎升看向他，他随即就开了口。

"你身上有什么定制？"霍英问道。

第 335 章

又吐血

路平愣住了。

北斗学院果然不同凡响，才来几天，他就又一次面对这样的问题。而这些人既没有看到他催逼出的锁链实态，也没有和他有过直接的身体接触，却都察觉到了他身上的定制异能。

这一刻，路平立即就信了，陈楚那一声"大师兄"，叫的就是玉衡峰上的大师兄。

霍英就是玉衡峰前首徒，以擅长定制系异能闻名大陆的玉衡星李遥天门下第一弟子。虽然那似乎已是过去，虽然他自称命不久矣，但是他这一身本领犹在，不动声色地就察觉到了路平身上有定制系异能。

但是……

路平踌躇了一下。之前问过他的人是陈楚，他耿直地表示不能说，这次又换了陈楚都要口称大师兄的霍英。

路平看着霍英，霍英却没有看着他，只是淡淡地道："和一个快死的人有什么不能说的？"

"喀。"孙迎升咳了一声，抬手指了指子牧和营啸，"你们两个，跟我过来。"

"啊？"两人一时没回过神来，正到关键处，居然让他们离开？但是随即两人立即反应过来，孙迎升是要带着他们两人回避。

"走吧！"孙迎升不只说，还动了手，上来一只手一个，拖了两人就走。

子牧倒也罢了，但营啸可不是一个顺从的主儿，哪怕刚刚被人狠狠揍过一顿。可是被孙迎升这样一拿，他竟然一点儿办法也没有，就这样被拖走了。

砰！

房门关闭，子牧和营啸都被孙迎升拖进了他的房间，院里顿时只剩下路平和霍英两个。霍英也不催促，依然只是睡着了一般的模样，静静地在那里等着。

"销魂锁魄。"路平终于还是说了。

霍英是不是将死，其实这在路平眼中并不是特别重要，但是霍英帮过他，甚至可以说是救了他。哪怕霍英表现得很不经意，但是路平依然很领这个情，这个病恹恹的前玉衡峰首徒在他看来是一个可以信赖的人。

销魂锁魄。

听到这个名字，一直表情淡定的霍英终于忍不住睁开了眼，仔细地盯着路平看了好一会儿。

"不是开玩笑？"半晌后，他说道。

"我不太会开玩笑。"路平说。

"是什么人对你施展的？"霍英问道，心里其实已经开始盘算名字。销魂锁魄，六级定制系异能，能施展这个异能的人，整个大陆用一只手都可以数得过来。

路平却摇了摇头："不知道。"

"不知道？"霍英连名字都当选项列举好了，就等路平选出答案，结果却是这样的回答。意外之余，他的身子不由得坐直了几分。

"从记事起就是这样了。"路平说。

"记事起？"霍英再次惊讶。

记事，那得是多小的年纪？那个年纪，怕是连修炼都还没开始，竟然就要用销魂锁魄禁锢，这是有多大的仇？而且，看路平现在的年纪，距离那时也有十几年了，这个销魂锁魄的定制异能居然依旧有效？——不，也不是完全有效，完全有效的话，这小子就和普通人一般，怎么可能通过新人试炼？

等等……今次的新人试炼正好是玉衡峰主持的，难道老师看出了他身负销魂锁魄的定制异能，所以特意将他放入了学院？

李遥天是定制系异能的专家，对路平和他这个销魂锁魄的异能只会更加震惊。

一时间，霍英思绪乱飞，竟然坐在那里发起呆来，迟迟没有讲话。

"没有然后了吗？"路平等了一会儿，看霍英不再问，忍不住说道。

霍英这才回过神来，意识到自己的念头飘走了，有些东西都还没确认呢，自己竟然就沿着那思路推测起来了。这时他终于醒悟过来，涣散了好一会儿的目光回到路平身上。

"我们继续。"霍英说道。

"你还想知道什么？"路平问。

如果说之前只是察觉路平状况有异才随口一问，那么此时的霍英就是真的有些关注路平了。他一直让人觉得奄奄一息的眼神中，竟然流露出了几分光彩。

"先说说你是怎么通过新人试炼的。"霍英说。

于是，路平讲起了新人试炼的过程。霍英默默地听着，只是自己心中计较，并不急于发问，因为情况和他推想的比较接近：路平虽被销魂锁魄禁锢，但终归还是可以使用魄之力的。

直至听到最后，听到那一拳。

霍英又开始发愣了。

这一拳，推翻了他之前的推论。

无论是能在消失的尽头中感知到施术者存在的精确度，还是把布下消失的尽头当作媒介制造攻击的方式，统统都跳出了霍英的认知。他抬手按了按左右的太阳穴，他是真的有些头痛了。

"好吧，下一个问题。"霍英说。

"嗯？"路平等着。

"你到底是什么境界？"霍英问。

"六魄贯通。"

"嗯？"霍英听到了，但他认为自己一定没有听清。

"六魄贯通。"路平再次说道。他知道对方可能难以接受这个答案，但是他也没办法，事实就是如此。

霍英瞪大了眼，死盯着路平。

这小子说过他并不太会开玩笑，看他的神情，这也确实不像开玩笑。

那么，这是什么？难道这竟然是一个事实？

六魄贯通？

霍英盯着路平看了好久，这次路平没打断、没说话，他知道这个信息是需要时间消化的。

霍英双手撑着竹椅的扶手，挺了挺身子，似乎是要站起来，但是紧跟着他身子前倾，哇的一声，一口鲜血喷了出来。

"哎……"路平不知道说什么好了。

听到这个答案目瞪口呆那是肯定的，但是听完直接吐血的，他还是第一次见。

他没有多说什么，走到墙边拿起之前他和子牧清理血迹时用的工具，默默地忙碌起来。

霍英也不说话，就这样默默地看着。

哗、哗、哗……

院里只剩下扫把刮过地面的声音，尘土被刮起，覆在霍英吐出的血迹上，一层又一层。

不大会儿，清理干净地面后，路平看向霍英，认真地道："你下次真的要换个位置吐，不然这里要被扫出一个坑了。"

（本册完）

更多精彩，尽在《天醒之路7》！